女神のサラダ

瀧羽麻子

光文社

女神のサラダ

contents

装幀　　　　岡本歌織（next door design）
装画・イラスト　嶽まいこ

夜明けのレタス

群馬県昭《しょう》和《わ》村《むら》・高《たか》樹《ぎ》農場

くろぐろと深い闇の中に、大小の白い光がぽつりぽつりとともっている。

ひときわ大きいのは、畑の傍らに横づけされたトラックのヘッドライトだ。まぶしい光の輪が、暗い舞台にひとすじ落ちるスポットライトさながらに、鮮やかな緑の畝《うね》をまるく切りとっている。開け放された後ろの荷台からもあかりがもれて、車の周りに積みあがった段ボール箱を照らしている。

小さいほうの光も、呼び名は同じ、ヘッドライトである。ただしこちらはトラックではなく人間用だ。沙帆《さほ》も含め、畑で働く全員がひとつずつ、文字どおり頭につけている。

その光で、沙帆は腕時計を確認した。四時前だった。日が長くなってきたとはいえ、太陽が昇るまでにはもう少しかかる。夜明け前の高原は、五月に入ってもまだ肌寒い。

足もとに視線を戻し、包丁をかまえ直す。

レタスが土と接しているぎりぎりのところで芯をざくりと切り落とし、外葉を二、三枚はがしてから十二玉入りの段ボール箱に入れる。二段ずつ、下段は芯を下に、上段は芯を上にして、隙間が空かないように並べていく。一段に六玉をおさめるには、けっこう強く押しこまなければ入らないが、葉を傷《いた》めてもいけない。力かげんが難しい。

一箱をしあげ、沙帆は左右の畝をうかがった。ひとり一列ずつを割りあてられて、端からいっせいにはじめたのに、右の重田《しげた》さんも左の近藤《こんどう》さんもすでに数メートル先を進んでいる。経験の差を考えればしかたないけれど、着実に遠ざかっていく背中を見るとあせってしまう。

気を取り直して、新たなレタスに手を添える。根もとを切る。外葉をはぐ。箱に詰める。一歩前へ進み、また次に手を添える。切る。はぐ。詰める。機械的に体を動かしているうちに、だんだん頭が空っぽになっていく。

気づけば、畝の終わりが目の前まで近づいていた。漆黒に塗りつぶされていた空がほのかな青みを帯びはじめ、どこからか鳥の鳴きかわす声が聞こえてくる。

こわばった腰をさすって顔を上げ、あ、と沙帆は声をもらした。なだらかな山の稜線《りょうせん》が、朝日でまばゆく縁どられていた。

六時半、出荷場へと走り去るトラックを見送って、朝採りレタスの収穫は一段落した。すっかり明るくなった畑を後にして、ぞろぞろと事務所へ向かう。

入口の水道で順に手を洗い、朝食の席についた。細長い机に、おかずの大皿が何種類も並べてある。どの献立にも新鮮な野菜がふんだんに使われている。菜の花のごまあえに、ベーコンとほうれん草の入ったオムレツ、自家製の切干大根、納豆の上にはこれでもかというくらい、どっさりとねぎがかかっている。

「おつかれさま」

白い割烹着《かっぽうぎ》姿の専務が、十人分の茶碗に手際よくごはんをよそっていく。

沙帆がここで働きはじめて以来、意表をつかれたできごとを数えあげたらきりがないけれど、彼女のことを専務と呼ぶというのもそのひとつだった。前の職場に勤めていたときの感覚が抜けきらず、重々しい肩書を聞くたび、スーツ姿のいかめしい男性を思い浮かべずにはいられなかったのだ。

高樹《たかぎ》農場は会社組織として運営されている。農場主の高樹さんが社長、その妻である悦子《えつこ》さんが専務をつとめ、沙帆は昨冬から正社員として雇われている。先輩社員は三十代から五十代まで、男女とりまぜて七人いる。社長は彼らよりも年上で還暦を迎えたばかり、専務はそれよりいくつか下らしい。ぎりぎり二十代の沙帆は、社内で最年少だ。

「いただきます」

テーブルの端についた社長のかけ声で、皆が手を合わせた。

しばらくの間、食卓にはほとんど会話がない。「おいしい」とか「うまいな」とか、時折ひとりごとのような声が上がるくらいで、誰もが全力で食事に集中している。沙帆も先輩たちにならって一心に箸を動かした。起きぬけから三時間近くもぶっ続けの肉体労働で、おなかがぺこぺこだ。やや薄めの味つけが素材の風味をひきたてている。

「ああ、おいしい」

沙帆の隣で、早くも茶碗を空にした重田さんがしみじみと言った。

彼女は社員ではなく、パートとして働いている。来月あたり、レタスの収穫が本格化してきたら、他にも何人か臨時のアルバイトに来てもらうことになるようだ。

重田さんは高樹夫妻と旧知の間柄でもある。幼なじみの専務と家族ぐるみのつきあいを何十年も続けてきたそうで、夫婦のことを「治《おさむ》さん」「悦ちゃん」と呼ぶ仲だ。数年前までは、同じ村内で農家を営む仲間でもあった。重田農園のほうが規模は小さく、ほぼ夫婦ふたりで農作業にあたっていたという。夫が体調をくずしたのをきっかけに離農《りのう》し、妻はこちらで働くことになった。ぽっちゃりした体つきに似合わず機敏な身のこなしで、畑から畑へと精力的に飛び回っている。

「悦ちゃん、おかわりちょうだい」

重田さんは空いた茶碗を専務に手渡すと、沙帆に話しかけてきた。

「さっちゃん、どうだった？　はじめての収穫は」

「はじめてじゃないでしょ。中村《なかむら》さんには、ほうれん草やいちごもやってもらってたし」

専務が口を挟む。

「そうだけど、やっぱりレタスは特別だから」

農場の主力商品であるレタスは、他の作物と比べて特別扱いされている。夜明け前から収穫するというのも特徴のひとつだ。鮮度をそこなわないよう、低温に保たれたトラックで、午前中のうちに首都圏まで届けられる。

「そうか、中村さんは今日がはじめてだったか」

「ほうれん草に比べれば、レタスのほうが簡単よね」

「慣れるまでは箱詰めがちょっと難しいけどな」

周りの皆も、会話に加わってくる。

「はい」

すべての質問に、沙帆はひとことで答えた。

こぢんまりとした会社だからなのか、それとも農業という仕事柄なのか、高樹農場では従業員の仲がいい。こういった休憩時間には雑談がはずむし、全員参加の飲み会も定期的に開かれている。正直なところ、あまりにも同僚どうしの息が合っているので、沙帆ははじめ一抹の不安を覚えたほどだった。もともと社交的とはいえないし、友達を作るのにも時間がかかるほうなのに、はたしてうまく溶けこめるだろうか。ただでさえ、入社当時の沙帆は自信をなくしていた。

幸い、そんな心配は杞憂《きゆう》に終わった。都会からやってきた未経験の新入りを、重田さんをはじめ、誰もがあたたかく迎え入れてくれた。

「さっちゃん、これも食べた？　ぼけっとしてたら、近藤くんに全部とられちゃうよ」

重田さんが大皿を引き寄せ、沙帆の取り皿にオムレツをひときれよそった。

「あ、すみません」

沙帆はやむなく箸をとり直す。がつがつと食べ進めたせいか、もうかなり満腹だけれど、辞退するひまもない。

「しっかり食べなきゃ倒れちゃうよ。あんた、ただでさえ細いんだから」

重田さんにこの調子でどんどん食べさせられて、沙帆は半年足らずで七キロも太ってしまった。今の体重は学生時代とほぼ同じだ。社会人になって落ちた分が、そっくり戻った計算になる。

「重田さんてほんと、中村さんのお袋さんみたいだな」

オムレツの皿を奪い返しながら、近藤さんが頭を振った。重田さんが誇らしげに答える。

「まあね。わたしはさっちゃんの、群馬のお母さんみたいなもんよ」

あながちおおげさでもない。重田さんは沙帆のことをつねづね気にかけてくれている。仕事以外でも、自宅に招かれ夕食をごちそうになったり、休日に沼田《ぬまた》の市街地まで車で連れていってもらったりもする。同じ年頃のひとり娘がいるので、なんだか放っておけないそうだ。その愛娘《まなむすめ》は、半年前までの沙帆と同じように、東京で会社勤めをしているという。

「はじめて会ったときは、どうなることかと思ったけどね。やせっぽちだし、顔も青白いし、この子ほんとに大丈夫かなって」

初対面の印象がよほどひどかったらしく、重田さんは繰り返し言う。

「だけど大丈夫だったわね。大丈夫どころか、こんなにしっかりした働き者だなんてねえ。さすが治さん、見る目があるよ」

これも、お決まりのせりふだ。無口な社長が相槌《あいづち》も打たずに受け流すのも、沙帆が所在なくうつむいてやり過ごすのも、毎度変わらない。

「まじめだし、細かいとこにもよく気がつくし。うちの娘とは大違い。あの子はもう、ろくに連絡もよこさないで、ほんとに薄情なんだから」

沙帆はますます困ってしまい、オムレツをつついた。沙帆だって、自分の両親にはろくに連絡していない。

「どう、おいしい？　自分が育てた野菜は違うでしょ……」

あら、と重田さんがそこで急にすっとんきょうな声を上げた。

「そういえば、今朝のレタスは？」

「やだ。洗ったまんまで忘れてた」

専務が厨房《ちゅうぼう》へと駆けこんでいった。すぐに、洗面器を思わせる巨大なサラダ鉢を抱えて戻ってくる。

「お待たせしました」

こんもりと山盛りになったレタスに、皆がいっせいに手を伸ばした。

「さっちゃんも遠慮しないで食べなさいよ。おいしいんだから」

重田さんにうながされて、沙帆も一枚もらった。これまで食べたことのあるレタスよりも、葉が肉厚で大きい。端をかじってみると、しゃきしゃきした歯ごたえとともに、口いっぱいにみずみずしい甘みが広がった。

「おいしい……」

他の面々も、満ち足りた顔つきでもぐもぐ口を動かしている。やっぱりうちのが一番うまいな、初物は格別ですよね、などと言いかわすうちに、大きな鉢はあっというまに空になった。

食後の休憩を挟んで、午前中の仕事にとりかかる。各自、朝礼のときに確認した役割分担に従って、持ち場につく。

高樹農場の朝礼は、一般企業とは一味違う。

業務連絡に続き、輪になってラジオ体操をした後で、縦一列に並んで肩をもみあうのだ。力仕事に備えて筋肉をほぐすほか、互いの体をいたわる意味あいもこめられているらしい。最初は戸惑ったものの、沙帆も見よう見まねで、前に立つ同僚の肩をもんだ。がちがちに凝っていたり、意外に華奢《きゃしゃ》だったり、各人各様の苦労が手のひらを通してじかに伝わってくるようで、確かにねぎらいの気持ちがわいてくるものだった。

一方、一日のしめくくりとなる終礼では、各自がひとことずつ「今日うれしかったこと」を発表する時間が設けられている。ささいなできごとでかまわない。誰かが作業を手伝ってくれたとか、今季初のいちごが無事に収穫できたとか、昼食のおかずが好物ばかりだったとか、空がすごくきれいだった、でもいい。毎日そんなに「うれしい」ことが起きるものだろうかと半信半疑だった沙帆だが、そう言われてみれば、なんにもない日のほうが珍しい。日常生活にひそむ、ささやかな喜びを見落とさないよう、意識するようにもなった。

目のつけどころには個人差がある。重田さんはよく、若手の働きぶりにふれて、あれは助かった、ここがありがたかった、と感謝をのべる。大食漢の近藤さんは、お前は毎回食いものの話ばっかりだな、と茶化されがちだ。ごく短いとはいえ、それぞれの発言から心中を垣間見ることができるわけで、これも職場の人間関係を円滑に保つ効果があるのかもしれない。

沙帆は片手に鎌をぶらさげて、ほうれん草の畑へ向かった。

風はひんやりと冷たいけれど、晴れているせいか、朝方よりはぐっとあたたかい。正方形に区切られた農地に、濃淡の緑と茶色い土が組みあわさった、素朴なパッチワークが広がっている。

のどかな風景を眺めていたら、あくびが出た。今朝は目覚ましのアラームが鳴るよりも前に起きてしまった。朝礼の時間に合わせて三時にかけておいたところ、二時半にはばっちり目が開いた。

早起きしなければいけない朝は、必ずそうなるのだ。前の晩はなかなか寝つけないのに、勝手に目が覚めてしまう。小学校の遠足の日も、中学校の文化祭の日も、大学受験の試験日も、そうだった。便利なもんだ、と父は感心し、沙帆は気が小さいけん、と母は苦笑した。寝過ごすよりはましだが、睡眠不足で頭がうまく働かないのは困りものだ。とりわけ、大学時代の就職活動中は大変だった。説明会やら試験やら面接やらが、毎日のようにあったから。

「さっちゃん、眠そうね」

そばを歩いていた重田さんがくすりと笑った。沙帆のあくびを目撃したらしい。

「シーズンのはじめはきついのよね。でもまあ、そのうち体が慣れるから」

実をいうと、沙帆にとって、三時起きはがまんできないほどつらいわけではない。三時半から仕事をはじめなければならないことも。東京にいた頃も、そのくらいの時間にまだ会社で働いていることはままあった。感覚としては早朝というより深夜の続きだった。徹夜だって珍しくなかった。たまに日付が変わる前に帰宅できた夜、勇んでベッドに入っても、妙に目が冴《さ》えてしまって寝つけなかった。

転職して以来、沙帆の生活はがらりと変わった。

ゆうべなど、八時にはもう床についていた。しかも、日中にめいっぱい体を動かしているからか、枕に頭をのせるなり意識が遠のく。

「そうださっちゃん、明日からしばらくモーニングコールしてあげようか?」

いいです、と辞退しようとしたところで、けたたましい電子音が鳴り出した。

あわてて作業着のポケットを探る。携帯電話の目覚ましを設定したときにスピーカーの音量を上げたまま、戻すのを忘れていたようだ。

「電話? あっ、もしかして、男の子?」

重田さんはにやにやしている。

「違いますよ」

「ほんとに? あやしいなあ」

液晶画面を横からのぞきこんでくる。

「まあ、お母さんから?」

ようやく着信音を消して、沙帆はうなずいた。振動を続ける携帯電話をポケットにつっこもうとしたら、重田さんにがしりと腕をつかまれた。

「出なさいな」

「でも、仕事中ですし」

「まだ一応は休憩時間でしょ。出たげなさいって」

例によって、一歩も譲る気配はない。沙帆はしぶしぶ通話ボタンを押した。

「もしもし？」

重田さんは気を遣ったのだろう、沙帆から離れ、育苗やいちごの栽培に使われているビニールハウスのほうへ歩いていく。

「ああ、沙帆？　連休やけん、どげんしとるかいなと思って」

機嫌よく話しはじめた母を、沙帆は遠慮がちにさえぎった。

「ごめん、今から仕事なんだ」

「あら、そうね？　ごめんごめん」

母は早口で言った。

「仕事、がんばってね」

娘の返事を待たず、電話はぷつりと切れた。沙帆はため息をついて、ひらたい機械をポケットに戻した。


ほうれん草の畑は、ハウスの裏手一帯に広がっている。担当の区画までたどり着き、沙帆は土の上にしゃがんで鎌をかまえた。深緑の畝が延びる向こうには、農場を見守るかのように、赤城山《あかぎさん》が堂々とそびえている。

昭和村《しょうわむら》の赤城地区は、戦後まもない復興期に開拓された。現社長の祖父にあたる先々代が入植したときには、水さえも十分にない荒れた原野だったそうだ。苦労の末に拓《ひら》かれた農地が、次世代へと受け継がれ、県内でも屈指の豊かな農村が築かれた。昼夜の寒暖差が大きく冷涼な高地の気候を活《い》かし、主に高原野菜が栽培されている。

特にほうれん草は、葉物の中でもとびぬけて寒さに強い。霜をかぶって半分凍ってしまったように見えても、昼間の陽《ひ》ざしにあたれば復活する。入社してまもない頃、その様子をはじめて目《ま》のあたりにした沙帆は、寒さも忘れて息をのんだ。溶けた霜が露となって畑一面をきらきらと輝かせ、みとれるくらい美しかった。

朝食の席でも話題に上っていたとおり、ほうれん草の収穫はなかなか難しい。

まず茎と葉の境目あたりを片手で握り、それから鎌を土にさしこんで、刃で根をひっかけるようにして刈る。鮮度を保つため、根は五ミリから一センチほど残さなければならない。しあげに軽く振り、根もとのほうに飛び出してくるひょろひょろした下葉を取り除いた上で、向きをそろえてコンテナに入れていく。

慣れるまでは、さんざん手こずった。お手本を見せてくれる重田さんのなめらかな手さばきを眺めている限り、そんなに難しそうでもないのに、いざ自分でやるとうまくいかない。うっかり根を切り落として茎が一本一本ばらばらになってしまったり、手をすべらせて地面に落とし、葉が泥まみれになったりするたびに、泣きたくなったものだ。やっとのことでコンテナがひとつ満杯になっても、顔を上げれば、広大な畑がまだまだ果てしなく続いている。これを全部、いちいち手で刈っていくのかと考えたら、気が遠くなった。スーパーマーケットの店頭に並ぶきれいに包装された野菜は、そのままの状態で畑に生えているわけではない、という当然の事実に気づかされた。誰かが収穫し、袋に詰め箱に入れて出荷し、さらに幾人もの手を介して消費者のもとに届く。

半年前まではとりたてて意識したこともなかった、その長い道のりの一端が、沙帆の現在の仕事だ。

仕事、がんばってね――さっき母はそう口にしながら、仕事をがんばっている娘の姿を思い浮かべたかもしれない。オフィスの自席でパソコンを操作している姿か、はたまた、会議で資料を説明している姿だろうか。いずれにしても、作業着で畑の真ん中にかがみこんでいる姿は、絶対に想像していないはずだ。

沙帆自身でさえ、想像してもみなかった。

高樹農場の求人は、ハローワークで紹介された。

沙帆が就職支援の相談窓口に出向くのは、それがはじめてではなかった。七年間勤めたシステム会社を退職した直後から、いくつか求人を紹介してもらっていた。そのうち何社かは書類選考を通過して面接までこぎつけたものの、軒並み不採用だった。

その日、衝立《ついたて》で仕切られたカウンターで沙帆を迎えた係員は、いかにも人の好《よ》さそうな、小太りの中年男性だった。一刻も早く就職したいと訴える沙帆に、困ったように首をかしげてみせた。

「そんなに急がなくてもいいんじゃないですか？」

職探しの手助けをする役所らしからぬ発言に、沙帆はむっとした。

「仕事がないと、生活していけませんから」

「しかし、ずいぶんお疲れのようですし……」

手もとに置いた沙帆の経歴書に、係員は目を落とした。

「今まで、そうとうがんばって働かれていたんでしょう。あんまりあせらないで、しっかり休んだほうがいいですよ。体をこわしたら元も子もありません」

優しく言われ、沙帆は絶句した。

誰かからこうやって親身に気遣われたのは、ものすごくひさしぶりだった。がんばっていたと認めてもらったのは、社会人になって以来はじめてといってよかった。

目頭が熱くなってきて、恥ずかしいやら情けないやらで顔を上げられなくなった沙帆に、彼はそっとティッシュの箱を差し出した。

「どうしても、早く働きたいですか？」

沙帆はうなずいた。

「そうですか。ではせめて、健康的な職場を選ぶべきかと」

沙帆はもう一度うなずいた。

「ただ、システムエンジニアでいらっしゃるんですよね……近頃はＳＥの人材が特に不足してまして、どうしても忙しくなりがちで……ごぞんじだとは思いますが」

ごぞんじだ。これまで何年もの間、身をもって実感してきた。

「中村さんのように七年も実務経験を積まれている方は、企業にとっても大変魅力的だとは思います。それだけの報酬も期待できます。しかしですね、そうはいっても、やはり病気の……いや、病みあがりの方には、あまりおすすめしかねるというか……」

係員は言葉を濁し、ハンカチで額を拭いた。

彼の言わんとしていることは、沙帆にも理解できた。企業としては、なるべくなら即戦力になりうる経験者を採用したいはずだ。反面、一度その激務に音《ね》を上げて脱落した者を、わざわざ迎え入れるのはためらわれる。書類選考は通っても一次面接で落とされるのは、沙帆と対面した面接官が、これは無理だと判断した結果なのだろう。

「SEじゃなくてもかまいません。わたしにできることなら、なんでもやります」

未経験の職種では不利になるかと敬遠していたが、この際応募してみるしかない。

「そうですか。それなら、選択肢も広がります。反対に、経験を問わない会社に限られてしまいますが」

あっ、と彼が突然声をうわずらせたので、沙帆はびくりとした。

「ひとつ、中村さんに合いそうな求人があります」

「ほんとですか?」

沙帆の声もつられて高くなった。

「SEどころか、パソコンともあまり縁のなさそうなお仕事ですが」

「全然かまいません」

むしろ、パソコンにさわらなくてすむなら、そのほうがありがたい。

「それはよかった。今、資料をお出ししますね」

係員はいそいそと求人票を印刷し、沙帆のほうに向けてカウンターに置いた。

「農場？」

沙帆が思わずつぶやくと、彼は滔々《とうとう》と語り出した。

「いわゆる、農業法人ですね。とってもいい会社です。わたくし、社長の高樹さんとも一度お会いしましたが、非常に懐の深い方で。なんというか、人材を大事に育てようという姿勢がすばらしいんです。わたくしどもとしても、こうやって仲を取り持つ以上は、皆さんに生き生きと働いていただきたいですから」

自分で自分の言葉にうんうんとうなずいている。つい数分前まではあんなに歯切れが悪かったのに、別人のような饒舌《じょうぜつ》ぶりだった。

「収入が不安定じゃないかと心配なさる方もおられますが、普通の会社員と同じように、月々の給与は保証されます。正直、一般企業に比べると、ひとを選びますけどね。都会暮らしにこだわる方には向きませんし、本人はよくてもご家族が反対するケースもある。いい会社なのに、もったいないです」

彼はカウンターに両手をつき、ぼんやり聞いていた沙帆のほうへ身を乗り出した。

「でも、中村さんはこの会社に向いているのではないかと思います」

「はい？」

「わたくしの直感です。何十年もこの仕事をやってますとね、だんだんわかるようになってくるものなんですよ。そういう、相性みたいなものが」

得意そうに胸を張り、あらためて沙帆の経歴書に目を走らせる。

「条件面でも、ひっかかる点はなさそうですね。未婚で、同居中のご家族もいらっしゃらない。勤務地は東京都内でなくても可」

「あの、でもわたし、農業なんてやったこともないんですけど」

やったこともないし、もっといえば、やろうと思ったこともない。

「大丈夫です。ほら、未経験者歓迎、とちゃんと書いてあります」

係員が求人票をひとさし指で軽くたたき、沙帆のほうへ押しやった。

「こんなに健康的な職場は、ちょっと他にありませんよ。早寝早起きの規則正しい生活ができて、野菜もたっぷり食べられる」

少し考えた末に、沙帆は応募してみることにした。

こうも熱心にすすめられては、むげに断れない。彼の直感とやらをあっさり否定するのも失礼な気がする。それに、どうせ採用してもらえるとも思えなかった。農業というからには、力仕事もあるだろう。なんでもやると請けあったからにはなんでもやるつもりだが、向こうのほうが「病みあがり」の人間などお断りに違いない。

ところが沙帆の予想に反して、書類を送った数日後に、会ってみたいと連絡があった。ちょうど社長の東京出張が入っているそうで、都心のホテルのラウンジを面接場所として指定された。

約束の五分前に到着した沙帆は、たやすく高樹社長を見つけることができた。よく日焼けした肌に厳《おごそ》かなしわを刻み、たくましい体をスーツに包んだ大男は、客のまばらな店内で目立っていた。その迫力にたじろぎつつ、沙帆がおそるおそる近づくと、彼はさっと立ちあがって深々と一礼した。

社長は履歴書に沿って沙帆の経歴を確認し、農場の勤務条件もざっと説明してくれた。そしてその間中、沙帆の顔をじっと見据えていた。質疑応答の中身よりも、心の奥底まで見通そうとするかのような彼の鋭いまなざしのほうが、沙帆には気になった。

ひととおり話を終えた後、社長はおもむろに言った。

「できれば一度、昭和村まで見学にいらっしゃいませんか?」

その意味が沙帆の頭にしみこむまでに、いくらか時間が必要だった。相変わらず沙帆から視線をはずさずに、彼は言葉を継いだ。

「あとは中村さんしだいです。うちで働きたいかどうか、直接ご自分の目で判断していただきたい」

そうして半年前に、沙帆ははじめて昭和村へやってきた。

あの日、ここで目にした景色は、たった今眼前に広がっているそれとはまったくの別物だった。初夏のさわやかな緑に覆われた畑も、うららかな陽光の降り注《そそ》ぐ山も、全部真っ白に塗りこめられていた。

「せっかく来ていただいたのに、これじゃあイメージがわかないですよね」

敷地内を案内してくれた専務は、申し訳なさそうに言った。

「十一月にここまで降るなんて、珍しいんですけど。でも、やんでくれてまだよかった」

雪原と化している畑地をはじめ、ビニールハウスや袋詰めの作業所も見学させてもらってから、事務所に戻って社長と一対一で話した。ところどころ土で汚れたつなぎの作業着は、前回のスーツよりもずっとよく似合っていた。面接のときよりも詳しく、会社の経営方針や事業計画について説明を受けた。

「わたしは、うちの会社だけではなくて、業界全体を盛りあげていきたいんです」

最後に、社長は自らの抱負も語った。

「残念ながら、今の時代、農業という仕事は人気がありません。天気に左右されて不安定だし、肉体的にもきつい。でも、少なくともわたしや、うちの社員たちは、日々やりがいを感じて働いています」

静かな口ぶりから、かえって強い意志がうかがえた。

「厳しい状況だからこそ、将来この業界を担う人材を丁寧に育てていきたい。農業にとっての財産は、土地と、人間ですから。そのふたつを大切に守っていけば、百年後も千年後も、自然から豊かな実りをもらえるはずです」

なんだか壮大な話になってきて、沙帆は気の利いた相槌も打てずに耳を傾けた。

帰りは専務に車で駅まで送ってもらうことになっていた。社長とふたりで事務所の外に出たら、粉雪がちらつきはじめていた。

「春が来たら、ここは一面緑になって、絶景なんです。あれはぜひ見てもらいたいですね」

社長がぽつりと言った。深く考えるまもなく、沙帆は答えていた。

「見たいです」

社長が腕組みをしたまま、沙帆を見下ろした。口もとがもの言いたげにゆがんでいた。

「見せていただきたい、です」

どきどきして言い直した沙帆に、彼は右手を差し出した。ふわふわと雪の舞う中で、ふたりは握手をかわしたのだった。

あのときの社長の言葉に、沙帆も今は心から同意できる。

鎌を動かす手を休め、周囲をぐるりと見渡してみる。本当に、絶景としか言い表せない。あおあおと茂った畑、山肌を染めあげる新緑、雲ひとつない青空。心が洗われる、というと少し大仰だけれど、無心になるというか、肩からすっと力が抜けていくように感じる。

ほうっと息をついたとき、背後から声をかけられた。

「中村さん」

沙帆ははっとして振り向いた。社長が畝の間を歩いてくる。ぼうっと物思いにふけっているところを、見とがめられてしまっただろうか。

社長の観察眼はただものではない。従業員への目配りだけでなく、気候の変化でも作物の不調でも、ほんのちょっとした異変を察知して、いちはやく手を打ってみせる。来る日も来る日も注意深く世界を眺め回しているおかげで、いっそう神経が研ぎ澄《す》まされていくのかもしれない。

沙帆のところまでやってきて、社長は口を開いた。

「今日の午後一番に、少し時間をもらえますか?」

予想外の言葉に、沙帆は返事をしそこねた。社長がもそもそとつけ足す。

「パソコンがね、また言うことを聞かなくて」

片手で頰をさするのは、きまり悪く感じているしるしだ。寡黙《かもく》で無表情な社長だが、沙帆も少しずつ感情を読みとれるようになってきた。治さんはあの顔で案外繊細だから、と重田さんはもっともらしく言っている。

社長は農作業から経営計画の策定までなんでも幅広くこなすのに、パソコン関連だけが不得手だ。他の社員たちも似たり寄ったりらしく、沙帆はけっこう重宝されている。近藤さんたちから「中村情報システム部長」とふざけて呼ばれることまである。

「来週の会議用に資料を作ろうとしたら、急に動かなくなったんですよ」

頰をさすりさすり、社長は続けた。

四半期ごとに開かれる経営会議には、社員全員が参加する。会社の一員として事業計画や予算を理解し意識して働いてほしい、というのが社長の意向なのだ。農業を生業《なりわい》とする上では、技術ばかりでなく経営についても学ぶべきだ、と。

「わかりました。見てみます」

「ありがとう。助かります」

そう言ってもらえると、沙帆もうれしい。

面接のとき、憔悴《しょうすい》しきっている沙帆に、社長は同情してくれたのだと思う。ハローワークの係員も絶賛していたとおり、懐の深い人物なのだ。重田さんの言葉を借りれば、どうなることかと思ったはずなのに、見捨てずに手をさしのべてくれた。肝心の農作業はまだまだ半人前だし、どこかで少しでも恩返ししなければ申し訳ない。

「どうも、おじゃましました。じゃあ、引き続きがんばって下さい」

がんばって。なにげない社長のひとことが、まったく違う声に変わって、沙帆の耳の内側でこだました。

仕事、がんばってね。母は沙帆との電話を終えるとき、決まってそうしめくくる。

「ありがとうございます」

応えた声が、小さくなってしまった。社長はいぶかしげに沙帆を一瞥《いちべつ》したものの、なにも言わず、踵《きびす》を返して事務所のほうへと戻っていった。

昼休みは正午からはじまる。朝と同様にみんなで食事をとってから、始業の二時までめいめい自由に過ごす。

　昼食の主菜は、豚しゃぶのレタス包みだった。この季節の定番料理らしい。各自、取り皿の上でレタスを一枚ずつ広げ、肉をのせてすっぽりとくるみ、好みのたれをつけて食べる。重田さんが沙帆の前で実演してみせた。

「お肉は少なめでね。主役はレタスだから」

　ポン酢派とごまだれ派が拮抗していて、沙帆は双方にすすめられるまま、どちらも試してみた。さっぱりしたポン酢も濃厚なごまだれも、それぞれにおいしい。

「これ食うと、夏が来るなあって実感しますよね」

「今年の、かなりいい出来じゃない？」

「春先の気温がちょうどよかったんだな。雨も多すぎず、少なすぎずで」

　食卓の会話もまた、レタスが主役である。

「よくここまで育ってくれたねえ」

　ハウスの中でいっせいに芽吹いた小さな苗の様子を、沙帆も覚えている。おもては真冬の雪景色なのに、一足先に春がやってきたかのようだった。あの幼い若葉が、次々に葉を増やして結球し、最後には子どもの頭ほどにまで大きくなったわけで、その成長ぶりには感慨深いものがある。

　が、沙帆はどうにも箸が進まなかった。

「どうしたの、さっちゃん。元気ないんじゃない？」

重田さんも、社長とはまた違った感じで勘が鋭い。

「もっと食べたら？　おなかがいっぱいになったら、元気も出てくるよ」

しつこくすすめられ、沙帆はあいまいに微笑《ほほえ》んだ。元気が出ないのは空腹のせいではない。母と連絡をとりあった後は、いつもこうなる。

重田さんにも悩みってあるのかな、とふと思う。ほとんどなさそうだ。あったとしても、この勢いで前向きに乗り越えていくのだろう。ひがみっぽく考えたそばから、そんな自分にうんざりした。これではまるで、わたしの悩みはわかりっこないと母親に反抗する思春期の娘だ。

「こんなに早起きしたら、元気もなくなりますって」

近藤さんが割って入ってくれて、助かった。

「近藤くんは朝弱すぎでしょう」

「いや、今年こそは遅刻ゼロをめざします。てか、もう十年もやってるのに、そろそろ体が慣れませんかね？　なんでこんなに眠いかな。今もゆだんしたら寝ちゃいそうですもん」

「そのわりによく食ってるよな」

「確かにね」

テーブルのあちこちから茶々が入る。

「だって、食欲と睡眠欲は別じゃないですか」

近藤さんはおおまじめに弁解している。しょぼついた目が、いかにも眠たそうだ。

「ま、食ったら食ったで、もっと眠くなるんですけど……おれ、軽く昼寝してきます。ごちそうさまでした」

使い終えた食器を重ねて、そそくさと立ちあがる。沙帆も便乗して腰を上げた。このまま居残って雑談に加わるには、それこそ元気が足りない。

「わたしも、ごちそうさまでした」

汚れた食器を手に、近藤さんの後を追って厨房へ向かおうとしたら、さっちゃん、と重田さんに呼びとめられた。

「さっき悦ちゃんとも話してたんだけどね。レタス、送ったらどう?」

「送る?」

「うん。ご実家に。記念すべき初収穫だし」

なにを言われているのか、つかのまわからなかった。わかった瞬間に、かっと頬が熱くなる。

「いいです、いいです」

「いいのいいの、遠慮しないで。なんなら会社からのプレゼントってことでもいいかなって、悦ちゃんも。さっちゃん、いつもがんばってくれてるから」

「いいですそんな、本当にお気遣いなく」

沙帆が懸命に断っても、重田さんはにこにこしてたたみかけてくる。

「冷蔵で送るといいわ。親御さん、きっと喜ぶよ。自慢の娘が収穫した野菜だもの」

「違うんです!」

悲鳴のような声が、沙帆の口からこぼれた。

「わたしは自慢の娘なんかじゃないですから」

重田さんが目をまるくして、口をつぐんだ。

「わたし、ここのこと、両親に話してないんです。父も母も、わたしは今も東京で働いてると思ってます」

「隠してるってこと？　どうして？」

重田さんの視線から逃れたくて、沙帆は目をふせた。

「……どうしても、言えなくって」

視界の端で、重田さんも下を向くのが見えた。にぎやかだった食卓が、しんと静まり返っていた。


大学四年生の夏、沙帆が就職先を報告したとき、母はひどく喜んだ。

「あげん有名な会社にねえ。たいしたもんだわ」

厳密にいえば、有名なのは沙帆が採用された先ではなく、その親会社である大手の電機メーカーだった。子会社なので、社名に同じ固有名詞が含まれているだけだ。実態としては、下請けのさらに下請けを担っているから、孫会社と呼ぶべきかもしれない。

はしゃいでいる母に水を差すのもためらわれ、沙帆が訂正しそびれているうちに、「中村さんとこの沙帆ちゃんが東京の一流企業に勤める」という評判は、隣近所じゅうに広まった。母が嬉々《きき》としてふれ回ったのだ。

「やっぱり沙帆は秀才じゃけん」

目立つようなとりえもなく、平凡な子どもだった沙帆だが、学校の成績だけは悪くなかった。今にして思えば、頭がよかったというよりは、まじめに勉強していたからだろう。こつこつ努力するのはきらいではなかったし、外で他の子どもたちと大勢で遊ぶより、ひとりで机に向かっているほうが落ち着いた。テストでいい点をとれば母がおおげさなくらいにほめてくれるので、それも励みになった。

母自身も、子どもの頃は秀才だったらしい。大学にも行きたかったのに、家が貧しく断念せざるをえなかったという。しかも当時は、少なくとも山陰の片隅にある小さな漁村では、女の子に大学教育は不要だとみなす家庭も珍しくなかった。

母は娘に自分のような無念を味わわせたくなかったのだろう。あるいは、娘に自分の無念を晴らしてほしかったのだろうか。

「卒業したら、ここを出ていきんさい」

言い渡されたのは、沙帆が高校に入ったばかりの頃だ。いい大学で学び、ゆくゆくはいい会社に勤め、可能であればそのどこかでいい相手を見つけて結婚する、それが母の描いた娘の人生設計だった。

父は口出ししなかった。実家では、子どもの進路に限らず、なんでも母が決めた。気の優しい父と、その性格を受け継いでいる沙帆は、おおむね黙って従う。無理強いされているわけでもなく、母の意見は正しいので、反論の必要も余地もないのだった。

「こげな田舎におっても、先が知れとるけん。漁師の嫁さんか、農家の嫁さんか」

母がつけつけと言っても、父は横でただ笑っていた。沙帆のほうが、なんだか居心地が悪かった。父は漁師だ。

「漁師も農家も、そりゃあ立派な仕事よ」

母もさすがに言いすぎたと反省したのか、つけ加えた。

「ただねえ、なんもかんもお天道《てんと》様のご機嫌しだいってのは、どげさもね。会社勤めのほうが、安定しとって安心だわ」

実際のところ、漁業や農業の仕事じたいには、母は敬意を払っていた。沙帆が茶碗に米粒を残そうものなら、お百姓さんに申し訳ない、と厳しくしかられた。問題は、「なんもかんもお天道様のご機嫌しだい」というところなのだ。どんなにがんばっても、天候ひとつでそれが水の泡になりうる。なにもかも自分の思いどおりに進めなければ気のすまない母にとって、決して抗えない圧倒的な力ですべてをひっくり返されるというのは、どうしてもがまんならないのだろう。

沙帆のほうは、母ほどのこだわりはなかった。都会への漠然としたあこがれはあったけれど、なにがなんでも故郷を出ていきたいとも思わなかった。実家の暮らしは、不安定ではあっても、不幸ではなかった。質素ながらも生活は回っていたし、母はあれこれ言うものの、夫婦仲がいいのは子どもの目にも明らかだった。

でも、せっかくはりきっている母に、そうも言いづらかった。たとえ言ったとしても、聞く耳を持ってもらえたかはあやしい。

沙帆は東京の大学に進んだ。母は必死に家計をやりくりして、学費と生活費を工面してくれた。優秀な娘の、安定した将来のために。


社長が愛用している年代物のパソコンは、沙帆が数分いじっただけで、なにごともなかったかのように動き出した。難しい顔で横から画面をのぞいていた社長は、ありがとうございました、と丁重に頭を下げてから、

「もう少しだけ、時間をもらえますか」

と切り出した。

「あの、さっきはすみませんでした」

沙帆は先回りして謝った。昼どきの言い争いは社長の耳にも届いていたはずだ。あんな言いようでは、沙帆がここでの仕事に満足していないように聞こえただろう。

「いえ。ひとそれぞれ、事情がありますから」

社長がゆるく首を振った。顔つきからはなんの感情も読みとれないけれど、内心では気を悪くしているのかもしれない。誤解を解きたい一心で、沙帆はおずおずと言った。

「わたし、この会社で働かせてもらえて感謝しています。社長にも皆さんにも、親切にしてもらって」

社長がほんのわずかに眉根を寄せた。

もの問いたげに見つめられ、沙帆は深呼吸をした。このひとには、わたしの事情を聞いてもらうべきなのだろう。

「内定をいただいたときに、両親にも伝えようと思ったんです」

とりいそぎ、電話で知らせようかとも考えたが、うまく説明しきれない気がした。次の帰省まで待って、直接話そうと決めた。

「だけど、実際に顔を合わせてみたら、どう話せばいいかわからなくなって」

今にはじまったことではない。何年も前から、沙帆は両親に本当のことを話せなくなっていた。

たとえば、ＳＥの仕事が覚悟していた以上に過酷なこと。慢性的な偏頭痛に悩まされていること。子会社での下請け業務は、お天道様のかわりに、わがままな顧客や強引な親会社の意向に左右されること。膨大な時間と労力を注いできた仕事が、突如として一からやり直しになることも珍しくなかった。それで沙帆の給料が下がるわけではないとはいえ、積み重ねてきたものがあっけなく無に帰してしまうのは、どうにもむなしいものだった。

でも、両親にそんな弱音は吐けなかった。娘は東京の大企業で充実した会社員生活を送っていると、ふたりは信じきっている。その期待を裏切るわけにも、心配させるわけにもいかなかった。

沙帆はずっと、両親をごまかしてきたのだ。自慢の娘であり続けるために。

「難しいもんですね、親子ってのは」

身じろぎもせずに沙帆の話を聞いていた社長は、ぼそりと言った。

「親は子どもに、苦労させたくないんですよね。農家の間でも似たような話は聞きます。自分らはいいけど、子どもに継げなんて言えっこないって」

遠くを眺めるような目をして、ふうと息を吐く。

「若い頃は、そういう話を聞くたびにもどかしくてね。正直、腹も立った。そんな甘いこと言ってるから、どんどん農業がすたれてく。立派な子どもに恵まれてるのに、しのごの言わずに継がせりゃいい、って。でも」

なめらかに話していた社長は、そこで言葉をとぎらせた。

「最近は少しずつわかってきた気もするんです、その、親心ってやつが。もちろん、わたしは親になったことがないから、想像するしかないんだけども」

はたとひらめいて、沙帆はたずねた。

「もしかして、重田さんもですか?」

うちの子は根性なしで雑だから農業は向いてないの、と冗談めかして言っていたけれど、実は娘に気を遣って、継いでほしいと言い出せなかったのではないか。いや、万事において率直な重田さんのことだから、包み隠さず希望をぶつけて断られたのかもしれない。どちらにしても、娘は農家になる道を選ばず、村を離れた。そこへ入れ違いに飛びこんできた沙帆を、重田さんは応援せずにはいられなかったのだろう。

さっきの重田さんのこわばった顔つきが、脳裏をよぎる。心がずしんと重くなる。親御さんはきっと喜ぶはずだと重田さんは熱っぽく言っていた。娘が収穫した野菜を食べるのは、ひょっとしたら、彼女にとってかなわなかった夢なのかもしれない。

「あそこの娘さんは、とてもいい子でね」

社長がゆっくりと話しはじめた。

「かしこくて、明るくて。うちのかみさんも、自分の子みたいにかわいがってました」

かみさん、と社長が専務のことを呼ぶのを、沙帆ははじめて聞いた。

成績優秀だった重田さんの娘は、東京の私立高校に通うことになった。有名な進学校で、地方から上京してくる生徒のために寮も備えていた。一年も経《た》つと、彼女はみちがえるようにあか抜けた。都会での新しい暮らしが楽しくてたまらないようだった。

高校生活も二年めにさしかかった頃、娘が世話になっている謝礼のつもりで、重田さんは収穫した野菜を寮の責任者に宛ててひと箱送った。

「そうしたら、何日か後に、泣きながら電話がかかってきたらしいんです」

「泣きながら？」

沙帆は面食らって繰り返した。

「ええ。お母さんのせいでばれちゃった、って言って」

実家が農家だということを、彼女は同級生たちに隠していたのだった。質問されれば、自営業だと答えていたらしい。うそではない。

「恥ずかしかったんだそうです。まあ、思春期ですしね。友達の親は、医者だの弁護士だの銀行員だの、そういう感じだったようで。それで重田さん、柄にもなく落ちこんでしまって」

先ほどの力ないつぶやきが、沙帆の耳によみがえっていた。隠してるってこと？　どうして？


「あの、わたしは、恥ずかしいなんて全然……」

沙帆はしどろもどろに弁明した。社長が首を横に振る。

「わかってますよ。中村さんが働いているところを見てれば、誰でもわかる。重田さんだって、たぶん本当はわかってるはずです」

そうだろうか？

愕然《がくぜん》として、沙帆は返す言葉もなかった。わたしは重田さんをこっぴどく傷つけてしまったんじゃないだろうか？　わたしを娘のようにかわいがってくれている「群馬のお母さん」を、手ひどく裏切ってしまったんじゃないか？

「で、話を戻しますとね」

社長は淡々と続ける。

「ご両親には、話したくなったときに話せばいいんじゃないですか。そんなに急ぐことはない。早くそういう日が来るといいとは思いますが」

われに返って、沙帆はぺこりと頭を下げた。

「すみませんでした。つまらない愚痴を聞かせてしまって」

にわかに恥ずかしくなってきた。勢いに任せて、ながながと個人的な打ち明け話をしてしまったのだ。こともあろうに、社長に向かって。

重田さんのことといい、わたしは本当に考えが足りない。

「ほんとにすみません。せっかく拾っていただいたのに、迷惑ばっかりおかけして。反省しています」

「中村さん」

社長がぴしゃりとさえぎった。

「反省しているなら、あなたの欠点をひとつ改善して下さい」

「はい」

「中村さんは、自信がなさすぎます」

うなだれている沙帆に向かって、社長はしかつめらしい顔で言い放った。

「わたしは経営者です。会社のことを第一に考えています。あなたを助けようとして雇ったわけではない。あなたに助けてほしいから、雇ってるんです」

いつになく語気が強い。

「さっき中村さんは、みんなが親切だって言いましたよね？　それはどうしてだか、わかってます？」

わかっている。彼らが善人ぞろいだからだ。そして、右も左もわかっていない新入りを、不《ふ》憫《びん》がってくれているからだ。

けれど沙帆がそう答えるより先に、社長が声を張りあげた。

「あんたに長くここで働いてほしいからに決まっとるでしょうが！」

唐突な大声に気圧《けお》されて、沙帆は口を開きかけ、でもなにを言ったらいいのかわからなくなって、とりあえずもう一度頭を下げた。

「すみません」

「だから、そうやって謝らないで下さい」

社長が口調を和《やわ》らげ、ぎこちなく口もとをゆがめた。どうやら、微笑もうとしているようだった。


翌日も、沙帆は午前二時半に目を覚ました。

昨日の午後は、社長と話した後で畑に出た。作業中や休憩時間に、他の社員たちとも言葉をかわす機会があったけれど、みんな昼休みのことにはふれず、自然に接してくれた。重田さんも話を蒸し返しはしなかった。そのかわり、いつもみたいに沙帆のほうに寄ってくることもなかった。無視するというほどではないし、もう怒っているふうでもないが、沙帆からわざわざ話しかける勇気も出なかった。

でも、今日こそは謝りたい。謝らなければならない。

朝礼の間、沙帆は重田さんの姿を目の端で追っていた。肩もみのときに真後ろに並んで、さりげなく声をかけるつもりだった。

「じゃあ最後に、肩もみを」

ラジオ体操が終わって社長の号令がかかるなり、沙帆はすばやく重田さんのほうへ近づいた。ところが、重田さんのほうが、もっとすばやかった。沙帆をかわすようにさっと身をひるがえし、大あくびをしている近藤さんの向こうにするりと回りこんで、早足で視界から消えていった。

やっぱり、まだ怒っているのだろうか。

後を追うことも、振り返って姿を探すこともできず、途方に暮れて突っ立っていたら、沙帆は列の先頭になってしまった。いよいよ、ついていない。ふだんはなるべく先頭にならないように気をつけているのに。前に誰もいないと、ただ肩をもんでもらっているだけの格好になって、手持ちぶさたなのだ。

ため息をついたそのとき、ふっくらした手のひらが両肩に置かれた。

「相変わらず、やせすぎ」

しゃがれた声が、耳もとで聞こえた。

重田さんは肩をもむのがうまい。こわばっていた筋肉が、みるみるほぐれていく。手があたたかく、指の力も強くて、うっとりするほど気持ちがいい。

話してみよう、と沙帆は不意に思った。お母さんとお父さんに、この会社のことを話してみよう。日々の仕事や、村での暮らしや、それから同僚についても。伝えたいことはいくつもある。毎日毎日、終礼でも話しきれないほど、うれしいことが起きているから。

大切に見守ってきたレタスを収穫できると、うれしい。ほうれん草を上手に刈りとれると、うれしい。雄大な風景を眺めると、うれしい。ぐっすり眠ってすっきりと目覚められると、うれしい。おいしいごはんを食べると、うれしい。みごとな夕焼けが見られると、うれしい。心をこめて肩をもんでもらえると、うれしい。

ここで必要とされているのが、うれしい。むろん、うれしいことばかりではない。つらいことも、落ちこむこともある。でも、もうしばらくここでがんばってみたい。本気で話せば、両親もきっとわかってくれるだろう。

沙帆は首を後ろにひねり、ささやいた。

「レタスの送りかた、朝ごはんのときに教えて下さい」

肩にふれている重田さんの両手に、一段と力がこもった。

「では、今日も一日がんばりましょう」

社長の太い声が朗々と響き渡った。沙帆は同僚たちと肩を並べて、夜明けを待つレタス畑へと急ぐ。

茄子《なす》と珈琲《コーヒー》

岡山県備前《びぜん》市・横尾《よこお》農園

ロッカールームで着替えをすませ、従業員用の通用口からカフェの店内に足を踏み入れるたび、真里亜《まりあ》はくらくらして目を細めてしまう。

照明が強すぎるわけではない。客席にいくつか置かれたランプの黄色いあかりも、注文を受けるカウンターを照らしているスポットライトも、ごくやわらかい。真里亜にとってまぶしく感じられるのは、電灯の光ではなくて、それを浴びている人々だ。

このカフェにいるひとたちは、なんだかきらきらしている。

カウンターには短い列ができている。先頭でびしっとしたスーツにぴかぴかの革靴をはいた中年男が財布を開き、その後ろには、春を先どりするかのようなパステルカラーのワンピースを着た女性の二人組が並んでいる。最後尾で仲睦《むつ》まじげに腕をからめている若い白人の男女は、観光客だろうか。

彼らの横をすり抜けて、真里亜はカウンターの内側に入った。エスプレッソマシンを操作していた先輩が、ほがらかに声をかけてくれる。

「おはよう」

真里亜と同じく、白シャツに黒いスカートを合わせ、その上に緑のエプロンをつけている。胸もとには店のロゴマークが白抜きで入っている。

アメリカ西海岸発の、国際的にも有名なカフェは、日本でも絶大な人気を誇っている。岡山市内だけで、ここを含めて十店舗が点在している。

「おはようございます」

せいいっぱいにこやかに、真里亜も答える。笑顔でいることは、この職場で最も大事な決まりごとのひとつなのだ。他の店員たちも、客の視界に入るか否かにかかわらず、もれなく晴れやかな笑みを浮かべている。

二週間前にオープンしたばかりのうちの店舗には、アルバイトが二十人ほど働いているが、その何倍もの応募が殺到したらしい。高倍率の選抜を勝ち抜いただけあって、真里亜以外の店員は美男美女ぞろいだ。かといって見かけ倒しでもなく、笑顔を絶やさず仕事も手際よくこなすのだから、無敵といっていい。

要するに、この店では店員も客に負けず劣らずきらきらしているのだ。

「百二十円のお返しになります。お飲みものができあがるまでもう少しお待ち下さい」

真里亜にはとうていまねできない、なめらかな早口でレジ係が告げる。おつりを受けとった男性客が脇にのいた。女性ふたりが前へ進み、順に口を開く。

「カフェモカのトールサイズを、ノンファット、ライトホイップ、エクストラホットで下さい」

「バニラクリームシェイクのシロップをチョコにして、エクストラソースで。あ、あたしもトールね」

どちらもよどみなく言ってのける。

このカフェはメニュウの数が多い。その上、何種類もあるシロップやソースを加えたり増やしたり減らしたり、ミルクを低脂肪乳や豆乳に変更したり、なんと数万通りもの組みあわせができるという。客にしてみれば気の利いた趣向なのだろうが、新米店員にとってはややこしくてしかたない。「本日のコーヒーを」と短く注文してくれる客がたまにいると、おおげさでなく天使に見える。

「これ、お客様にお出しして」

先輩から手渡された熱いカップの側面に、真里亜は目を走らせた。ペンで書かれた、暗号めいたアルファベットの羅列は、注文内容を示している。瞬時に読み解けなければ――そしてその作りかたまで覚えていなければ――いけないところだけれど、真里亜にはいまだに単なる暗号にしか見えない。先輩もそれは承知で、小声で耳打ちしてくれる。

「キャラメルマキアート、グランデ」

ありがとうございます、と真里亜もささやき返した。カウンター越しにカップを差し出す。

「お待たせしました。キャラメルマキアートのグランデサイズでございます」

男性客が店を出ていき、入れ違いに、新たなふたり連れが自動ドアをくぐった。

若い男女だった。女は真里亜と同年代だろうか、桜色のざっくりしたニットにデニムのミニスカート、足もとはスニーカーという飾らない服装なのに、どこかあか抜けている。小柄ながら顔が小さく、すらりと均整のとれた体つきのせいかもしれない。身長は真里亜と変わらないが、体重は十キロか、下手《へた》したら十五キロは軽いだろう。男のほうも細身で、手足がすんなりと長い。パーマなのか地毛なのか、栗色の髪はくるくるとカールしている。

彼の顔に、見覚えがあった。

視線を感じたのか、列の最後に並びかけていた彼も、真里亜のほうを見た。目を合わせ、一秒後には相好をくずした。

「えっ、うそ？　マリー？」

幼い頃、真里亜は自分の名前を上手に発音できずにマリーと自称し、周りにもそう呼ばれていたそうだ。二十歳になった今でも、親戚の間ではその呼び名が定着している。父方のはとこにあたる拓海《たくみ》も、例外ではない。

「うわあ、ひさしぶり。三年ぶり？　いや四年か？」

拓海は大股でカウンターの前まで寄ってきて、真里亜をじろじろと見た。

「全然変わっとらんな」

真里亜のほうは、突然すぎる再会に、うまく言葉が出てこなかった。拓海は海外に住んでいるはずだ。なんでこんなところにいるのだろう。

「で、お前、なんでこんなとこにおるん？」

と、拓海が言った。

真里亜がなんでこんなところにいるかというと、アルバイト先の喫茶店がつぶれたからだ。

その古めかしい喫茶店は、確かに繁盛しているとはいえなかった。バス通りに面していて、駅からも近いわりに、一見《いちげん》の客はまず入ってこない。間口が狭く、目立たないせいだろう。

アルバイト募集の貼り紙を見つけたのは、大学一年生の夏のことだった。

サークルにも部活にも入りそびれた真里亜は、長い休みでたいくつしていた。騒々しい勧誘活動におじけづき、一緒に体験入部やコンパに参加できるような友達もできず、まごまごしているうちに春が終わってしまったのだ。そこで、アルバイトをしてみようと考えついた。

しかし、いざ働き口を探してみると、なかなか難しかった。人見知りなので、居酒屋やファストフード店での接客は向かない。かといって、厨房《ちゅうぼう》で調理を担当するには不器用すぎる気がする。コンビニやスーパーのレジ打ちも、みるみる列がのびていく様子が想像できてしまうし、家庭教師として勉強を教えられるような頭脳もない。真里亜が通っているのは、ここ何年も定員割れが続く三流の私立大学である。

だから、たまたまあの喫茶店の前を通りかかったのは幸運だったと今でも思う。

初日はひどく緊張した。髪は真っ白だが肌つやがよく身のこなしも軽い、年齢不詳の女性店長の指示に従って、水やメニュウを出したり、注文を受けたり、コーヒーを客席まで運んだりするのが真里亜の役目だった。なにしろ常連だらけの店なので、彼らの大半は新入りを放っておかない。興味しんしんで質問されるたび、真里亜はおどおどと答えた。

店の雰囲気や、落ち着いた客層は好きだった。はじめての場所で居心地が悪くないというのは、新しい環境に慣れるまでとかく時間がかかりがちな真里亜には、かなり珍しかった。客足のとぎれたときに店長が淹《い》れてくれたコーヒーも、これまで飲んだことがないほどおいしかった。

ただ、業務をまっとうできたとはおせじにもいえなかった。注文を何度も聞き返し、ホットとアイスを間違え、トーストを黒こげにしてしまった。

「どうでした?」

閉店後に店長から聞かれ、真里亜はまず謝った。

「すみませんでした」

「答えになっとらんでしょう」

彼女はおかしそうに言った。

「あなたね、うちの店に合《お》うとると思う。若いわりに、なんていうか……」

言葉を探すように口ごもる。店に合うと認めてもらえて、真里亜はひとまずほっとしたが、続きは見当がつかなかった。若いわりに、の後にふさわしいほめ言葉はいくつか思い浮かんだ――しっかりしている、礼儀正しい、仕事ができる――ものの、どれも真里亜にはあてはまらない。

「のんびりしとるから」

店長がにっこり笑った。

週に二、三日の頻度で働いているうちに、真里亜もだんだんおいしいコーヒーを淹れられるようになった。本格的なハンドドリップの手順とコツを、店長に伝授してもらったのだ。

あせらない、というのが、コーヒーを淹れるにあたって重要な心構えらしい。ひと手間ひと手間が味に影響するからだ。器具やカップは、あらかじめあたためておく。新鮮な水をしっかり沸騰させる。それを一気には注がず、まずは少量、粉全体を湿らす程度にとどめて二十秒待ってから、円を描くように少しずつ丁寧に注ぎ足していく。最初はまごついたけれども、ひとたび流れが頭に入ってしまえば、「あせらない」作業は真里亜に向いているかもしれなかった。急ぐほうが、苦手だ。

店に集まってくるのは、時間にたっぷり余裕のある、言い換えればひまを持て余しているような年輩の客がほとんどなので、急《せ》かされもしない。家族の自慢や愚痴、世間のできごとに対する所感や批判、時には若かりし頃の武勇伝など、とりとめもない話に耳を傾けるのも真里亜の仕事のうちだった。若いひとにはつまらないでしょうと店長には気の毒がられたが、彼らのゆったりとした語り口を、真里亜はきらいではなかった。大学のクラスメイトの早口でかしましいお喋《しゃべ》りにつきあうよりも、ずっと楽だった。

およそ一年半の間、真里亜は楽しく働いてきた。三カ月前、年内いっぱいで店を閉めると店長に告げられるまでは。

「ごめんね。真里亜ちゃんが卒業するまでは、続けられるかと思うとったんじゃけど」

呆然《ぼうぜん》としている真里亜に、彼女はすまなそうに言った。誰か、若いひとにでも継いでもらえんかとも思ったんよ。でもねえ、こんな時代の流れに取り残されたような店、背負わせるのもよくないでしょ。

背負ってみせる、と言い返せるものならそうしたかったけれど、どう考えてもそれは不可能だった。学生の真里亜に、そんな度量も、また覚悟もない。

「ただ、真里亜ちゃんにひとつだけお願いがあってな」

店長が居ずまいを正した。

「この店のこと、覚えとってもらえん?」

「もちろんです」

真里亜は大きくうなずいた。忘れっこない。忘れられっこない。

「よかった。わたしはこんなおばあちゃんやし、他のお客さんたちも似たりよったりでしょう。先が長いのって、真里亜ちゃんくらいじゃけん」

店長が冗談めかして言った。真里亜は胸がいっぱいで、相槌《あいづち》も打てなかった。

「そうそう、あともうひとつ、ここがなくなった後のことでな。真里亜ちゃん、新しいバイト先って見つかりそう?」

現実を突きつけられて、さらに気が重くなった。しょんぼりと肩を落としている真里亜に、店長は続けた。

「ここの買い主さん、次も喫茶店をやるらしいんよ。よかったら、店が替わっても働けるように交渉してみようかと思うとるんやけど」

そうして真里亜は、おしゃれなカフェの店員となった。

というような長い話を、仕事中に、しかもカウンター越しにするわけにもいかない。真里亜と拓海のかわした会話は、短くてそっけなかった。

「バイト、何時まで?」

「六時まで」

「お、ちょうどいいな。おれ車だから、家まで送ったる」

このあたりは車社会で、真里亜も運転免許は持っているが、ふだん通勤や通学で岡山市街に出るときは電車を使う。瀬戸内《せとうち》市の自宅から最寄り駅まで自転車で五分、さらに岡山駅まで普通列車で二十分程度なので、さほど不便はない。

「そんな、いいよ。悪いし」

真里亜はあせって言った。拓海の背後で、連れの彼女がきれいな顔をゆがめてこっちをにらみつけている。

「いいよいいよ、遠慮せんと。じゃ、また後で」

言い残し、彼女のほうへ戻っていく拓海を、真里亜はぼんやりと見送った。同僚が退勤の時間に合わせて恋人や友達――美男美女の恋人や友達は、やっぱり美男美女だ――を店に呼び、連れだって出ていくことは珍しくない。けれど自分にもそんな機会がめぐってくるとは想像してもみなかった。

六時にカフェへ戻ってきた拓海は、ひとりだった。真里亜はほっとしつつも、一応聞いてみた。

「さっきの子は、大丈夫なん？」

「ああ、サナちゃん？　帰りは適当にするってさ。友達と会っとるらしい」

拓海はあっさりと答えて歩き出した。サナちゃんとの間柄も気にならなくはないけれど、いきなり詮索するのも気がひけて、真里亜はあたりさわりのない質問をしてみた。

「拓ちゃん、いつ日本に帰ってきたん？」

「先月。日本はええな、食べものがうまいし、しかも安いし。スウェーデンはとにかく物価が高すぎ」

そうだ、スウェーデンだった、と思い出す。海外に行ったことも、特に行きたいと考えたことすらない真里亜には、なじみの薄い国名である。北欧のどこか、というくらいのあやふやな印象しかない。

拓海は高校を出た後、陶芸を学びたいとなぜか言い出して、スウェーデンの陶工に弟子入りしたのだ。

真里亜は驚く半面、なんだか納得もした。おれはこんな狭い町にいつまでもいたくない、早く広い世界を見にいきたい、と拓海は昔から公言していた。真里亜にとっては、広い世界といえばせいぜい大阪か東京あたりだが、拓海の目はもっと遠くに向いていたようだった。

とはいえ海外で、しかも職人として身を立てていくなんて、道は険しい。そのうち音《ね》を上げて舞い戻ってくるだろうと親戚たちはうわさしていた。しかし真里亜にはなんとなく、拓海ならどこでだってうまくやっていけそうだという予感があった。見てろ、おれは絶対ビッグになってやるからな、と拓海は自信ありげに宣言していた。

真里亜の勘はあたった。拓海はそのまま現地に居ついた。真里亜よりも八つ年上だから、かれこれ十年も海外暮らしを続けている計算になる。

「一緒にめしでも行きたかったけど、ごめんな。今晩は家で食うって約束しとって」

拓海はすまなそうに言う。

「いいよ、うちもお母さんがもう用意しとると思うし。それより拓ちゃん、時間は大丈夫？」

真里亜は思いついてつけ加えた。拓海の実家は岡山市の西部にあるので、東隣に位置する瀬戸内市とは逆方向になってしまう。

「うん。どうせ通り道じゃけん」

真里亜はきょとんとした。疑問を察したようで、拓海が言い添える。

「おれ今、実家じゃなくて、横尾《よこお》のじいちゃんちにおるんよ。備前《びぜん》の」

備前市は瀬戸内市のさらに東なので、それなら確かに通り道だ。

拓海の「じいちゃん」、すなわち祖父は、真里亜の祖母の弟にあたる。真里亜にとっては大叔父ということになる。横尾家の姉弟のうち唯一の男子で、結婚した後も実家にとどまり、両親、つまり真里亜や拓海の曽祖父母と同居していた。正月やお盆には、彼らの家に親戚一同が集まった。真里亜も定期的に連れていかれていたけれど、小学生のときに祖母が亡くなって以来、疎遠になった。

「実家より、あっちのほうが便利だから」

「便利?」

真里亜は再びきょとんとした。十年も前の記憶なのでおぼつかないが、大叔父の家の周りには山と田んぼしかなかったはずだ。

「あれ? 聞いとらん?」

ちょうど信号待ちでブレーキを踏んだ拓海が、少し意外そうに真里亜を見やった。

「おれ、備前焼の窯元《かまもと》で働くことにしたんよ。これまで勉強してきたことも活《い》かせるし」

そう聞いてはじめて、スウェーデンと備前、果てしなく離れた二か所が真里亜の脳内でつながった。

「そっか、伝わっとらんかったか。うちのお袋、おじさんには話したって言うとったけどな」

真里亜の父と拓海の母親は、従姉弟《いとこ》どうし仲がいい。互いに連絡をとりあっているようで、真里亜が大学に合格したときも、すかさず祝いの品が届いた。

ただ、父が家で従姉《いとこ》やその家族の話をすることは、めったにない。日頃から口数が多いほうではないし、母に気を遣ってもいるのだろう。幼い真里亜の目から見ても、母と父方の祖母、いわゆる嫁 姑《しゅうとめ》の関係は緊迫していた。祖母の死後も、そちらの親戚に母はあまりかかわりたくなさそうで、法事やらなにやらの集まりにも原則として父ひとりが参加している。

「実家からだと往復二時間かかるし、毎日はきつくて。ちょうどよかったって、お袋たちも喜んでくれとる。あの家にじいちゃんひとりってのも、やっぱり心配やったっぽい」

大叔父がひとりになってしまったというのも、真里亜には初耳だった。大叔父夫婦はそろって子ども好きで、孫でもない真里亜のこともよくかわいがってくれていたのに、なんだか申し訳ない。

「おじいちゃんは、元気なん？」

「うん、体は健康そのもの。ちょっとさびしそうやけどな」

それはそうだろう。真里亜の祖父も、祖母に先立たれてしばらくの間は、すっかり元気をなくしていた。食欲も落ち、目に見えて老けこんで、周囲もずいぶん気をもんだものだ。

「忘れっぽくなったって本人はぼやいとるけど、まあ年齢《とし》も年齢だし。そうかと思ったら、昔のことをめちゃくちゃ細かく覚えてたりもして、びっくりする」

「うちも、ひさしぶりに会いたいな」

真里亜はつぶやいた。元気なうちに、会っておきたい。

「いつでも来て。じいちゃんもきっと喜ぶわ」

信号が青に変わり、拓海がハンドルを握り直した。

その週末に、真里亜は車で備前へ向かった。

父にならって、母には最低限の事実のみを伝えた。帰国した拓海とばったり会って送ってもらったことと、大叔父の家に出かけることだ。母は案の定、どちらにも関心は示さず、運転に気をつけるようにとだけ言って送り出してくれた。

大叔父の住む鶴海《つるみ》地区は、山に囲まれた集落だ。くねくねとカーブの続く狭い山道を慎重に下っていく。新芽をつけはじめた木々のこずえの間から、白っぽい春の光に包まれた田畑や民家が見渡せる。とりたてて特徴がある風景ではないけれど、なつかしく感じられた。昔、父が運転する車の後部座席から眺めたのどかな景色と、さほど変わっていないようだった。

大叔父の家に着き、門の前に車を停《と》めた。音が聞こえたのだろう、母屋の傍らに建っているビニールハウスの中から、拓海と大叔父が出てきた。

大叔父もまた、真里亜の記憶に残っている姿とほとんど変わらなかった。禿《は》げあがった額も、日焼けした肌も、しわの奥に埋もれた柔和《にゅうわ》そうな細い目も。

「おじいちゃん、おひさしぶりです。真里亜です」

もの忘れが増えたと拓海から聞いていたのを思い出し、真里亜はやや身がまえながら挨拶《あいさつ》した。そうでなくても、長らく顔を合わせていない。最後に会ったとき、真里亜はまだ小学生だった。

真里亜の目をまっすぐに見て、大叔父は快活に応えた。

「マリーちゃん、よう来たのう。ひさしぶりじゃ」

三人で家に上がり、畳敷きの茶の間でちゃぶ台を囲んだ。奥の縁側にも、その向こうのこぢんまりとした庭にも、どこからか漂ってくる線香のにおいにも、うっすらと覚えがある。拓海が熱いお茶を淹れてくれた。素朴なこげ茶色の急須と湯呑《ゆのみ》は、備前焼だ。

「これ、拓ちゃんが作ったん？」

白い湯気を立てている湯呑を、真里亜は手にとった。ざらざらした感触が手のひらになじむ。

「いや、おれのはまだ焼いてもないよ」

拓海が笑って首を振った。勤め先の工房では、窯に火を入れるのは年に二度、五月と十一月だけらしい。半年間に作りためておいた作品を、一気に焼くのだという。

「そもそも拓ちゃん、なんで備前焼やろうと思ったん?」

「二、三年前かな。向こうの同僚と、たまたま地元の話になって。焼きものが有名だって話したら、本物を見てみたいって言うから、帰国したとき、うちにあったやつを適当に持ってってったんよ」

そうしたら、ここでは珍しくもなんともない地味な焼きものが、異国で大絶賛されたそうだ。

「クール! ビューティフル! って、もう大騒ぎ。そう言われてよく見たら、備前焼って確かにかっこいいんよな」

備前焼がかっこいい、という感覚は、真里亜にもない。いいとか悪いとか、そういう目で見たことがない。物心ついた頃から毎日、これといった思い入れもなく使ってきた。

「あんまり近すぎると、逆に価値がわからんもんよ」

うまそうにお茶をすすっていた大叔父が、口を挟んだ。

「かもしれんね。海外におると、日本のこと考える機会が逆に増えたもんな。いろいろ質問もされるし」

拓海がうなずく。

「フラットに見直してみたら、案外いいところもあって。で、なんかもったいねえような気がしてきたんよ。スウェーデンも楽しいけど、おれはせっかく備前で生まれたのに、なんでわざわざこんな遠くにおるんかなって」

「お前、変わったのう」

真里亜も思っていたことを、大叔父が感慨深げに言った。

「昔は、田舎がいやだって文句ばっかり言うとったがな」

「それはまあ、ガキやったから」

拓海はきまり悪そうに頭をかいている。

「なんもわかっとらんくせに、かっこばっかつけてたな。あの、マリーのバイト先なんかも好きだったよなあ、中学や高校のときのおれなら」

今はまったく興味ないけど、と言いきってから、あわてたようにつけ足した。

「いや、別にあの店が悪いとは言うとらんよ。おれの考えかたが変わっただけ」

「いいよ、そんな必死にならんでも」

真里亜は苦笑した。考えかたはさておき、拓海の性格はそんなに変わっていないようだ。ずけずけとものを言うくせに、真里亜が泣きそうになれば、とたんにおろおろして慰めてくれた。

「うちも、なりゆきで働いてるだけなんよ」

この間は話しそびれていた、カフェで働き出したいきさつを打ち明けると、今度は拓海がぷっとふきだした。

「なるほどな。どうりで、らしくないとこにおると思ったわ」

「悪かったね。どうせ、うちだけ浮いとるよ」

そんなことは自分でもわかっている。よけいなお世話だ。

「いや、けなしとるわけじゃなくて。正直、おれも苦手じゃけん、あそこ。店員さんたちの営業スマイル見てたら、なんか背中がかゆくなってくる」

真顔で言われ、真里亜は問い返した。

「でも、こないだは？」

「ああ、あれな」

拓海が大叔父を横目でちらりと見た。

「あのへんにいい喫茶店があるってじいちゃんに聞いて。探したけど、全然見つからんくて」

「え。それって」

言いかけた真里亜の後を、大叔父がひきとった。

「たぶん、マリーちゃんの働いとった店じゃろ」

「じいちゃんの勘違いじゃなかったな。疑ってごめん」

拓海が両手を合わせる。

「じゃけん、間違いねぇって言うたが」

大叔父は怒るでもなく、むしろ得意そうに応えた。湯呑をちゃぶ台に置き、ふっと笑みをひっこめる。

「そうか、あの店、つぶれてしもうたんか」

悲しそうにつぶやいて、小さくため息をついた。

しばらく思い出話と世間話をして、真里亜が暇《いとま》を告げると、畑の野菜を土産《みやげ》に持って帰れと大叔父は言った。そういえば以前も、帰り際には米や野菜をどっさりもらったものだ。

真里亜は拓海と連れだって外に出た。ふたり並んで、畑に挟まれたゆるやかな坂道を上る。

あらかた収穫のすんだ農地は、ところどころに枯れた株の残骸が目につくくらいで、どことなくものさびしい。薄青い空に夕方の気配がにじみはじめている。

「今はもう、にんじんとブロッコリーくらいしか残っとらんな。冬野菜もほとんど終わって、畑を片づけとるとこ」

拓海が道からはずれ、傍らの畑に足を踏み入れた。真里亜も従う。

地面にへばりついているのは雑草かと思ったら、にんじんの葉だった。拓海がひょいひょいと根っこを引き抜いていく。店で見かけるにんじんよりやや細く、かわりに長い。ほの甘い土のにおいに鼻をくすぐられ、真里亜はまたもやなつかしい気分になった。

「マリーもやってみる？」

軍手を渡され、真里亜もしゃがんでにんじんの葉に手をかけた。

ちぎれないように、こわごわひっぱってみる。びくともしない。全力でひっぱる。やっぱり、びくともしない。

「けっこう力いるからな、これ」

拓海も手を添えてくれた。せえの、とふたりでひっぱって、ようやく抜けた。尻もちをつきそうになり、どちらからともなく笑ってしまう。

四、五本やってみて、真里亜もコツをつかんだ。慣れると俄然《がぜん》楽しい。するっと抜ければ、気分がすっきりする。

「筋がええわ、横尾の血かもしれん」

と拓海もほめてくれた。

横尾家は、大叔父の代から兼業農家になったという。大叔父は農協で働き、曽祖父母と大叔母が田畑に出ていた。その後、定年を迎えた大叔父が、老いた両親から農作業を引き継いだ。今ではかなり規模を縮小し、出荷するのは米とビニールハウスで育てている苗くらいで、畑の野菜は主に自宅で食べる分だそうだ。

「今年からは、おれがばあちゃんのかわりに手伝おうと思って。継ぎ手もおらんし、じいちゃんが引退したら田んぼも手放すつもりやったらしいけど、できる範囲でこつこつ続けるわ。ほら、ハンノーハントーってやつ」

真里亜にはなじみのない熟語だが、漢字で書けば「半農半陶」、農家と陶工という二足のわらじで生活を成りたたせていく算段らしい。

「昔の陶工もそうだったんよ。おれは、備前の土と生きていく」

口ぶりは幾分芝居がかっているものの、拓海は本気のようだった。そう言われてみれば、ふたつの仕事には土をさわるという共通点がある。

ついでに、育苗用のビニールハウスの中も案内してもらった。通路に沿って据えられた台の上に、浅めの黒いトレイがいくつも置いてある。冷凍庫の製氷皿を縦横にひきのばしたような形状で、格子状にびっしり並んだ三センチ四方の穴に、水ではなく土が詰まっている。そのひとつひとつに、米粒ほどの若芽がちょこんと頭をのぞかせていた。

「うわあ、ちっちゃい。かわいい」

真里亜は思わず声を上げた。

「これは茄子《なす》。そっちがレタス。あれはキャベツ」

拓海が指さして教えてくれる。葉が小さすぎて、真里亜にはさっぱり見分けがつかない。

「茄子は難しいんよ。今週やっと芽が出はじめたとこ」

いとしげに新芽をのぞきこんでいた拓海は、不意に真里亜のほうに向き直った。

「今日はありがとう。じいちゃんもずっとにこにこして、よっぽどうれしかったんよ」

「おじいちゃんは、いつもにこにこしとるじゃろ」

なんだか照れくさくなって、真里亜はまぜ返した。

「いや、今日は特別。最近、機嫌が悪いってわけでもないけど、なんか覇気がないっていうか、ぼけっとしとることも多いし」

「え、そうなん?」

拓海が声を落とした。

「ひとりぼっちでおる時間も長いしなぁ。お袋がちょくちょく様子は見にきとるし、おれもなるべく一緒におるけど、平日は仕事もあるから。マリー、もしひまがあったら、また今日みたいに相手したげてくれん?」

「うん。うちもたいしたことはできんけど」

春休みで時間は余っている。大学に友達がいなくはないけれど、休暇中に誘いあわせて会うほどの仲ではない。カフェのアルバイトも、積極的にシフトを入れる気にはなれない。

「いやいや、話し相手になってもらうだけで十分。マリーは聞き上手じゃけ、喋ってるとなんか元気が出てくるんよな」

拓海は調子よく言う。それは半分おせじだとしても、大叔父が真里亜の来訪を喜んでくれたのは事実なのだろう。

「じゃあ、また遊びにくるわ」

真里亜は答えた。


翌週から翌々週にかけて、真里亜はさらに三度、大叔父の家を訪れた。

いずれも平日の昼間だったので、拓海は仕事で留守だった。真里亜が訪ねていくと、大叔父はたいてい田畑かハウスにいた。モグラやネズミが田んぼの畔《あぜ》に開けた穴を補修したり、畑に残った枯れ葉や古株を除《の》けて土を耕したり、真里亜も見よう見まねで手伝った。

話し相手になってほしいと拓海には頼まれたけれども、じっくり会話する機会はほとんどなかった。作業の合間に、ぽつりぽつりと雑談をかわす程度だ。もしも大叔母の話になったら、うまく慰めたり励ましたりできるかと真里亜は気がかりだったが、話題は田畑にまつわる事柄に終始した。大叔父もあえて妻の話は避けているのかもしれない。話せば当然思い出すし、思い出せば恋しくなる。真里亜の祖父もそうだった。おじいちゃんの前でおばあちゃんの話はしないように、と両親から釘《くぎ》を刺され、子ども心にも気を遣ったものだ。

大叔父から聞いた中でとりわけ印象的だったのは、茄子の話である。

「鶴海の茄子は、伝統野菜に指定されとるんよ」

備前焼ならともかく、野菜にもそんな重々しい冠がつくなんて知らなかった。後からインターネットで調べたところ、古くから栽培されてきた在来種の野菜を指すようだ。県内では、瀬戸内市のかぼちゃや美作《みまさか》市の蕪《かぶ》なんかも認定されている。

しかしながら、伝統と名のつくものにありがちなことに、鶴海なすも昨今は衰退の一途をたどっているという。

「味は絶品なんじゃけど、育てづれぇからな。なにかと手がかかるし、色が薄くて見栄えも悪い。近頃は品種改良が進んで、きれいで育てやすい茄子がぎょうさんあるけぇ」

聞いているうちに、おぼろげな記憶がよみがえってきた。

いつだったか、親戚の子どもたちとともに、真里亜も畑で茄子をもがせてもらったことがあった。大叔父の家でもらう茄子はいつだってとびきりおいしかったから、さぞかし立派な実だろうとわくわくしていたのに、現物は不格好で色つやもぱっとせず、内心がっかりした。他の子たちも、「まずそう」「ぶさいく」と無遠慮に文句を並べていた。が、おとなたちは訳知り顔で、「食べてみてのお楽しみじゃ」と諭した。確かに彼らの言うとおりだった。美しいとはいえない茄子は、焼いて食べればとろりとやわらかく、抜群に味わい深かった。

大叔父が若かった頃には、地区一帯でさかんに栽培されていた鶴海なすだが、もはや扱う農家は二、三軒にまで減ってしまったという。

「え、それだけ？」

真里亜はぎょっとした。大叔父が頭を振る。

「時代の流れじゃけ、しかたねぇが」

時代の流れ——なんだかいやな響きだ、と真里亜は思う。どこかで似たようなことを聞いた覚えがある、とも。

そうだ、アルバイト先の、あの古ぼけた喫茶店だ。

営業後の薄暗い店内で、店長もそう口にした。こんな時代の流れに取り残されたような店、と彼女らしくもない自嘲じみた調子で。

「だめだよ」

とっさに、真里亜は大叔父に言い返した。

古くさく、はやっているとはいえないあの喫茶店が、真里亜は好きだった。世界中に支店を広げるような店ではないけれど、それでも愛してくれる地元客がいた。流行のチェーン店にとってかわられて、悲しかった。口惜《くや》しかった。

「なんとかできんの？　なんとかせんと」

真里亜の勢いに気圧《けお》されたのか、大叔父はぽかんとしている。

「なくなっちゃったらさびしいよ。もったいないよ。あの茄子、おいしいのに」

真里亜はさらに言い募った。

「ああ、さびしいのう」

大叔父がふっと目を細めた。

「茄子は他にもあるけん、なくなっても別に困らん。困らんけど、さびしいのう」

喫茶店も、備前焼も、そういう意味では同じかもしれない。かわりになるカフェも、陶器も、世の中には数えきれないほどある。でも、なくなったらさびしい。なくしてしまうのは、もったいない。

「じゃけぇ、じいちゃんもいろいろがんばってみとる」

大叔父は真里亜に、鶴海なすの種を見せてくれた。

初日に芽を見たときも、あまりに小さくて驚いたが、種はもっと小さい。不用意に息を吐けばたやすく吹き飛んでしまいそうな、この一粒がすべてのはじまりだなんて、見れば見るほど不思議だった。茎を伸ばし、根を張り、葉や花をつけ、やがて実を結ぶ、その茎も根も葉も花も実も、必要な全部がこのちっぽけな種の内側に詰めこまれているのだ。

種を採るための株は、他品種との交雑を避けるため、離れた場所に植えるらしい。なった実は黄色くなるまで完熟させ、陰干しする。十分に熟していないと発芽しないのだ。そうして採った種を、さらに念を入れてからからに乾かして、粒が大きく色が濃いものを選《よ》りわける。

「こんな細けぇもんじゃけん、目が疲れる。根気もいる。でも、せっかく親父《おやじ》から引き継いだ種じゃ。できる限り、続けようと思うとる」

手のひらにのせた種に大叔父が目を落とした。時代の流れなどとうそぶいてはいても、あきらめたわけではないようだ。真里亜はほっとして口を開いた。

「今年の種は、うちも一緒に採らせてもらっていい？」

大叔父がぱっと破顔《はがん》した。

「マリーちゃんに手伝《てつど》うてもろたら、でぇれぇ助かるが」

もともと細い目が、しわとほとんど同化してしまいかけている。真里亜までなんだかうれしくなってきた。

「任せて。うち、目はいいし、根気もけっこうあるから」

言ったそばから、自分でもちょっとびっくりした。任せて、だなんて、人生ではじめて使うせりふだ。

「そりゃ、ありがてぇ。頼もしいのう」

頼もしい、も人生ではじめて言われた。

どんな顔をしていいのかわからなくなって目をふせた真里亜に、大叔父が手をさしのべた。小さな小さな茄子の種を、真里亜の手のひらにそっとのせてくれた。

三月末の土曜日、真里亜は大叔父の家に行く前に、同じく備前市内の伊部《いんべ》に寄った。

このあたりには備前焼の窯元が集まっている。拓海の仕事場も、そのうちのひとつだ。一度窯を見に来いと熱心に誘われて、のぞかせてもらうことになったのだった。

駅前の駐車場に車を停めた。伊部に来るのは、小学校の社会科見学以来だろうか。家々の屋根が連なる向こうに、レンガ色の長い煙突が何本もにょきにょきと突き出ている。それぞれの窯元のものだ。

駅舎を背にして歩いていくと、備前焼の店が並ぶ通りにぶつかった。数メートル先の、重厚な瓦屋根の一軒の前で、拓海が手を振っていた。

店内には、たくさんの商品が陳列してあった。大小の平皿や深皿、とっくりにお猪口《ちょこ》、土瓶やビールグラスから、箸置きやすり鉢までそろっている。真里亜にも買えそうな安価なものもあれば、一桁も二桁も違う値段がつけられている品もある。

拓海はレジの内側にいる和服姿の女性店員に軽く会釈し、店の奥へずんずん進んでいった。真里亜も後に続く。店内をつっきって建物の裏手に抜け、屋根のない中庭に出た。

一歩足を踏み出して、わあ、と真里亜は声をもらした。

「大きいなぁ」

目の前に、窯があった。トンネルのような細長いかたちで、手前から奥にかけてゆるい傾斜がついている。

「当窯元自慢の、登り窯でございます」

拓海が気どった声色を作り、両手を広げてみせた。

「火入れは年に二回って、前に話したよな？　一回あたり三千個くらい作品を入れて、千二百度で焼く。二週間かけて」

予想を上回る数字ばかりで、へえ、と真里亜は感心する。

「そこの穴から薪《たきぎ》をくべるんよ。置く位置によって火のかげんが違うから、色みも柄も変わる。直火があたらんように藁《わら》を巻いて模様をつけたり、大きいやつの中に小さいのを入れて焼いたりもする」

細かい蘊蓄《うんちく》よりも、手ぶりもまじえて熱弁する拓海の真剣な顔つきに、むしろひきこまれた。ひとしきり講釈を聞き、窯の写真も撮らせてもらう。

「作業場も見てみる？」

拓海が中庭の一画にある小屋を指さしたとき、だしぬけに後ろで声がした。

「拓海！」

真里亜はおそるおそる振り向いた。

「なにしてんの？」

声の主は、真里亜と同じくらいの年頃の、ほっそりした女の子だった。不機嫌そうに眉をひそめ、腕を組んで仁王《におう》立ちしている。窯元の関係者だろうか。部外者に勝手に立ち入られて、怒っているのかもしれない。

「あれ、来とったん？」

はらはらしている真里亜をよそに、拓海はのんきに言う。

「ほら、はとこのマリー。窯とか見せてやってるんよ」

彼女はとげとげしい目つきで、値踏みするように真里亜の全身を見た。

「ああ、あの店員さん？」

端整な目鼻だちにどこか見覚えがあると思ったら、真里亜がカフェで拓海と再会した日、一緒にいた子だった。名前は確か、サナちゃんだ。

「はとこって、血はつながってんの？」

「うん。ちょっとだけな」

「ふうん。全然似てないね」

小馬鹿にしたように鼻で笑われて、真里亜は下を向いた。感じの悪い態度に腹を立てるべきところなのかもしれないが、いたたまれない気持ちのほうが強い。

こういうひとは、苦手だ。苦手というか、こわい。物事は自分の思いどおりに運ぶべきだと信じて疑わず、それがかなわなければ怒りや敵意をあからさまにぶつけてくる。学校の同級生にもいたし、カフェの客にもいる。彼らににらまれたり嗤《わら》われたりするたび、真里亜は身がすくんで動けなくなる。

「てか、窯なんか見せてどうすんの？　一般人にはおもしろくなくない？」

「そんなことないって。な？」

拓海に同意を求められ、真里亜は小さくうなずいた。

サナちゃんはここの同僚なのだろう。拓海の様子からして、恋人どうしではないみたいだけれど、少なくとも向こうは気がありそうだ。好意を寄せる仕事仲間が、親戚とはいえ冴（さ）えない女を自分たちの神聖な職場に招き入れているなんて、気に食わないのかもしれない。

「じゃあ、そろそろ行くか」

とりなすように、拓海が言った。さすがに、この状況で真里亜を作業場まで案内するのは気がひけたようだ。

サナちゃんがぴくりと眉を上げた。

「行くって？　どこに？」

「うちに。じいちゃんに会いにくるついでに、寄ってもらったんよ」

「待って」

さっと拓海の腕をつかむ。

「拓海、サナにマグカップの作りかた教えてくれるって言ったよね？」

「え？　でも、家に山ほどあるからもういいって……」

「やっぱ作る。教えてよ」

サナちゃんは早口でまくしたてて、作業場に突進していった。

「なに、教えてって、今？」

「今」

振り向きもせずに即答する。

大叔父はビニールハウスの中にいた。

「ん？　拓は？」

「後から来るって」

詳しい事情を説明する気にもなれず、真里亜は短く答えた。大叔父に気を遣わせるのもしのびない。

ふたりで手分けして、鶴海なすの苗をひとつひとつ見て回る。この二週間あまり、かいがいしく立ち働く大叔父にならい、真里亜も世話を手伝っている。虫とりに水やり、あとは温度管理も大事らしい。大叔父は気温と地温を欠かさず確認し、陽《ひ》ざしの強い日中にはハウスの戸を開けてこもった熱を逃がしたり、朝晩が冷えこめばビニールや菰《こも》をかぶせたり、こまやかに気を配っていた。

おかげで、苗はすくすくと成長している。五月の連休明けには畑に定植《ていしょく》する予定なので、あとひと月と少しだ。ただし、あたたかくなるにつれて、やわらかい新芽をねらうナメクジや害虫も増えているから気を抜けない。最初の頃は、招かれざる客たちを発見するたびに悲鳴を上げていた真里亜も、もうすっかり慣れた。今では恐怖のかわりに殺意がわいてくる。

近頃、苗たちがかわいくてしかたがないのだ。ことに鶴海なすには、他の野菜以上に愛着が強い。手がかかる子ほどかわいいというのは本当らしい。着々と背丈が伸びているのが健気《けなげ》で、つい顔がほころんでしまう。

けれど今日ばかりは、どうも目の前の苗に集中できなかった。胸のあたりがもやもやと重たい。

　真里亜はいつもそうなのだ。動作がゆっくりだと——時には「のろい」とか「とろい」とも——周りからは指摘されるけれど、感情の動きも遅いらしい。いやなことがあったその場ではやり過ごせても、後になってじわじわくる。

　それにひきかえ、サナちゃんのあの勢いはどうだろう。ああやって喜怒哀楽をただちに、かつ思うさま外へまき散らせるのは、誰もが自分の味方についてくれると見越しているからに違いない。拓海も拓海だ。また今度にしてほしい、と毅然《きぜん》と断ることだってできたはずなのに、結局は彼女の言いなりになった。

　でも、拓海だけを責められない。わたしも、わたしだ。先に約束していたのはこっちだ、と毅然と抗議することだってできたはずなのに、すごすごとひきさがってしまった。

「マリーちゃん、どうした？」

　大叔父に声をかけられ、はっとした。知らず知らずのうちに、手がとまってしまっていたようだった。

　真里亜が事の次第を説明したところ、大叔父は意外なことを言った。

「その子は窯元のお孫さんじゃろ。春休みで東京から遊びに来とるらしい」

　そういえば言葉に訛《なま》りがなかったな、と真里亜は今さら納得した。春休みということは、社会人ではなく学生なのか。あの高飛車な態度も、急な頼みごとに拓海が従わざるをえなかったのも、合点《がてん》がいった。雇い主の孫娘をぞんざいに扱うわけにいかないだろう。

「やきもちかぁ。いろいろ大変じゃのう、若《わけ》ぇもんは」

大叔父はのんびりと頭を振っている。

「やきもちなんて、別にそんな」

あの美しいサナちゃんを真里亜が妬むなんて、おこがましい気がする。拓海の妹とか恋人とか、もっと近しい関係ならともかく、わたしはただのはとこにすぎない。

「いや違う。そのお孫さんが、マリーちゃんに嫉妬しとる」

「へっ？」

またしても意外な言葉に、まぬけな声が出た。

「拓はずっと、マリーちゃんに窯を見せたいって言うとった。あんたに見てほしかったんじゃ。あいつにとって、大事なもんを」

大叔父はきっぱりと言いきった。

「マリーちゃん、拓が外国に行くって言い出したときのことは覚えとるか？」

例によって親戚がこの家に集まった折に、おとなたちの宴席で、拓海はスウェーデン行きの計画を披露したのだという。そして一笑に付された。拓坊がまた夢みたいなことを言っとる、世の中はそんなに甘くない、と。

拓海は顔を真っ赤にして部屋から飛び出していったきり、いつまで経《た》っても戻ってこなかった。大叔父は少し心配になってきて、孫を探しにいくことにした。

「拓は意地っ張りじゃけん、ひとりで悔し泣きでもしとったらいけんと思っての」

しかし拓海は泣いていなかった。小学生だった真里亜をつかまえて、自らの野望と輝かしい未来図を意気揚々と語っていたのだという。

「あいつ、でぇれぇうれしそうでな。じいちゃんも反省した。せっかく拓ががんばろうとしとるのに、応援してやらんとのう」

真里亜もなんとなく覚えている。ビッグになってみせる、と拓海はりきっていた。拓ちゃんならきっとなれるよ、と真里亜は素直にうなずいた。大叔父が物陰からふたりを見守っていたとは、まったく気づかなかった。

「じゃけん、拓にとっちゃ、あんたは特別なんじゃ」

マリーは聞き上手じゃやけ、と拓海に言われたのを、ふと思い出す。喋ってるとなんか元気が出てくるんよな。深く考えずに口にしたのだろうと軽く聞き流したけれど、あの言葉には思いのほか実感がこもっていたのかもしれない。

「お孫さんにも、たぶんわかったんよ。女の勘は侮れん。うちのばあさんも、ああ見えてやきもち焼きでな。昔はしょっちゅうけんかになっとったが」

大叔父がごほんと咳《せき》払いして、さびしげに言い足した。

「いけん、いけん。こんな話をしとったら、ばあさんに会いたくなる」

真里亜は答えに窮した。大叔父はしばし宙に視線を泳がせ、それから、よっこらしょと腰を伸ばした。

「よし、会いにいくか」

手についた土をぱんぱんと払う。

「え？　会うって、おばあちゃんに？」

「ああ。喜ぶぞ」

目を輝かせ、いそいそとハウスの出口へ向かっていく大叔父を、真里亜はどきどきして追いかけた。ひょっとして、多少頭が混乱してしまっているのだろうか。こういう場合、おばあちゃんはもういない、と冷静に指摘したほうがいいのか。それとも、とりあえず話を合わせておいて、本人がわれに返るまで待つべきか。

真里亜の動揺をよそに、軽やかな足どりでハウスを出た大叔父は、畑の一隅に停めてあった軽トラックに乗りこんだ。

「マリーちゃんも乗りんせぇ」

いったい、どこへ行くつもりだろう。全速力でトラックを走らせたところで、天国まではたどり着けないはずだ。

そこまで考えたところで、はたとひらめいた。

もしかして、お墓だろうか。真里亜の祖父も、祖母の墓参りを「ばあさんに会いにいく」と表現していた。墓石の前でながながと手を合わせ、家族全員の近況を報告した。得意の尺八を持参して一曲演奏することもあった。

「おうい、早《はよ》う」

大叔父にうながされるまま、真里亜は助手席に座った。

十分ばかり走り、大叔父が軽トラックを乗り入れた駐車場は、どう見ても墓地のそれではなかった。

真里亜は車から降り、正面にそびえる四角い建物を唖然《あぜん》として見上げた。

「くたびれてしもうたか、マリーちゃん？」

たずねられて、ぶんぶんと首を振った。縁起でもない誤解を打ち明けるわけにもいかない。

大叔父がすたすたと歩き出す。

「あっちの入口のほうが、入院病棟には近《ちけ》ぇんよ」

大叔母が入院したのは二月の下旬だったという。目的の手術は成功したが、体力の消耗が激しく、医師から絶対安静を言い渡されてしまった。見舞いも極力ひかえなければならず、先週になってようやく普通に面会できるようになったそうだ。

大叔父が病室のドアをノックすると、はあい、と細い声が返ってきた。

狭い個室は、壁も床も天井も白かった。奥の窓から淡い陽ざしがななめにさしこんでいる。

大叔父の肩越しに、浴衣姿でベッドに横たわる大叔母が見えた。

「あれ、おとうさん？」

頓狂な声を上げる。

「毎日来んでもいいんよ。そろそろ忙しくなってくる時期やのに」

「いや、今日はマリーちゃんを連れてきたんじゃ」

大叔父が一歩脇にずれ、真里亜はぺこりと頭を下げた。大叔母が目を見開いて、口もとに手をあてた。

「ひさしぶり、マリーちゃん。わざわざありがとう」

ベッドの上で半身を起こして会釈する。十年前の記憶に比べれば若干やせたようだけれど、血色はよく、まなざしも明るい。経過は順調なのだろう。

「拓ちゃんからもいろいろ話は聞いとるよ。でぇれぇお世話になっとるって」

「マリーちゃんは仕事が丁寧じゃけ、ありがてぇが」

「向いとると思うわ、優しいから。心をこめて世話しよったら、植物にもちゃんと伝わるんよ」

くちぐちに言われ、ほめられ慣れていない真里亜はもじもじしてしまう。

「おかげさまで、ばあちゃんも心配せんと、こうしてゆっくりできてます」

「あんたはなんも気にせんと、しっかり休んで早う治しんせぇ」

「まあ、優しいこと。いつもは、ばあちゃんより茄子のほうが大事じゃのに」

「なんじゃ、人聞きの悪い」

大叔父が顔をしかめて、真里亜に耳打ちした。

「ほれ、やきもち焼きじゃろ？」

「なあに？」

「いや、なんも言うとらんが」

息の合った夫婦のかけあいを聞いていると、話し相手がいなくて張りあいがなかろうと拓海が祖父を案じていた意味が、真里亜にもよくわかった。

「まあいいわ。ともかく、マリーちゃんと拓ちゃんには感謝しとるんよ」

大叔母が話を戻した。

「そういえば、拓ちゃんは？　うちで留守番？」

伊部での顚末《てんまつ》を真里亜がかいつまんで説明したら、大叔母は眉根を寄せた。

「悪かったねえ、拓ちゃんはそういうとこ、気が回らんから。お孫さんも急いどったんでしょ。今日が最後じゃけん」

「最後？」

大叔父と真里亜の声がそろった。

「拓ちゃんが言うとったよ。高校の入学説明会やらなんやらで、東京に戻るって。おとうさん、覚えとらん？」

「そんな話、しとったかのう？」

大叔父は首をひねっている。どうやら、記憶力は大叔母のほうが確からしい。

「つい昨日のことよ。おとうさん、しっかりして下さいよ」

高校の入学説明会、と真里亜は声には出さずに繰り返す。てっきり同年代か、ひょっとしたら年上かと思っていたサナちゃんは、中学を卒業したばかりのようだ。

またもや驚き、次いで、無性におかしくなってきた。わたしは勘違いが多すぎる。そうして今日は、それらがどんどん正されていく日みたいだ。

「ごめんね、マリーちゃん。拓ちゃんも悪気はないんよ。大目に見てやってな」

大叔母に謝られるまでもない。勝手に腹を立ててごめん、とこっちが拓海に謝りたい。

「伊部の窯は、どうじゃった？　ばあちゃんも見たことないんよ」

「大きくて、迫力あった。あ、写真もあるよ」

真里亜は携帯電話を取り出した。つい数分前に、拓海からメッセージが入っていた。

まずは大叔母たちに写真を見せた後で、さっと目を走らせる。さっきはごめん、かならずうめあわせする、ごめんごめんごめん。あせって打ったのだろう、ひらがなだらけの文面を読んで、ふきだしそうになった。

「マリーちゃんも、じきに学校がはじまるでしょ？」

笑いをかみ殺している真里亜に、大叔母が言う。

「あと、アルバイトもしとるんよね？　忙しいじゃろうけん、無理せんとってな」

真里亜の近況全般も、拓海から伝わっているらしい。アルバイト、という言葉から連想したのか、大叔父が口を挟んだ。

「そういや、あんたも気に入っとった岡山の駅前の喫茶店、つぶれてしもうたんじゃと」

「ああ、それも拓ちゃんに聞いたわ。あそこ、おいしかったのに」

「あんたはコーヒーが好きじゃけんね」

真里亜は思わず割って入った。

「あの、よかったら、うちが淹れようか？」

「え？」

大叔父と大叔母が、そろってこちらを見た。

「店長に教えてもらったんよ。完全に同じは無理だけど、似た味は出せるかも」

拓海が「うめあわそ」してくれるというなら、備前焼のコーヒーカップを作ってもらおうか。

大叔父と大叔母の分、できれば拓海と真里亜の分も。

「うわあ、楽しみじゃね。退院が待ちきれんわ」

大叔母が小さく手をたたいた。

「おとうさんも、ずっとひとりじゃさびしいもんなあ？」

いたずらっぽく微笑《ほほえ》みかけられ、大叔父がばつが悪そうにそっぽを向いた。

「茄子の定植までに、帰ってこられぇ」

窓に近づいて、サッシを薄く開ける。殺風景な病室に吹きこんできたそよ風は、ほの甘い春のにおいがした。

本部長の馬鈴薯

北海道京極町《きょうごくちょう》・新美《にいみ》農場

八月最後の日曜日の晩、家に電話がかかってきたとき、淳子《じゅんこ》はリビングにいた。夕食をすませた後、親娘三人でテレビを見ていた。

正しくいうと、見ているのは淳子だけだった。孝宏《たかひろ》はダイニングテーブルで雑誌を広げ、舞《ま》花《か》はソファの上で膝を抱えて携帯電話をいじっていた。その隣に座っていた淳子が、テレビのほうへ身を乗り出したのは、ちょうど天気予報がはじまったからだ。

画面いっぱいに映し出された北海道の地図の上に、ぴかぴか光る太陽のマークが散らばっている。明日は全道的に晴れるらしい。

「お母さん、電話鳴ってるよ」

ん、と淳子は生返事で舞花に応えた。画面が切り替わり、週間予報が続く。京極町《きょうごくちょう》の属する北海道中央部は、水曜日までは晴れてくれるようだ。木曜以降はくもりになっているものの、傘のマークはひとつも見あたらない。降水確率は何パーセントだろう。雲は多くても、雨が降らない限りは問題ないのだが。

「ちょっと、聞いてる？　お母さんってば。切れちゃうよ」

舞花がうっとうしそうな声を上げ、片足を伸ばして爪先で淳子の腰をつつく。ただし催促《さいそく》するだけで、自分がかわりに立ちあがるわけでもない。

結局、電話機から一番遠くにいた孝宏が腰を上げて、受話器をとった。

「はい新美《にいみ》です。ああ、どうもご無沙汰しております」

礼儀正しく応対し、ソファの妻まで子機を持ってきてくれる。

「芳子《よしこ》さんだよ」

「ありがと」

まだ半分テレビに気をとられながら、淳子は電話に出た。

「もしもし?」

「淳ちゃん? ひさしぶりね。相変わらず忙しいかい?」

おっとりした口ぶりで、叔母が言った。

芳子叔母は、淳子の父親の妹だ。五人兄妹の長男と四女で、十五も年齢が離れている。淳子と叔母は十七歳差なので、ほとんど変わらない。

「うん、明日からね」

淳子は答えた。新美農場にとって一年で最も忙しい季節が、いよいよはじまる。ひと月半かけて、数十ヘクタール分の馬鈴薯《ばれいしょ》とにんじんを収穫するのだ。

「そう、ちょうどよかった。実はさ、急で悪いんだけど、ひとつお願いがあって」

「お願い?」

淳子は聞き返した。今はどう考えても、叔母の「お願い」を引き受けるのに「ちょうどいい」時期とはいえない。収穫が終わるまでは、時間の面でも体力の面でも、それから精神的にも、他のことにかかわる余裕はない。結婚して家を出たとはいえ、農家の娘として生まれ育った叔母も、それはよく知っているはずだ。

が、断ることはできない。芳子叔母なら、たとえどんなに余裕がなくても、必ず姪《めい》に手をさしのべてくれるのだから。

「なあに?」

おそるおそる、淳子はたずねた。

翌朝は天気予報どおりにからりと晴れた。

家族三人で朝食をとり、舞花が高校へ、孝宏は仕事に、それぞれあわただしく出かけていった直後、叔母が車でやってきた。挨拶もそこそこに、顔の前で手を合わせてみせる。

「淳ちゃん、ごめんね。勝手なことをお願いして」

知人に農作業を手伝わせてもらいたいというのが、叔母の頼みだった。

知人といっても、叔母も面識はないらしい。中学時代に親しかった女友達の、連れあいだそうだ。定年まで東京の総合商社に勤め、退職後も夫婦で都内に住んでいたのだが、老母の介護で妻がしばらく実家へ戻らねばならなくなり、夫もついてきた。

「ご主人、家のことは一切できないらしくてね。ひとりで東京に置いとくわけにもいかなくて、連れてくるしかなかったんだって。けど、こっちに知りあいもいないし、やることもないっしょ。とにかく毎日たいくつしとるみたい」

妻は妻で、母親の世話に追われ、夫ばかりにかまってもいられない。不慣れな介護の疲れもたまってきて、だいぶまいっているようで、見かねた叔母が新美農場の話をしてみたのだという。誰かが困っていると、どうしても放っておけない性格なのだ。

面倒見のいい叔母に、淳子自身も昔から世話になってきた。

淳子が物心ついた頃、農地の一画に建つこの家には、祖父母と両親に加え、まだ独身だった叔母も同居していた。喘息《ぜんそく》持ちで、畑に出ると咳がとまらなくなるので、家業は手伝わずに町の商店で働いていた。姪のことをかわいがってくれる若い叔母を、淳子はヨシコ姉ちゃんと呼んで慕っていた。

七歳のときに実母を病気で亡くしてからは、淳子にとって叔母は姉というより母親がわりと呼ぶべき存在になった。祖父母も父も、もちろん淳子のことを気にかけてはいたのだろうけれど、まめに子どもの相手をするような性質《たち》ではなく、なにより畑仕事で忙しかった。淳子の他愛《たわい》ない お喋《しゃべ》りに耳を傾けてくれるのも、手作りのおやつや遠足の弁当をこしらえてくれるのも、参観日や運動会に出席してくれるのも、叔母だった。眠れない夜、淳子は叔母の部屋に押しかけて、あたたかいふとんの中にもぐりこんだ。姪が寝入るまで、叔母は辛抱強く背中をさすってくれた。

中学に上がったばかりの春、叔母の縁談が決まり、淳子はおおいに衝撃を受けた。自分を置き去りにする叔母を恨み、叔母をさらっていく叔父を憎んだ。おなかが痛くて結婚式にも出なかった。仮病ではなく、本当に痛かったのだ。せめて淳子が小学校を卒業するまではそばにいてやりたいと叔母が言い張り、何年も叔父を待たせていたというのは、ずいぶん後になってから知った。

「淳ちゃん、ほんとにありがとね。ミヨちゃんも感謝しとったよ。しろうとだから役には立たんだろうし、バイト代なんかもいらねって」

「え、いいの?」

「いい、いい。むしろ、お金払ってでも預かってほしいみたい。ここだけの話、ご主人、会社で役員をねらってたらしくてね。まだまだ現役でばりばり働くつもりだったのに、社内でごたごたがあって、ま、要は出世争いに負けたんだね。そんで一気にがっくりきちゃったんだってよ」

「なるほどね。サラリーマンも大変だ」

淳子は苦笑した。

「でも、人手が増えるのはこっちも助かるよ。この時期は猫の手も借りたいくらいだし」

馬鈴薯の選別は、そこまで複雑な作業ではない。よほど筋が悪くなければ、じきにこなせるようになる。家事がまったくできないという話は多少ひっかかるが、不器用だからできないのではなく、やろうという発想がそもそも頭にないのだろう。そういう世代なのだ。

ふと、不安が胸をよぎる。そういう世代の男性が、淳子はあまり得意ではない。

「足手まといにならなきゃいいんだけど」

姪の懸念が伝わったのか、叔母が眉根を寄せた。

「いや、ほら、安井《やすい》さんだってさ、定年までは経験ゼロだったんだよ。だけど今となっては、うち一番の戦力だもの」

淳子はわざと明るく言った。

「ああ、そだねえ。安井さんにもしばらく会っとらんわ。せっかくだから顔見て帰ろうかね。あと、舞ちゃんにも会いたかったけど」

「あの子も残念がってたよ」

舞花も大叔母にとてもなついている。小さい頃、たびたび子守をしてもらったのだ。

自分の息子たちに手がかからなくなってきたので、家事を手伝おうかと叔母のほうから申し出てくれたのだった。当時、淳子は父の跡を継ごうと決意したばかりで、農場経営のことで頭がいっぱいだった。町役場に勤める孝宏は残業がほとんどなく、ひととおりの家事はこなしてくれるとはいえ、叔母の助けは本当にありがたかった。

「あ、来たかね」

車のエンジン音を聞きつけて、淳子と叔母は窓辺に立った。畑の間をぬって、銀色の軽自動車が走ってくる。斉藤《さいとう》氏と、夫を送ってきた妻を出迎えるべく、淳子は玄関口に向かった。

風貌も印象も、対照的な夫婦だった。

妻は女性にしては長身で、ほっそりとやせている。やつれている、と表現したほうがいいかもしれない。目の下に浮かんだ濃いくまは痛々しいが、ととのったおもだちで、品のいい笑みを口もとにたたえている。対して、夫は小太りで背が低い。こけしを連想させる細い目をすがめ、口をへの字に結んでいる。

「はじめまして、斉藤です。どうぞよろしくお願いします」

斉藤夫人が深々とおじぎした。東京暮らしが長いせいか訛《なま》りはない。隣の夫は腕組みをしたまま、ほんのわずかに頭を動かした。


淳子がガレージをのぞくと、三人の従業員はすでに来ていた。

トラクターや収穫機《ハーベスター》といった大型車両が何台も停《と》めてある間で、立ち話をしている。安井と芙美《ふみ》は、春から夏にかけても顔を合わせているが、収穫の短期間限定でやってくるレンとは一年ぶりの再会になる。互いの近況報告で盛りあがっているようだ。

彼らに淳子も加えた四人が、今期の収穫にあたる主戦力となる。週末には孝宏にも手を貸してもらうつもりだ。

それから、斉藤氏にも。

淳子に続いてガレージの中へ入ってきた彼は、きょろきょろと周囲を見回している。見慣れない車や機械に気をとられているようにも、いきなり未知の場所に放りこまれて警戒しているようにも見える。

こちらに気づいた安井が、帽子をとって会釈した。

「おはようございます」

彼は淳子の父と同い年で、生前は公私にわたって仲がよかった。二年前の葬儀では、棺《ひつぎ》の前で静かに涙を流していた。

　安井の場合も、会社の定年を機に農業をはじめた。これといった趣味もなく家にひきこもっている夫を、妻が半ば心配し、半ばうっとうしがって、なにかやることを見つけるように強くすすめたらしい。新美さんのおかげでうちは熟年離婚を免れました、と前に言われたことがある。色白でひょろひょろとやせていて、いかにも農業とは縁遠そうに見えるけれど、手先が器用で作業も正確だ。また、会社員時代は経理部にいたそうで、帳簿や税金にまつわる疑問は、彼に聞けばたちどころに解決する。それでいて腰が低く、年輩の男性特有の――たとえば淳子の父のような――尊大な態度や男女差別的な言動がないところもすばらしい。

「おひさしぶりです」

　レンも一礼した。彼はまだ二十代で、大学を出て就職したものの一年で辞め、以来、アルバイトをしながら日本各地を転々としているという変わり種である。あたたかい季節には北へ、寒い季節には南へ、全国を渡り歩いているらしい。

「ひさしぶりね。元気だった？」

「元気っす。収穫に備えて、体力ためてきました。今年もよろしくお願いします」

「頼もしいね、レンくん」

　芙美がからかう。

　彼女と淳子は、娘たちが同じ小学校に通っていた縁で知りあった。子育てが一段落したのでパートの勤め先を探していると聞き、うちで働かないかと淳子から持ちかけた。嫁ぎ先は代々続く税理士事務所だが、実家が北陸の農家なので、農作業の基礎は身についていて勘もいい。おまけに大型特殊免許も持っている。

「あの、そちらは……」

芙美が言った。レンも安井も、興味を隠せない様子で、見知らぬ新入りに注目している。

「斉藤さん、です」

黙りこくっている本人のかわりに、淳子が紹介した。

不機嫌そうに押し黙っているのは、妻にていよく厄介払いされたのが気に食わないからだろうか。とはいえ自ら決断した以上は、もう少し感じよくふるまってもよさそうなものだ。どうにかして夫を家の外へ出そうとした、もっといえば、追い出そうとした妻の気持ちもわかる。こんなのが家に居座っていたら、それだけで気がめいる。

「はじめまして、レンです。よろしくお願いします」

レンがはきはきと言い、安井と芙美も順に名乗った。斉藤は相変わらずの仏頂面《ぶっちょうづら》で、小さく頭を下げた。

「社長、今日はどう進めますか?」

安井がたずねた。従業員たちは、淳子を社長と呼ぶ。新美農場は会社組織として法人化しているので、その長である淳子は「社長」に違いないのだが、就任してしばらくはくすぐったかった。くすぐったかったけれど、気持ちが浮きたった。

「午前中は、芙美さんとレンくんと斉藤さんで、馬鈴薯の収穫をやってもらいましょうか。芙美さんが運転手で、レンくんと斉藤さんは選別ね。安井さんはわたしと組んで、にんじんをやりましょう」

話しつつ、斉藤の視線を感じた。社長という呼び名に意表をつかれたのかもしれない。

こういうぶしつけな反応には慣れているから、もはや動じない。動じないどころか、どうだ、と胸を張ってみせたいくらいだ。このあたりでは、いや、よそでもそうなのかもしれないが、女性の農場経営者はまだまだ少ない。先祖伝来の畑地は長男が、なにかの事情で長男がだめなら、次男なり三男なりが譲り受ける。娘しかいない家は、婿《むこ》をとって後継ぎに据える。

「じゃあレンくん、斉藤さんにやりかたを教えてあげてくれる?」

「はあい」

そんじゃ行きましょうか、とレンは斉藤に声をかけ、ガレージの奥へと踵《きびす》を返した。

「こいつがポテトハーベスターです。日本語でいうと、芋収穫機。はは、直訳っすね。そっちのトラクターにひっぱってもらって、畝《うね》に沿って走るんです」

解説しながら、側面のはしごをすると上っていく。斉藤もへっぴり腰で後に続いた。ハーベスターの上部はトラックの荷台のようになっていて、作業員が乗りこんで収穫した芋の選別作業にあたる。

地中の馬鈴薯は、車体の下についているショベルで、土ごとどんどん掘りあげられる。とりこまれた芋はベルトコンベアーで上へと運ばれ、作業員が手で選別する。規格内のサイズなら出荷用、大きすぎたり小さすぎたりする分は加工用のコンテナに、すばやく振りわけていくのだ。

規格からはずれた芋の買い取り価格はおそろしく下がるから、できる限り基準にあてはまるよう、農家は細心の注意を払って収穫の時期を決める。早すぎても遅すぎてもいけない。畑ごとに試し掘りを繰り返し、芋の生育状況を確かめ、今だ、とみはからって一気に掘る。

「斉藤さんはそのへんに立って下さい。あっちから芋が流れてくるんで。あ、走り出すとけっこう揺れます。気をつけて下さいね」

ハーベスターの上からレンの声が聞こえてくる。前方につないだトラクターの運転席では、芙美が準備をしている。

「そこのコンテナがいっぱいになったところで、いったんトラクターをとめて、もうひと回りでっかいコンテナに移すんですよ。こう、がばっと」

レンの説明の合間に、へえ、ほお、と斉藤の相槌も聞こえる。いくらか気持ちがほぐれてきたのだろうか。へそを曲げていただけで、そんなに悪いひとではないのかもしれない。

気を取り直して、淳子ももう一台のトラクターの運転席に乗りこんだ。後ろに牽引するにんじんハーベスターでは、安井が発進を待っている。

なんだかんだと気がかりはあっても、畑に出れば心は軽くなる。

まっすぐにトラクターを走らせながら、淳子は行く手を見渡す。視界に入るのはすべて、新美農場の土地だ。

つまり、わたしの土地だ。

なんて広いんだろう。それに、なんて美しいんだろう。社長、と淳子が呼びかけられたときの、斉藤の面食らった顔つきが脳裏によみがえり、思い出し笑いがこみあげてくる。

広大な畑が果てしなく続く先には、羊蹄山《ようていざん》がそびえている。優美な稜線は、蝦夷富士《えぞふじ》とも称される。近隣の町、たとえば倶知安《くっちゃん》やニセコからも見えるものの、京極町からの眺めにはかなわないと町民は自信を持っている。毎夕、畑仕事を終えた後には、淳子は羊蹄山をあおいで手を合わせる。父から受け継いだ習慣だ。明日も好天に恵まれますように、事故やけががありませんように、という願かけである。安井たち従業員も淳子にならって、一日の終わりには山を拝んでいる。

「社長、もうちょっとスピード上げてもいいですよ」

薄く開けた運転席の窓越しに、安井の声が届いた。

「はいよ」

鼻歌まじりに、淳子はアクセルを踏みこんだ。

速度が安定したところで、ダッシュボードの上にとりつけたカメラのモニターに手を伸ばした。数か所の映像を手早く切り替え、異常がないか確認する。ハーベスターをはじめ、新美農場の農業車両には、そこかしこにカメラがついている。淳子が自分でつけた。車体が大きい分、どうしても死角が増えてしまうので、事故を防ぐための工夫である。

北海道の大規模農業は、大型の機械や車両を駆使する。それらの整備や修理も、農家にとっては重要な仕事のひとつになる。新美家の場合は、孝宏も淳子に負けず劣らず機械いじりが好きで、夫婦で力を合わせればたいていなんとかできる。

淳子は子どもの頃から、機械や乗りものが好きだった。かわいらしい人形や雑貨には目もくれず、ミニカーやプラモデルをねだった。家の中でままごとをするよりも、畑の周りに広がる林の中を駆け回ったり虫を捕ったりして遊ぶのを好んだ。友達も男の子のほうが多かった。幼稚園から小学校にかけては、クラスで一番足が速かったし、けんかもめったに負けなかった。

「淳子は強いなあ。女にしとくのはもったいねえべ」

祖父はよく言ったものだ。祖母もうんうんとうなずいていた。

幼いうちは、それがほめ言葉だと淳子は思っていた。男勝りで活発な孫を、誇らしく感じてくれているのだと。必ずしもそうではないのかもしれないと気づいたのは、中学生のときだ。祭りの打ちあげだったか、農協の集まりだったか、家で酒宴が開かれたのだった。近所の男たちが大勢やってきて、夜遅くまで酒を酌みかわしていた。酔っぱらいの大声は、淳子の寝ている子ども部屋にまで響いてきた。

「新美さんも、とっとと若い嫁さんをもらえばいいっしょ。今度こそ、男の子が生まれるかもしれねえべ」

今度こそ、と淳子は寝床の中でつぶやいていた。体をまるめ、耳をすました。そうだそうだと賛意を示すざわめきにまぎれて、父の返事は聞きとれなかった。

結果的には、父が後妻を迎えることはなかった。どんな心境で独身を通したのか、淳子にはわからない。わかっているのは、淳子自身の心境があの晩を境に変わったということだ。男なんかに負けたくない。女だからって文句を言われたくない。

はっきり口に出したら角が立つので、おいそれと本音はもらさないように心がけているけれども、その想いはなにかにつけて淳子の背中をぐいと押す。押すばかりでなく、時には乱暴に蹴飛ばして、前へ進めとけしかける。

十二時過ぎに、作業を中断して昼の休憩をとった。

淳子はふだん、昼休みにはひとりで家に戻る。食事のときくらい、社長がいないほうがくつろげるだろう。でも今日は初参加の斉藤がいるし、レンとも一年ぶりに会うので、皆と一緒に食べることにした。

ガレージの裏に据えた丸太のテーブルを、五人で囲む。おそろいのベンチと合わせ、淳子と孝宏で協力してこしらえたものだ。何年も風雨にさらされるうちに、いい味わいが出てきた。

「初仕事はどうでした?」

芙美が斉藤に話しかけた。

「いやあ、へとへとですね。なにせ運動不足だから」

作業中にレンと話してうちとけたのか、斉藤は朝とはうってかわって愛想よく答えた。広い額に汗をにじませ、疲れてはいるようだが、顔つきは目に見えて明るくなった。

「お仕事はなにをなさってたんです?」

今度は安井が質問した。

「商社で、営業を」

「本部長だったんですよね？」

レンが横から補った。ハーベスターの上で聞いたのだろう。

「はあ、本部長ですか。すごいなあ」

「いやあ、それほどでも」

斉藤は得意げに小鼻をふくらませている。なんというか、わかりやすいひとだ。役員になれなくて残念でしたね、と淳子は言ってみたくなったけれど、こらえた。

各自、持参した昼食を広げる。レンがコンビニのおにぎりを手に、うらやましそうに斉藤の弁当箱をのぞいた。

「おいしそうですね」

妻が作ったのだろう、何種類ものおかずが彩《いろど》りよく詰められている。

「わたしはどうもね、できあいのものは受けつけなくて。舌が敏感すぎるみたいで。会社に勤めていた頃も、ほとんど毎日弁当でした」

「へえ、いいなあ。やっぱ、手作りって違いますもんね」

レンは素直に感心しているが、その隣の芙美は菓子パン片手に、向かいの淳子に目くばせをよこした。妻に同情する、と顔に書いてある。同感だ。淳子の横で、同じく愛妻弁当をつついていた安井が、気まずそうに目をふせた。

「レンくんも作ってみれば?」

芙美が言った。

「あっ、その手があるか。でもなあ、朝がきついんだよなあ」

「がんばりなさいよ。かっこいいじゃない、料理のできる男って」

「かっこいいかどうかは別として、ありがたいよ」

ほの甘い卵焼きを咀嚼《そしゃく》してから、淳子も口を挟んだ。この弁当は孝宏の手製だ。平日は毎朝、家族三人分をまとめて作ってくれる。愛妻ならぬ、愛夫弁当である。そのかわり、屋外の農作業がほぼ休みになる冬の間は、家事全般が淳子の担当になる。

「いいよねえ、料理上手のだんなさん。うちのも見習ってほしいわ」

「へっ」

斉藤が妙な声をもらした。

「奥さんは、あの、結婚してるんですか?」

奥さん、と呼ばれるのはひさしぶりだ。

「はい。一応」

「じゃあ、その、ご主人は……」

頭の中にさまざまな可能性が渦巻いたようで、目が泳いでいる。

「役場で働いてます。繁忙期は、週末だけ手伝ってくれますけど」

新美農場の運営体制を知った相手は、たいがい驚く。妻が農場を経営し、夫はよそに勤める、この役割分担は、確かに一般的とはいえない。当事者ふたりは最善だと確信しているのだが、実の父にさえ認めてもらうのに手こずった。

「いいよねえ、公務員のだんなさん」

芙美がにっこりしてパンをほおばる。


淳子と孝宏の出会いは、二十年近くも前にさかのぼる。

夏のはじめに、淳子は芳子叔母に誘われて、バーベキューに出かけた。叔父の勤める役場の同僚たちが、家族もまじえて集まるという話だった。

呼ばれた理由は、淳子も承知していた。二十代も半ばを過ぎたというのに、まるで男っ気のない姪のことを、叔母はつねづね案じていた。顔を合わせるたび、誰かいいひとはいないのかい、早く淳ちゃんの花嫁姿が見たいなあ、と冗談めかしてせっついてくる。本来なら女親が口にしそうなせりふを、かわりに言ってやらなければという、使命感のようなものもあったのかもしれない。淳子が中学生や高校生の頃から、叔母は折にふれてその手の話題を出した。好きなひとができたらちゃんと教えてね、お父さんには絶対に喋らんから、叔母ちゃんにだけは隠さんでね、と真顔で念を押していた。

隠していたわけではない。淳子は生まれてこのかた、異性とつきあった経験が一度もなかった。つきあうどころか、片想いすらしたことがなかった。

淳子は同年代の男子を、競争相手もしくは仲間とみなしていたし、向こうからもそのように扱われた。短髪と一七五センチの身長は、彼らの中にまじっていてもなんら違和感がなかった。かわりに、同性からはめっぽう人気があった。女子バレー部の主将であり花形選手でもあった頃は、バレンタインデーにそこらの男子に負けない数のチョコレートが集まった。甘いものはほとんど食べないので、まとめて叔母に横流しした。甘党の叔母は複雑な表情で受けとってくれた。

高校を卒業して実家を手伝い出してからも、相変わらず恋愛にはさっぱり縁がなかった。若い独身男性と出会う機会が少ないだろうと叔母は気をもんでいたけれど、そうでもなかった。新美農場には他に若者はいなかったが、近隣の若手農家とは交流があった。勉強会も講習会も、参加者は男ばかりで淳子は紅一点だった。それでも気にせず通い続けていたら、じきになじんだ。淳子はそこではじめて農業の理論や基礎知識を学んだ。友達もたくさんできた。厄介な天候不順や、慢性的な人手不足や、横暴な父親について、心ゆくまで悪態をつきあった。悩んでいるのは自分だけではないのだと知って、救われた。

それまでの一、二年は、仕事が全然おもしろくなかった。あれをやれ、これをやれ、と父は頭ごなしに指図するばかりで、それらがなぜ必要なのかはちっとも教えてくれなかった。淳子のほうも、作業をこなすのにせいいっぱいで、いちいち質問するひまもなかった。しかも、父の計画どおりに事が進まなければ、遅いとか雑だとか文句をつけられる。もう農業なんかこりごりだ、さっさと辞めて家を出よう、と思い詰めたことも一度や二度ではない。

踏みとどまったのは、祖父が亡くなり祖母も体調をくずして、新美農場が深刻な人手不足に陥っていたからだ。それに、農業を辞めても、他にとりたててやりたい仕事があるわけでもない。町内では働き口も限られている。札幌のような都会に出れば、なにかしら職にはありつけるだろうが、それも気が進まなかった。自然豊かな京極町を、淳子は好きだった。

そしてなんといっても、負けたくなかった。どうにか耐えぬいて、男でなくても役に立てると証明してみせたかった。

農家仲間にすすめられ、仕事の合間に専門学校にも通った。作物のこと、肥料や農薬のこと、土壌のこと、理解が深まるにつれて日々の農作業が俄然《がぜん》おもしろくなってきた。農場経営にまつわる法律や会計制度も教わった。

学ぶのは楽しかった。子どもの頃は、勉強なんて苦痛でしかなかったのに。

「淳ちゃんは頭が理系だもんね。理屈がのみこめたほうが、すっきりするんだわ」

淳子の話を聞いた叔母は、そう納得していた。

「理系は関係ないんじゃない?」

どちらかといえば、性格の問題だろう。わけもわからず、父の決めたとおりに動かなければならないのが、淳子はいやでたまらなかった。

むろん、わけがわかったからといって、万事が解決したわけではない。父の命令に疑問を呈《てい》したり、新しい農法を提案したりしても、お前はなんもわかってねえべ、とつっぱねられる場合も多かった。それでも、農業を辞めてしまいたくなるようなことは、もうなかった。頭の固い父にいらだつ半面、もっと勉強しよう、もっと経験を積もう、と闘志もわいた。

「お友達もたくさんできて、よかったよかった」

叔母は思わせぶりな笑顔になった。

「ねえ、その中で誰かいい感じの……」

「いない」

最後まで聞かずに、淳子はさえぎった。


そんないきさつを経た上での、バーベキューなのだった。

叔母には悪いけれど、淳子の興味は運命の出会いよりも上等の羊肉に向いていた。下戸《げこ》の叔父が車で送り迎えをしてくれるので、ビールも存分に飲める。

叔父は妻に命じられたのだろう、嬉々《きき》として肉に食らいついている姪のところに、次から次へと独身の同僚を連れてきた。さすが公務員だけあって、皆まじめで誠実そうだった。あるいは、そういうひとばかりを選んでいたのかもしれない。

孝宏は、その日ひきあわされた男性の中では最年少だった。童顔で華奢《きゃしゃ》なせいか、学生のようにも見かわいい男の子だな、というのが第一印象だった。童顔で華奢なせいか、学生のようにも見えたが、社会人になって二年目だという。大卒ということはわたしよりも三つ年下か、と淳子は頭の中で計算した。札幌出身で、市内の大学を卒業して役場に就職し、公共施設の管理と整備を担当しているらしい。

「どうして京極町に？」

他の職員は、ほとんどが地元の出身だった。

「自然の多いところで働きたいなと思って。この町の雰囲気、すごく好きなんです。いいところですよね」

「田舎ですけどね」

謙遜してみせたものの、地元のことをほめてもらえて、淳子も悪い気はしなかった。

「あと、募集職種もぴったりで。大学の専攻が土木工学だったんです。でかい建物とか橋とかにあこがれて。船や飛行機も好きなんで、機械工学とも迷ったんですけど」

とにかく大きいものに興味があるようだ。

「じゃあ、車はあんまり?」

なにげなく、質問してみた。淳子は断然車が好きだ。

「いや、もちろん車も好きですよ。特に、働く車っていうか、特殊なやつ。クレーン車とか、タンクローリーとか。そういえば、農業も専用の車がありますよね?」

「はい。うちでも何台か使ってますよ」

「へえ、いいですねえ」

心底うらやましげに言われ、淳子はさほど深く考えずに誘った。

「見にきます?」

「いいんですか?」

孝宏が目を輝かせた。

この時点ではまだ、淳子は彼を異性としてことさら意識したわけではなかった。会話の合間に、もりもり肉をたいらげ、ごくごくビールを飲んだ。孝宏もよく食べ、よく飲んでいた。やせているわりに気持ちのいい食べっぷりだな、と好感は持ったけれども、それは恋ではなかった、はずだ。

半分は社交辞令かと思っていたら、翌週末に、孝宏はさっそく新美農場へやってきた。すげえ、でけえ、と子どものように興奮しながら、ガレージの車両や機械類をくまなく見て回った。ひとしきり写真を撮りまくった後、どうしてもお礼をしたいと言い張るので、道の駅に併設されたレストランで昼食をごちそうになった。食事中も話ははずんだ。車のことばかりでなく互いの仕事や家族のことまで、話題はとりとめもなく広がった。

食後は腹ごなしがてら、ふたりで軽く散歩した。道の駅の周辺は公園として整備されている。林に囲まれた遊歩道を進んでいくと、湧き水の滝にぶつかった。湧水口から澄んだ水が勢いよくほとばしり出ている。思わず手を伸ばしてしまい、淳子は失敗に気づいた。拭くものがない。

濡《ぬ》れた手をぶんぶん振っていたら、孝宏がハンカチを貸してくれた。

「すみません」

淳子は恐縮して受けとった。ハンカチにはぴしりとアイロンがかかっていた。なんだか無性に恥ずかしくて、湧き水で冷えた手のひらを頬にあてた。熱かった。

脈絡もないことを口走ってしまったのは、動揺していたせいだろうか。

「ここに誰かと来るの、はじめてかも」

孝宏が首をかしげた。

「いつもはひとりで来るんですか？」

「うん。失敗したときとか、落ちこんだときとか、ここでぼんやりしてるとちょっと気が楽になるんです」

ほう、というような声を孝宏はもらし、滝を見上げた。

「ずぶとく見えて、くよくよしちゃうときもあるんですよ」

淳子がおどけて言い足したのは、同じことを男友達に打ち明けたとき、目をまるくされたのを思い出したからだ。うそ、新美でも落ちこんだりすんの？　揶揄《やゆ》するでもふざけるでもなく、純粋に驚いている顔だった。

豪快で、思いきりがよくて、細かいことにこだわらない。淳子は昔から友人知人にそう評されてきた。十代の頃は、自分でも自分がそういう人間だと考えていた。そういう人間でありたいという願望もあったかもしれない。実際、そのようなたくましい一面を持ちあわせているのも事実だ。

でも、少なくとも周りが思っているほどには、淳子は豪快でも思いきりがいいわけでもない。見かけによらず神経質だし、けっこう根に持つし、物事を暗いほうへ考え出すととまらなくなるときがある。

「ずぶとく？」

孝宏がつぶやいて、淳子をしげしげと見た。

「全然、そんなふうには見えませんけど」

淳子はぽかんとして孝宏を見つめ返した。こうして向かいあってみると、淳子よりも少しだけ背が高い。

孝宏の頰も、ほんのりと赤くなっていた。


金曜日まで、収穫作業は順調に進んだ。週の後半は雲が多かったものの、かろうじて雨は降らず、馬鈴薯の育ちぐあいも悪くなかった。五日間の収量は淳子の予想を上回っていた。

唯一の悩みの種は、斉藤だった。

「なんなんですか、あのひと？」

はじめに音を上げたのは、芙美である。初日の作業が終わり、迎えにきた妻の車で斉藤が帰っていった後、淳子をつかまえて訴えた。

「べらべら喋ってばっかりで、ぜんっぜん手が動いてないですよ。しかも、五十億の商談をまとめただの、部下が百人いただの、銀座《ぎんざ》の高級クラブの常連だっただの、自慢話ばっかり」

淳子も一度、斉藤とふたりで馬鈴薯の選別作業にあたったので、芙美の言いたいことはよくわかった。わかるもなにも、そっくり同じことを思った。だから、斉藤と組むのはその一度きりでやめた。ただでさえ大変なのに、そんなところでいらいらして神経をすりへらしていては、多忙な収穫期を乗りきれない。

「あと文句も多すぎ。足がだるいとか、腰が痛いとか。あげくの果てに、なんて言ったと思います？　こんな単純作業は機械化できないんですか、人間のやる仕事じゃないですよ、ですって。ろくにできてないお前が言うなって感じ」

芙美は鼻息荒く言い募る。

「わたしたちのこと、ばかにしてません？　羊蹄山のお祈りだって、鼻で笑ってたし」

なるほどね、農村の山岳信仰ってやつですか、と斉藤はせせら笑ってみせたのだ。田舎者の迷信だと決めつけられたようで、淳子もかちんときた。

「社長、ひとが好《よ》すぎます。そりゃあ奥さんには同情するけど、あんなの押しつけられて、こっちだって迷惑でしょ。託児所じゃあるまいし。本人が感謝してるならまだしも、こんなのは俺様の仕事じゃない、っていばるんだから」

「まあまあ。肉体労働に慣れてないから、疲れて愚痴っぽくなっちゃうんですよ。初心者なんだし、しばらくは大目に見てあげましょう」

横で聞いていたレンが、芙美をなだめた。

「定年後って、精神的にもきついんですよ。世間に置いていかれる気がしてあせるから。それでどうしても、古きよき時代を思い返してしまうんでないかねえ」

似たような経験があるからか、安井も斉藤に同情的だ。

「あと、うまくできないのが、内心では悔しいんでないかい。それでつい、憎まれ口をたたくのかもしれない。負け惜しみっていうか、やつあたりっていうか」

「みんな心が広いなあ」

芙美がため息をつく。

「レンくんだって、いろいろめんどくさいこと言われてたじゃない？　ほら、おやつ休憩のときとか」

「ああ、あれはちょっと、あれでしたね」

頭をかいているレンに、淳子はたずねた。

「なんて言われたの？」

「こんなふうにぶらぶらしてて将来が心配じゃないのかとか、まだ若いんだから社会に貢献すべきだとか、まあ、そんな感じのご指摘をいただきまして」

「よけいなお世話だよね。レンくんはきちんと働いてるもの。少なくともあいつよりは何倍も、いや何百倍も社会に貢献してる」

芙美が吐き捨てた。

「あはは、ありがとうございます、光栄っす。ま、ああいうこと言ってくるひとって、どこにでもいますから。慣れてます」

レンは飄々《ひょうひょう》と言った。芙美が唇をとがらせる。

「わかったわかった、あいつはレンくんと安井さんに任せる。だから社長、わたしとはもう組ませないでよね」

淳子の心証も、安井やレンよりは芙美のそれに近い。これは性別の差か、それとも性格の差か、どちらにしても、なるべく斉藤とはかかわりあいたくない。

ところが彼のほうから、いそいそと淳子に寄ってくる。

自慢や不平は聞き流すにしても、どこで聞きかじってきたのか、農場運営についてもっともらしい意見をのべるようにもなった。いわく、利益率の高い小豆《あずき》の栽培面積を増やすべきではないか、六次産業化をめざして加工食品の製造も視野に入れたほうがいい、消費者向けの直販もやってみてはどうか、云々。

そんなことは淳子だってとうに考えている。実現できていないのは、それだけの理由があるからだ。栽培品目の構成や比率は、土壌の性質や輪作の計画をふまえて慎重に決めなければならない。六次産業化にせよ直販にせよ、新しい試みをはじめるには人手も資金もかかる。口先だけのきれいごとでは、現実は進まない。しろうとが思いつきでわかったようなことを言わないでほしい。

が、いちいち反論するのも面倒くさいし、おとなげない。おいおい検討してみます、と淳子は型通りの返答でやり過ごしている。それでもうんざりした気持ちは顔に出てしまっているだろうに、斉藤はめげるそぶりもなく、得々と自説をまくしたてるのだった。

「おつかれさまです」

げっそりしている淳子を、安井は気の毒そうにねぎらってくれる。

「本部長、今日も絶好調でしたね」

レンがくつくつ笑い、芙美がいまいましげに言い放つ。

「口だけはね」

斉藤を陰で本部長と呼びはじめたのも芙美だ。あだ名はすぐに定着した。向こうは淳子のことを、奥さん、と引き続き呼んでいる。年下の女を社長とは呼びづらいのかもしれない。


土曜日は、早朝から小雨が降り出した。

降っている間は馬鈴薯の収穫ができない。ぬかるんだ圃場《ほじょう》ではハーベスターがうまく走れないし、芋にも泥がこびりつく。また、馬鈴薯は湿気をきらうため、濡れたままでは傷《いた》んでしまう。雨がやんでも、畑がある程度乾くまで待つしかない。

天気予報を確認し、淳子はいよいよ憂鬱になった。明日もあがらないかもしれない。おまけに台風まで近づいてきているようだ。

安井とレンにはとりあえず一日休んでもらうことにして、連絡を入れた。芙美はもとから土日は休みだ。斉藤の家にも電話したけれど、つながらなかった。何度かかけ直しても出ず、どうしたものかと困っているうちに、いつものように妻が車で送ってきた。

「あれ? 皆さんは?」

ガレージに入ってくるなり、斉藤は首をかしげた。

「休んでもらいました。今日は馬鈴薯の収穫ができないので。斉藤さんのご自宅にも、何度かお電話したんですけど」

「あ、そういえば鳴ってましたね。すいませんね、今朝は家内が義母《はは》の世話でばたばたしてたもんで」

あくまで悪びれない。

とはいえ、来てしまったものを追い返すのも気がひけるし、斉藤夫人に負担をかけるのもしのびないので、孝宏とやるつもりだったにんじんの収穫作業に加わってもらうことにした。

いつもは孝宏にトラクターの運転を任せ、ハーベスター上での選別は慣れている淳子が担当するのだが、

「淳子さんが運転してよ。僕が斉藤さんと選別をやるから」

と孝宏は言ってくれた。毎日のように斉藤についてぼやいている妻への心遣いだろう。

父が元気だった頃のことを思い出す。親子げんかがはじまりそうになるたび、孝宏はさりげなく妻と義父の間に割って入り、場の雰囲気をほぐしてくれたものだった。

父も孝宏の人柄を高く買っていた。だからよけいに、婿として新美農場を継いでほしかったのだろう。

結婚しても孝宏には役場勤めを続けてもらうつもりだと父に話すと、猛反対に遭った。立派な亭主がいるにもかかわらず、女が家を継ぐなんて、そんなばかげた話は聞いたためしがないとはねつけられた。前例がないから作るのだとどなり返しながらも、淳子はひどく落胆していた。自分でもたじろぐほどだった。どうやら、知らず知らずのうちに、心のどこかで淡い期待を抱いていたらしい。面と向かって口には出さなくても、父はわたしを後継者として認めつつ

あるのではないか。毎日ともに働き、成長ぶりを目《ま》のあたりにして、見直してくれているのではないか、と。

甘かった。

叔母たちからも説得してもらって、最終的には父が折れた。意外にも、その後は不平を言わなかった。血のつながりはなくとも、農場を継がなくとも、息子と呼べる存在を得られてやはりうれしかったのかもしれない。入籍にあたって夫婦で新美の姓を名乗ることにしたのも、気に入ったようだ。

孝宏の発案だった。淳子はゆくゆく新美農場の経営者になるわけだから、苗字《みようじ》を変えないほうがなにかと便利だろうという。淳子は躊躇《ちゆうちよ》した。夫が職場で居心地悪いのではないかと案じたのだ。旧姓で働いてる職員は何人もいるから平気だよ、と孝宏は平然と言うが、それはみんな女性だろう。

けれど反論するかわりに、ありがとう、とだけ淳子は応えた。うちはうち、よそはよそ、そう信じて新しい家庭を築いていこうと決めたのに、最初からこんな弱気でどうする。

昼になっても雨はやまなかった。休憩時間に、淳子たちは斉藤を家に招き入れ、三人で食卓についた。

淳子と孝宏はゆうべのカレーをあたため直し、斉藤は弁当を開いた。初日と同じく、色とりどりのおかずがぎっちりと詰められている。

「これ、うちのですよ」

斉藤が箸をとり、黄色いかけらをつまんでみせた。意味がわからず箸の先を見つめている淳子の横から、孝宏が相槌を打つ。

「ポテトサラダですか。おいしそうですね」

一拍遅れて、淳子にも合点《がてん》がいった。

「ああ、おとといの」

夫を迎えにきた斉藤夫人に、掘りたての馬鈴薯をいくつか渡したのだ。とても喜ばれた。あんなに感じのいい妻が、なぜよりにもよってこの亭主と結婚したのか、つくづく謎だ。

食事中、聞き上手の孝宏を前にして、斉藤はいつにも増して饒舌《じょうぜつ》だった。本部長時代の武勇伝、というか自慢話を延々と披露し、弁当箱が空になっても喋り終える気配がない。この天気ではあせってもしかたがないので、淳子は放っておくことにした。

熱い茶を三人分淹《い》れて食卓に戻ったら、話題が変わっていた。

「きみも大変だね、週末まで働かされて。家事も手伝ってるんでしょ?」

「繁忙期くらい、僕にできることはやりたいんです。逆に、冬の間は彼女が家のことをやってくれてますし」

器用に家事をこなす婿の姿を見て、孝宏くんが気の毒だべ、と父もよく眉をひそめていたものだ。夫婦の間で対等に分担しているのだと説明しても、理解できないようだった。

淳子はテーブルを離れて、窓の外をのぞいた。午前中よりも雨足《あまあし》が強まってきたようだ。淳子の胸にも黒雲が広がっていく。

「台風、今どのへんかな」

斉藤の声を、背中で受けた。

「そうとうでかいらしいね。予報では、明日あたり北海道の上を通るって」

警報が出て休校になるのを待ち望む子どものような、そわそわした口ぶりだった。実際のところ、堂々と休めてうれしいのかもしれない。

淳子はゆっくりと振り向いた。斉藤が携帯電話の画面を孝宏に見せている。

「ほら、進路予想。こりゃあ直撃したら大事《おおごと》だな」

どれだけ大事か、わかってから言ってもらいたい。長雨が続くと、収穫作業が滞るばかりでなく、地中で芋が腐るおそれもある。豪雨で畑が冠水して芋が流されてしまった年も、雨に打たれて泥まみれになりながら手で掘った年もあった。どちらも大事で、そして悲惨だった。

「予報もころころ変わりますからね。案外、手前でそれるかもしれませんよ」

仁王《におう》立ちしている妻を横目でうかがいつつ、孝宏が答えた。

「斉藤さん、今日はもういいですよ」

淳子は静かに言った。

「雨もひどくなってきたし、早めに帰って下さい。孝宏、車で送ってあげて」

「でも、にんじんの続きは？　雨でもやるんでしょう？」

喜ぶかと思いきや、斉藤は不服そうに問い返してきた。突然、しかも一方的に帰れと言い渡されたのが、気にさわったのだろうか。

「大丈夫です。わたしたちふたりでやりますから」

ため息をこらえ、淳子は即答した。あんたがいようがいまいが、なんにも変わらない。むしろ、いないほうがはかどる。

「そうですか。わかりました」

斉藤がつまらなそうに腰を上げた。孝宏も席を立つ。

「お気をつけて」

われながら、おざなりな声が出た。孝宏と連れだってリビングを出ていこうとしていた斉藤が、ドアの手前で振り向いた。

「そうだ、奥さん。例のあれ、昨日はちゃんとやりました?」

「はい?」

「あのお祈り。山を拝むと晴れるんでしょ? なんなら、今から三人でやってみます?」

「けっこうです」

つい、きつい口調になってしまった。さすがの斉藤もひるんだのか、わずかに顔をひきつらせた。

「そんな、こわい顔しなくても。冗談ですよ、冗談」

わざとらしく浮ついた調子で、茶化すように言う。

「冗談じゃない」

吐き出すように、淳子はつぶやいていた。

「わたしたちは真剣なんです。生活がかかってるんです。そうやってばかにするの、やめてもらえません？」

「ちょっと、淳子さん」

と遠慮がちに割って入ろうとした孝宏の隣で、斉藤が淳子をきっとにらみつけた。

「ばかにしてるのは、どっちですか」

ぼそりと言う。先ほどとは顔つきが変わっていた。お得意の、相手を見下すような薄笑いともまた違う、暗く険しい目つきだった。

「あんたたちこそ、おれのことをばかにしてる。どこにも行き場のない、かわいそうな負け犬だって」

「そんなことは……」

ない、と言いきれず、淳子は口をつぐんだ。


斉藤たちが出ていった後、淳子はソファにへたりこんだ。寝転がって、目をつぶる。降りしきる雨の音が窓越しに響いてくる。

ばかにするな、と言ってやりたかった。この一週間ずっとがまんしてきたのだ。とうとう口に出せてすっきりしてもいいはずなのに、どうしてこんなに気が塞ぐのだろう。

よく考えてみれば、いくら斉藤が鈍感でも、役に立てていない自覚がないはずはない。長年勤めあげた会社から放り出され、家にも居場所がなく、妻の知人の厚意にすがって得た仕事も満足にこなせないとなれば、自尊心が傷ついて当然だ。

ばかにするなと抗議したかった。けれど、傷をえぐるつもりもなかった。

起きあがる気力がわかない。やがて、雨の音に重なって、車のエンジン音がかすかに聞こえてきた。孝宏だろう。

孝宏にも迷惑をかけてしまった。謝らなければいけない。玄関のドアが開く音がして、淳子がのろのろと体を起こしたところで、電話が鳴った。

「もしもし、新美さんのお宅でしょうか」

上品な女性の声には、聞き覚えがあった。

「斉藤でございます。主人がお世話になっております」

「こちらこそ」

反射的に応えながら、淳子の胸はざわついていた。

なんの用だろう。夫を送り届けた礼だろうか。あるいは、帰宅した斉藤が、もうあそこでは働きたくないと言ったのだろうか。斉藤のことだから、お前から連絡しておけと妻に命じてもおかしくない。あんなふうに別れた直後で、淳子とじかに話すのもいやだろう。

「あのう、申し訳ないんですが」

心から申し訳なさそうに、斉藤夫人は続けた。

「主人がお宅に携帯電話を忘れておりませんでしょうか?」

電話を切って十分も経《た》たずに、斉藤夫人はやってきた。淳子は玄関口で出迎え、椅子の座面に残されていた携帯電話を渡した。

「お忙しいのに、お時間をとらせてしまって恐れ入ります」

恐縮しきった様子からして、まだ先ほどの顚末《てんまつ》は耳に入っていないようで、淳子は少しほっとした。

「全然かまいませんよ。この雨だから、今日はもう休憩しようと思って」

「お天気、早くよくなるといいですね」

夫人が心配そうに片手を頰にあてがった。

「収穫作業が遅れたら困るって、主人もゆうべから気にしてました。家でも四六時中、これで天気予報をチェックして」

もう片方の手に握った携帯電話を、ゆらゆらと振ってみせる。

「台風も、上陸したら大変だって、もう大騒ぎ。そうそう、羊蹄山にも毎日お祈りしてるんですよ。今日はちょっと効かなかったみたいですけど」

淳子は絶句した。彼女がけげんそうに首をかしげる。

「こちらで教えていただいたんですよね？　晴れるようにお願いするって」

「ああ、はい」

「よくしていただいて、本当にありがとうございます。この一週間で、うちのひと、みちがえるように元気になりました。一度きちんとお礼を申し上げたかったんです」

「いえ、そんな」

手放しで感謝されては、かえって後ろめたい。

「主人があんなに楽しそうにしてるのって、ひさしぶりです。何冊も本を買いこんで、わたしにもいろいろ教えてくれるんですよ。農業は奥が深いんだぞ、って言って」

淳子は再びぽかんとした。なにか勘違いしたのか、夫人がきまり悪そうにつけ加えた。

「おかしいですよね、自分だって初心者のくせにね」

淳子はあわてて首を振る。

「いえ。みんな、最初は初心者ですから」

父のもとで働き出した当初、わたしも苦しかった。わけもわからないまま作業に追われ、不満ばかりを募らせていた。なにかとしろうと扱いされて腹を立てた。

思い出して、愕然《がくぜん》とする。わたしも今、斉藤に対して、似たような仕打ちをしているじゃないか。

「ちょっと待ってて下さい」

斉藤夫人に言い置いて、淳子は自室に駆けこんだ。本棚から農業の入門書を二、三冊引き抜き、玄関にとって返す。

「これ、よかったらご主人に」

農家の娘に生まれた淳子でさえ、農業が楽しいと感じられるようになるまでに数年かかった。

そう考えたら、斉藤のほうが一枚上手《うわて》だろう。自ら意欲と関心を持ち、仕事を楽しんでいこうとする気概がある。

「あらまあ、すみません。お借りします」

斉藤夫人が本を両手で受けとり、言い添えた。

「そうそう、この間のお芋もありがとうございました」

「あ、ポテトサラダにして下さったんですよね。お弁当、見せてもらいました」

うちの、と斉藤は言っていた。なんだかうれしそうだった。

「はい、半分は」

彼女が微笑《ほほえ》んだ。

「実は、あとの半分は、主人が煮物を作ってくれたんですよ。あのひとがお料理なんて、結婚以来はじめてで、わたしもびっくりしちゃって。肝心のお味はね、とにかくしょっぱくて、飲みこむのがやっとだったんですけどね」

せっかくのお芋なのにすみませんでした、と詫《わ》びつつも、口もとはほころんでいる。

斉藤夫人を送り出すと、淳子はリビングへ戻った。食卓を片づけてくれている夫に、声をかける。

「ねえ、孝宏。本部長、明日も来てくれるかな?」

「来るんじゃない?」

孝宏が答えた。

「車から降りるとき、また明日、って言ってたよ」

淳子は窓辺に近づいた。雨は少しだけ小ぶりになってきたようだ。霧雨《きりさめ》に煙《けむ》る羊蹄山に、そっと手を合わせる。

アスパラガスの花束

長崎県諫早市《いさはや》・いさはや農業大学校

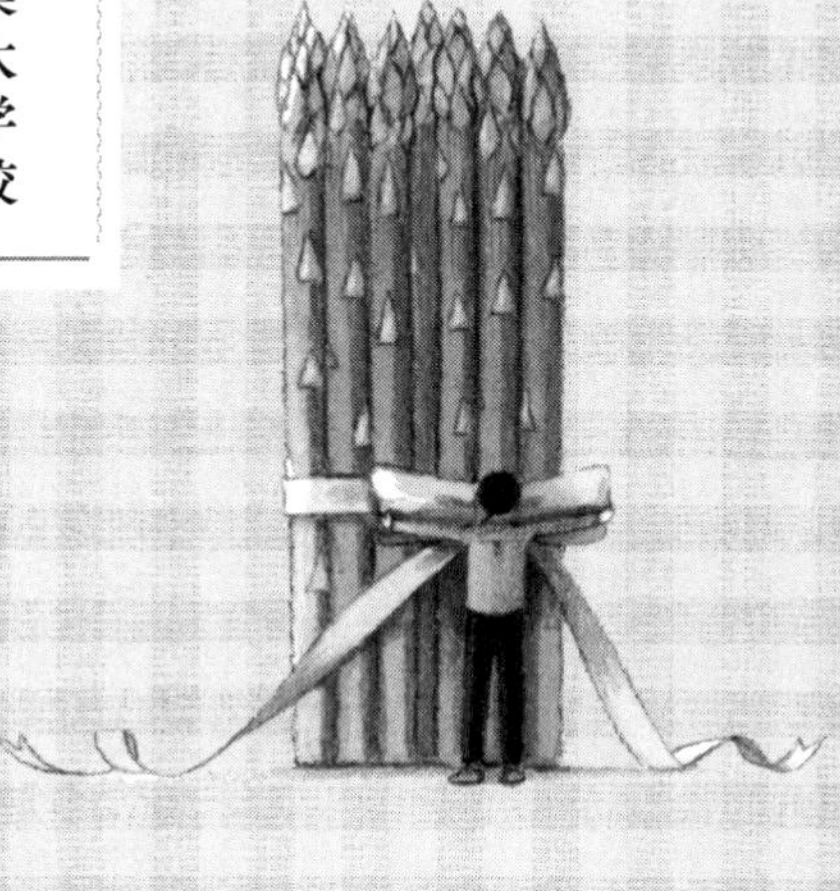

どこかで非常ベルが鳴っている。

火事か、地震か、それとも火山の噴火があったのかもしれない。ぼんやりした頭で、葉月《はづき》は考える。それにしては、煙のにおいもしないし、特に揺れもない。なのに、けたたましいベルはいよいよ大きくなっていく。せっぱつまった勢いで、迫りくる危険を告げている。

いや、考えている場合じゃない。早く逃げないと。

体を起こそうとしたところで、非常ベルに重なって、また別の音が耳に届いた。音というか、音楽だ。ゆったりとした旋律に聞き覚えがある。素朴でのびやかな、木管楽器の音色にも。

葉月は目を開けた。詰めていた息を、ゆっくりと吐く。

スピーカーを通して寮全体に響き渡る目覚まし時計がわりのベルと、優雅なクラシック音楽の、ちぐはぐな二重奏で葉月の朝ははじまる。

頭をぶつけないように注意して、寝床から出た。六畳間の壁際に据えられた二段ベッドの、下の段を葉月は使っている。

床に立つと、上の段がちょうど目の高さにくる。梨奈《りな》は今日も口を半開きにして眠りこけている。枕もとの携帯電話から、なめらかなクラリネットが大音量で流れている。持ち主は第二の目覚ましのつもりで設定しているようだが、その役割が果たされることはまずない。

この騒々しい中で、よくこんなに、いまいましいほど安らかに寝ていられるものだ。

葉月はベッドに背を向けて、勢いよく窓のカーテンをひいた。まぶしい朝日が部屋を満たす。梨奈が不愉快そうに低くうめいて寝返りを打った。


タオルを肩にかけ、歯ブラシとコップを持って、廊下に出る。居室のドアが等間隔に並んでいるつきあたりに、共同の洗面所がある。

「おはようございます」

「おはよう」

すれ違う先輩たちは、葉月と同じくTシャツに短パン、もしくはジャージの上下といった部屋着姿で、一様に眠たげな顔つきをしている。

洗面所には誰もいなかった。葉月は少しほっとして、四つ並んでいる蛇口の、一番奥のひとつをひねった。入学してひと月半が経《た》ち、共同生活にも慣れてきたとはいえ、他人のいる前で歯を磨いたり顔を洗ったりするのはいまだに落ち着かない。

農業大学校に通うにあたって、葉月が最も気がかりだったのは、全寮制というところだった。しかも、原則としてふたり一組の相部屋なのだ。

葉月がその事実を知らされたのは、オープンキャンパスの日のことである。構内を案内してもらい、入試やカリキュラムについての説明も受けた。農業大学校は、農業者の教育施設として四十二道府県に設置されている。将来の就農を前提に、必要な知識や技術を実地で学ぶ。先進的な農家や海外での研修もあるし、資格や免許も取得でき、卒業すれば短期大学卒と同等に扱われる。校長がすらすらと挙げてみせたさまざまな特徴に、葉月は心を動かされた。

最後に、見学に訪れた高校生にひとりずつ在校生がつき、一対一で学校生活についてざっくばらんに話してくれた。葉月と組んだのは、度の強いめがねをかけた、きまじめそうな女子学生だった。

そこで寮の話になったのだ。

「ふたり部屋、ですか？」

全寮制の趣旨は聞いていた。生活管理も含めた包括的な指導および協調性の育成が目的らしい。ただ、個室がもらえないとは知らなかった。

「そがん心配せんでも大丈夫ですよ」

先輩はめがねを押しあげ、慰めるように言った。

「わたしも人見知りするけん、はじめは不安で不安で。でも、今はすごく楽しゅうて、毎日が充実してます。一緒にがんばれる仲間がおるって、よかとですよ」

その言葉に、うそはなさそうだった。寮の暮らしを楽しんでいるということも、それに、本来は集団生活が得意ではないということも。彼女となら、彼女のような学生たちとなら、うまくやっていけるかもしれないと葉月は思った。

実際のところ、先輩たちとはそれなりにうまくやっていけているつもりだ。

二年生の女子は八人いる。野菜学科、花卉《かき》学科、果樹学科、畜産学科に、それぞれふたりずつだ。もちろん、おのおの個性はあるものの、なぜか雰囲気が似ている。穏やかで勉強熱心で、一見おとなしいけれども芯はしっかりしている。

教師たちいわく、学年ごとに異なる色があるらしい。にぎやかで明るい年、聞きわけがよく礼儀正しい年、団結力が強い年。中学や高校でも似たような現象は起きていたが、ここは一学年の人数が四十人と少ないから、なおさら特色も出やすいのかもしれない。二年生の女子たちは、まじめで和やかな学年とでも評されるところだろう。八人とも仲がよく、それも女子特有のべたべたした感じではなくて、互いに尊重し信頼しあっているのが感じられる。

わたしも、もうちょっと早く生まれていれば。

考えても詮ないことを、葉月はたびたび考えてしまう。あと一年、いや、あと半年でも早ければ、彼女たちと同じ学年になれた。オープンキャンパスで聞いたとおり、「一緒にがんばれる仲間」ができたはずなのに。

洗面所を出て部屋に戻ったときには、ベルの音はやんでいた。クラリネットだけが悠々と独奏を続ける中、梨奈は相変わらず規則正しい寝息を立てている。

二段ベッドのほかは、共用のちゃぶ台と、私物を収納するつくりつけのクローゼットが二か所あるだけの、簡素な部屋だ。葉月は手早く着替えをすませた。七時半からの朝食にはまだ間があるけれど、ひとりのとき以外は自室に長居しないようにしている。

後ろ手にドアを閉める。音楽がぷつりととぎれる。

食堂は、隣に建つ男子寮の一階にある。洗面所とは逆の方向へ廊下を進み、階段を降りようとしたとき、背後から足音が聞こえた。次いで、ドアの開く音と、その奥からもれる軽やかなクラリネットの調べも。

「梨奈、まだ寝とると？」

百合香《ゆりか》の声はよく通る。

「そろそろ起きたほうがよかよ」

それよりやや低めの、つぐみのやわらかい声も続く。

この春に入学した一年生のうち、女子は四人しかいない。葉月が野菜学科、梨奈が果樹学科、百合香は花卉学科でつぐみが畜産学科と、専攻はきれいに分かれている。

梨奈と百合香とつぐみは、とても仲がいい。

朝食の後、短いホームルームの時間を経《へ》て、授業がはじまった。

木曜日の一限は、畜産を除く三学科合同の、園芸概論の講義だ。野菜学科のクラス担任でもある多田《ただ》先生が、ナス科の作型《さくがた》をもそもそと説明している。茄子《なす》を筆頭に、トマト、ピーマン、ししとうも仲間だ。概して暑さに強く寒さに弱く、夏に収穫期を迎える野菜が多い。ただし、意外なことに馬鈴薯《ばれいしょ》もナス科の一員である。

真剣に聞いているのは教室の半分か、三分の一にも満たないかもしれない。百合香は葉月のななめ前の席で、広げた教科書の陰で一心に携帯電話をいじくっている。その隣の梨奈にいたっては、机につっぷしてうたた寝している。

授業は一コマあたり一時間半で、午前と午後に二限ずつ、昼休みを挟んで四時半まで続く。そのおよそ六割を、実習が占めている。学生の間では、座学よりも実習のほうが断然人気がある。実家が農家だったり、農業高校を出ていたりすると、一年生のはじめに教わるような基礎知識はすでに頭に入っていて、話を聞くだけではたいくつなのだろう。おまけに、多田先生の低い声と抑揚の乏しい口調はどうにも眠気を誘う。

それでも、葉月は彼の授業をけっこう気に入っている。話がうまいとはおせじにも言えないけれど、一生懸命なのは伝わってくるし、ちょっとした言葉の端々にも野菜への愛情があふれている。先生は野菜のことを、「彼ら」とか「あの子」と呼ぶ。こいは余談やがね、と披露してくれる豆知識もなかなか興味深い。梨奈や百合香の露骨に気の抜けた態度は、あんまりだと思う。

ここには農業を志す若者が集まってくる、とオープンキャンパスでは聞いた。募集要項にも書いてあった。誰もが卒業後の明確な目標を見据え、やる気と熱意を持って入学してくるのだろうと葉月は想像していた。

入学式の前日、女子寮の玄関口で、三人の新しい同級生と言葉をかわすまでは。

まず目をひいたのは、その時点ではまだ名前を知らなかったが、百合香だった。完璧な化粧といい、ゆるく巻いた明るい茶髪といい、下着が見えそうなほど短いスカートといい、これまで葉月の人生ではかかわりのなかった、というか、かかわらないようにしてきた種類の子だ。

残りのふたりも、百合香ほどではないが、華やかな感じだった。つぐみが上品な笑みを浮かべて葉月に会釈し、梨奈はくりくりとした瞳を輝かせて声を上げた。

「あんたも一年生？」

「はじめまして」

葉月はおずおずと応えた。

ひとまず、互いに名乗りあった。三人とも同じ農業高校の出で、実家は諫早《いさはや》市内にあるというのも聞いた。

「うちと梨奈んちは農家で、つぐみんとこは旅館ば経営しとるとよ。ここいらでは有名な老舗《しにせ》さね」

百合香は得意そうに言った。つぐみは卒業後、次代の女将《おかみ》として修業を積む予定だという。家業を継ぐと決まっているのなら、なぜ畜産学科に入ったのだろう。葉月の疑問を見透かしたかのように、つぐみがおっとりと口を挟んだ。

「わたしは動物ば好きやけん」

葉月はあっけにとられた。いくら動物が好きでも、畜産の仕事に就くわけではないのに二年間も専門の勉強をするなんて、時間のむだじゃないか。

「つぐみはすごかよ。牛と喋《しゃべ》れるとさ。あと、豚とも」

梨奈が楽しそうに言った。

「喋ってるわけやなか。なんとなく言いたかことばわかるだけ」

「愛やね。なんかちょっと、うらやましか。あたしは別に花好きってわけでもなかけん」

百合香のせりふもまた予想外で、葉月をますます混乱させた。

「とにかく、いいとこに就職したいんよ。ここなら就職率がほぼ百パーセントやけん。しかも、しっかりした会社に紹介されよらすし」

菊とカーネーションを栽培している実家の農園を、継ぐつもりはないらしい。もったいない、と葉月は思わず言いそうになった。土地も設備も機械も一から用意しなければならない葉月に比べれば、格段に恵まれた環境なのに。

「あげんしょぼい畑、いらんいらん。全然もうからんけん」

百合香は悪びれずに言い捨てた。梨奈が憂鬱そうに頭を振る。

「そがん言うたら、うちもやばかよ」

「いやいや、がんばれ。梨奈ならできる、できる」

百合香が梨奈の肩をぽんぽんとたたいて、葉月に向き直った。

「で、葉月ちゃんは?」

いきなり下の名前で呼ばれて、面食らう。

「出身はどこさね？　このへんやなかとやろ?」

「佐世保《させぼ》です」

「佐世保やったら、うちもたまに行きよるよ。親戚が住んどるけん」

梨奈が身を乗り出した。

「高校は？」

「東《ひがし》高です」

「へええ、頭よかとね。実家は農家やっとるん？」

「いや、八百屋です」

「じゃあ、八百屋さんば継ぐとね？」

葉月がうんと小さい頃には、自分自身でも、たぶん両親も、その可能性が頭のどこかにあった。それが消えたのは、いつのことだっただろう。挨拶したのに無視されたとよ、と常連客から冗談めかして苦情が寄せられたときか。桃の盛られたかごに手を伸ばしている幼い子どもに、さわらんでね、と一喝して泣かせてしまったときか。

「継ぎません」

葉月は短く答えた。愛想笑いも世間話も売りこみもできる気がしない、と初対面の同級生に打ち明けたいとは思えなかった。

「わたしは、卒業したら農家になろうと思とるけん」

農業大学校の新入生として、しごく妥当な回答のはずだった。それなのに、どういうわけか、百合香はすっとんきょうな声を上げた。

「ええっ？　そうなん？」

きれいにととのえられた眉をぎゅっと寄せ、葉月の顔をのぞきこんでくる。梨奈とつぐみも意外そうに目をみはっていた。

「かしこか学校出よらして、家も農家やなかとに、なんでわざわざ?」

同じことは、高校の進路指導でも聞かれた。

農家になりたいと葉月が面談で話すと、担任教師は驚いたようだった。葉月が通っていたのは県内でも有数の進学校で、卒業生の大半は大学に進む。

「野菜や果物が好きなんです。あと、農家はひとりで自由に働けそうやけん」

葉月なりに、将来を考えた結果だった。

客商売に限らず、人づきあい全般が不得手なので、おそらく会社勤めも向いていない。しかし、生活していくためにはどこかで働かなければならない。悶々《もんもん》と思い悩んでいたときに、本田《ほんだ》さんがひょっこり家へ訪ねてきた。

本田さんは、父の幼なじみだ。市の郊外で有機野菜を栽培し、うちの店にも卸している。山の中に小屋を建て、ほぼ自給自足の、父いわく仙人のようなひとり暮らしをしているらしい。

「あいつは変人やけん」

父がしみじみと言うとおり、本田さんは変わっている。葉月とはほとんど目を合わさない。「何年生?」とか「学校は楽しかね?」とか、どうでもいいことを話しかけてもこない。でも、だからこそ、葉月は彼がきらいではなかった。葉月だって、よく知らない相手にどうでもいいことを話しかける趣味はない。

「変人やけど、あいつの野菜は絶品さね」

大切に育てているからだろう。本田さんは、蕪《かぶ》も玉ねぎもとうもろこしも、まるでこわれものにふれるかのように丁寧な手つきで扱う。日頃は無口なのに、自分の野菜について話すときだけは、いきなり雄弁になる。

「さびしゅうなかとやろか。ひとりぼっちで山の中ば住みよらして」

帰っていく本田さんを見送って、母が父に言った。

「よかよか。あいつ、野菜ば家族や恋人のごと思いよらすけん」

「そうね。本田さん、人間よりも野菜ば好《す》いとっちゃんね」

葉月も同感だった。本田さんはどう見ても、今の生活にいたって満足しているようだ。

そこで、ひらめいたのだ。きっとわたしも、人間よりも野菜に囲まれて働くほうが向いている。

四年制大学の農学部という選択肢も考えなくはなかったが、本気で農業をやるなら、高卒ですぐに就農したほうが時間もお金も節約できる。ただなんとなく大学の四年間を過ごすためだけに、小さな八百屋をほそぼそと営む両親に、よけいな学費を払わせるのも気が進まない。それに、ただなんとなく、というのは葉月の性に合わない。

「そいなら、農業大学校はどがん？」

担任教師に言われてはじめて、葉月は農業大学校というものの存在を知った。

「あそこなら、ただなんとなく、ってことばならんさね」

彼は正しかった。ただなんとなく、ということにはならない。本人さえしっかりしていれば。

多田先生が野菜ごとの年間栽培計画を板書し終えたところで、チャイムが鳴りはじめた。

「そいじゃ、今日はここまで」

教科書をぱたんと閉じて、ついでのように言い添える。

「次回は小テストばするけん、復習しとくように」

けだるい静けさの漂っていた教室が、にわかにざわめいた。梨奈がむくりと体を起こし、まぶたをこすった。

「なになに？　どがんした？」

「来週、テストばやりよらすと。多田ちゃん、優しかごと見せかけて意地が悪かね」

黒板を消している多田先生の背中を、百合香が恨めしげににらんだ。聞こえよがしな大声は、先生の耳にも届いているだろう。

「うそ、やばか。今日の授業、ほとんど聞いとらんかった」

今日だけやなか、毎回さね、と葉月が心の中で毒づいたのとほぼ同時に、梨奈がくるりと振り向いた。

「ねえ葉月ちゃん、ノートば貸してくれんと？　成績悪いと親に怒られるけん」

甘えた声を出し、葉月の顔をのぞきこんでくる。葉月は返事をする気にもなれなかった。成績を気にするんだったら、はなからきちんと授業を聞けばいい。

「梨奈、やめとき」

百合香があきれ顔で梨奈のひじをひっぱった。

入学当初は、百合香やつぐみも葉月にあれこれ話しかけてきた。部屋に集まってお菓子を食べようとか、週末に長崎市街へ遊びにいこうとか、誘われもした。仲間に入れてあげなければという、親切心だか使命感だかに刺激されてのことだろう。当の葉月は、仲間に入れてほしいなんてちっとも望んでいないのに。

まったく気が合いそうにないのは、向こうもわかっているはずだ。そもそも、葉月がここにいるのは農業について学ぶためであって、友達と遊ぶためではない。そこからして彼女たちとは違う。変に気を遣って無理やり仲よくするよりも、放っておいてもらったほうがありがたい。葉月にとっては、ひとりでいるのが楽なのだから。

こういう人間もいるのだと、なぜか彼女たちは理解してくれない。ひとりぼっちでいるなんて、みじめでかわいそうなことだと信じている。

小学校でも、中学校でも、なにかとかまってくる子たちはいた。葉月はひとりでいたいからひとりでいるのに、そうではないと決めつけて、あるいは決めつけた教師にうながされて。彼らに手をさしのべられるたびに、葉月はげんなりしたものだ。

百合香たちの度重なる誘いを、葉月は丁重に断り続けた。そのうち声はかからなくなった。今は、すれ違えば挨拶をかわすくらいの距離を保っている。しかし梨奈だけは、いまだになれなれしい。平日の放課後は百合香たちと過ごしているようだし、週末は欠かさず実家へ帰っていくので、あまり自室にはいないのがせめてもの救いだ。

葉月に限らず、同級生の男子にも、教師にも、梨奈は無邪気に近寄っていく。好かれて当然、受け入れられて当然、とばかりに、ひとなつこい笑みを振りまいて。

「あっ、多田せんせ、待って待って」

教室を出ていこうとしていた先生を、梨奈が追いかけていった。同級生にするように、シャツの袖をぐいぐいとひっぱってひきとめている。

「テスト、どのへんば出ます？」

「来週って突然すぎません？　せめて持ちこみ可やないと」

百合香も加勢する。

ふたりの女子学生に左右から挟まれて、多田先生は居心地悪そうにもじもじしている。授業は聞き流され、テストをしようとしたら責められ、教師というのも大変な職業だ。

葉月は反対側の出口から、さっさと教室をひきあげた。

二限目は実習だった。講義と違い、原則として学科ごとに受ける。野菜学科を指導するのは引き続き、多田先生である。

二十人の学生が、畑の整備をする班と野菜を収穫する班の二手に分かれた。葉月は収穫班だった。玉ねぎ、トマト、ごぼう、にんにくなど、十種類近い初夏の野菜は、授業の後に校門の傍らにある直売所に並べる。鮮度抜群かつ格安の農作物は近隣でも評判で、週に二度の営業日には主婦たちの行列ができる。

葉月はそらまめの担当になった。はさみとプラスチックのかごを手に、ビニールハウスに入る。陽《ひ》ざしをたっぷり浴びたハウスの中は、むわっと熱気がこもっている。

「うわ、暑っ」

「やべ、もう汗ば出てきよる」

男子がくちぐちに悲鳴を上げる。文句を言いながらも、一限の授業中よりも目に見えて生き生きしている。多田先生さえ、心なしか顔色がいい。

そらまめの苗は、葉月の腰のあたりまで伸びている。さやのつけねに、茎を傷つけないよう注意深くはさみを入れていく。豆類のさやはたいがい下向きにつくのに、そらまめだけはなめ上へ向かって、空を見上げるようにつく。それが名前の由来らしい。小さいうちは枝豆のようにも見えるが、熟すにつれてどんどんふくらみ、重みで下へたれさがってきたら収穫の頃合である。

せっせとはさみを動かしながら、描きたいな、とふと思った。そらまめはもうじき旬が終わってしまうから、その前に描いておきたい。

入学以来、構内に植えてある種々の野菜をスケッチするのが、葉月の息抜きになっている。人目のない時間帯をみはからっているので、ほとんど誰にも知られていないはずだ。スケッチブックも、梨奈の目につかないように、自分のクローゼットの奥にしまってある。梨奈のことだから、無遠慮に詮索してくるだろう。たいして興味もないくせに、すごかすごかと口先だけでほめられるのもうっとうしい。

放課後、葉月はスケッチブックを持ってビニールハウスへ向かった。圃場はひっそりと静まり返っている。人影がないか、念のため周囲を見回してから、そらまめのハウスに入った。

子どもの頃から、絵を描くのは好きだった。ひまさえあれば、実家の店の片隅で、売りものの野菜や果物をスケッチした。きゅうりの独特な曲線にも、すいかの縞《しま》模様にも、おおいに絵心を刺激された。幼稚園や小学校でも、他の子がくまだのうさぎだのお姫様だのを描いている横で、りんごやほうれん草やにんじんを描いた。

授業中に目をつけておいた苗を探しあて、畝《うね》の狭間《はざま》に膝をつく。

茎の中ほどにちょこんとくっついている小ぶりのさやを中心に、周りの葉も何枚か入れて構図を決めた。できるだけ正確に、ありのままを描くのが、葉月の流儀だ。オクラの細かい産毛も、ごつごつしたゴーヤーのいぼも、いちごの表面をくまなく覆っているつぶつぶも、丹念に観察して克明に描く。写真みたいな絵だとよく言われる。

大学校に入ってから、描ける範囲はぐっと広がった。八百屋の娘として野菜にはそれなりに詳しいつもりでいたが、甘かった。葉月は野菜というものを、店先に並んだ姿でしか知らなかった。キャベツなら葉、茄子は実、さつまいもは根の部分しか。葉月がこれまで熱心に描いてきたのは、野菜の一部にすぎなかったのだ。

むろん、農業の最終的な目的は、そういった可食部を消費者に提供することである。しかしそのためには、当然ながら、植物全体を育てあげなければならない。根菜だって葉をつけないと光合成ができないし、葉野菜も根を張らないと水や肥料を吸収できない。

絵を描いていると、その野菜をまるごと、より深く理解できるような気がしてくる。ごぼうの葉がどんなかたちか、小松菜が何色の花をつけるのか、実際に自分の目で見て、手で描く。ただそれだけのことなのだけれど、教科書を読んだり講義を聞いたりするよりも、なんというか、しっくりと腑《ふ》に落ちるのだ。

今のところ、最も思いがけない姿をしていたのは、アスパラガスだ。

葉月はそらまめを描き終えてから、隣のビニールハウスものぞいた。一歩足を踏み入れるなり、鬱蒼《うっそう》と茂った緑で視界が塗りつぶされる。森のようだ、といつも思う。

葉月の背丈ほどもあるアスパラガスの苗が、無数に並んでいる。まっすぐな茎にびっしりと生えた、ふさふさした細い葉のようなものは、葉ではなく擬葉《ぎよう》と呼ばれる枝の一種だと実習で教わった。ここで光合成が行われ、その養分によって新しい茎が育つ。遠目には七夕の笹《ささ》のようにも見える、この親茎《おやくき》の根もとに目を落とせば、若い芽が土からにょきにょきと顔を出している。こちらは見慣れたかたちをしている。ふだん食べている、アスパラガスである。放っておくと、ぐんぐん伸びて擬葉がついてしまうので、親茎以外は頃合を逃さずに刈りとらなければならない。アスパラガスは成長が非常に速く、夏場の最盛期には朝晩で二回も収穫する場合もあるそうだ。

そろそろ夕食の時間だ。寮へ戻らなければと考えながらも、葉月は畝と畝の間にかがんだ。スケッチブックごと、膝を抱える。なんだか妙に落ち着く。

「坂本《さかもと》？」

背後から声をかけられて、尻もちをつきそうになった。

「また描きよらしたんか」

振り向いた葉月を見下ろして、多田先生は言った。

先生とは前にも一度、絵を描いているときに出くわしたことがある。上手やねえ、としきりに感心されて照れくさかった。彼は梨奈なんかと違って、心にもないおせじを口にできるほど器用ではない。

「はい」

アスパラガスに囲まれた先生と向きあってみて、似てる、と葉月はひそかに思う。男性にしては長めの、細くてやわらかそうな髪といい、のっぽでひょろひょろとやせた体つきといい、多田先生はアスパラガスにちょっと似ている。

当の先生は、まだ葉月のスケッチブックに視線を注いでいる。どことなく、もの言いたげな表情だ。絵を見たいのだろうか。自作をみせびらかすのは好きじゃないけれど、多田先生になら見てもらってもいい。この間もあんなに感動してくれた。おいもこいくらい描けたらよかけど、と嘆息もされた。先生の板書では、みかんと馬鈴薯を見分けるのも難しいのだ。

葉月がスケッチブックを開こうとしたとき、先生がぼそぼそと言った。

「最近、どがんね？」

「はい？」

葉月は手をとめ、聞き返した。最近もなにも、先生とは毎日のように授業で顔を合わせている。

多田先生が意を決したように顔を上げて、葉月を正面から見た。

「梨奈や百合香と、うまくやれとるか?」

つかのま、言われている意味がのみこめなかった。

「いや、あの……授業ば終わった後、ノートさ貸すとか貸さんとか、もめとるごと聞こえよったけん……ちょっと気になって……」

つっかえつっかえ、先生は続けた。葉月の頬がかっと熱くなった。

「大丈夫です」

きっぱりと答え、先生を残してハウスの外へ走り出た。


夕食の間も、その後の入浴中も、多田先生の言葉は葉月の頭から離れなかった。

ひょっとしたら、梨奈や百合香から葉月の悪口を聞かされたのだろうか。梨奈はともかく、百合香の毒舌は容赦ないから、心配になってもおかしくない。ふたりを下の名前で呼んでいたくらいだし、それなりに親しいのだろう。内気そうな多田先生は、学生に軽々しくまとわりつかれるのは迷惑なのかと思っていたが、そういうわけでもないのかもしれない。

大浴場の湯船につかって考えをめぐらせているうちに、くらくらしてきた。ぬるいシャワーを頭からざっと浴び、つまらない思考も洗い流す。先生が百合香たちと仲がよかろうが、葉月についてどんな話を聞かされていようが、別にどうでもいい。

浴場から部屋まで戻ってきたら、ドアの向こうから不吉な音が聞こえた。葉月はうんざりして、力任せにドアノブをひいた。

梨奈が二段ベッドの上段であぐらをかいて、クラリネットを吹いていた。

吹くといっても、毎朝葉月も聞かされているプロの演奏とは程遠い。指使いは危なっかしく、高音は情けなくかすれ、旋律もひどく間延びしている。まだ初心者とはいえ、もうちょっとなんとかならないものだろうか。

高校の卒業記念に、梨奈はクラリネットを買ったそうだ。なけなしの貯金をはたいたと自慢するので、前々からほしかったのかと思いきや、偶然テレビで見て衝動的にやってみたくなったのだという。それでも、もし葉月だったら、せっかく手に入れた以上は練習するだろうが、梨奈にはそんな様子もない。時折、思い出したように吹くばかりで、言うまでもなく上達する気配はない。

梨奈は二段ベッドの上から葉月を一瞥《いちべつ》し、手もとに視線を戻した。息継ぎに失敗したのか、調子はずれな音がもれる。こういう傍迷惑《はためいわく》な趣味でなくてよかったと葉月はつくづく思う。絵は誰にも知られず、静かに描ける。

あっ、とそこで声を上げそうになった。ちゃぶ台を見やる。スケッチブックが、置きっぱなしになっていた。

食後、大浴場に行くまでの間に、夕方描いたそらまめの絵に少しだけ手を入れたのだ。梨奈はたいてい消灯ぎりぎりまで部屋には戻ってこないから、ゆだんしていた。

いつのまにかクラリネットはやんでいた。様子をうかがっていたらしい梨奈と目が合う。

「絵、うまかねえ。知らんかった」

梨奈がにっこりした。葉月はかろうじて声をしぼり出した。

「勝手に見んでよ」

「そがん目につくとこさ、ぽんと置いてあったとよ。見ていいってことかなって思うさね」

梨奈はしゃあしゃあと言ってのける。

「ていうか、隠す必要なかやろ。めちゃくちゃうまかけん。うちやったら、みんなに自慢しまくるばい」

わたしはあんたとは違う。なにからなにまで違う。一緒にせんで。

こみあげてくる言葉をなんとか飲み下し、葉月はスケッチブックをつかんでクローゼットにつっこんだ。その間も、梨奈は明るく喋り続けている。

「あ、そういえば、園芸概論の小テストなんやけど。多田ちゃん、持ちこみオッケーにしてくれたと。でもさ、自筆のノート限定って言いよらすとさ」

ビニールハウスで対面した多田先生の深刻な顔つきが、葉月の目の前にちらついた。

「週末にがんばれば写しきれるね？　心配せんでよかよ、もちろんノートはすぐ返す。コピーばとらせてもろて、そっち写すけん」

梨奈は最初からこの話がしたかったのだろう。だから珍しく部屋で葉月を待ちかまえていたのだ。どうにか気持ちをほぐそうと、わざとらしく絵をほめそやしてもみせた。完全に逆効果になったわけだけれども。

梨奈がするすると二段ベッドから降りてきた。ぱちんと手を合わせ、小首をかしげて、上目遣いで葉月の顔をのぞきこむ。

「ね、お願い。友達どうし、困ったときは助けあわんと」

おそらく今までの人生で何回も、いや何十回、もしかしたら何百回も、梨奈はこのしぐさを繰り返してきたのだろう。厄介なことが持ちあがるたび、ちゃっかり他人の助けを借りて、要領よく切り抜けてきたのだろう。

「友達やなか」

とっさに、声が出ていた。

「うわあ、ひどか。そがん冷たいこと言わんで」

言葉とはうらはらに、梨奈はへらへらと笑っている。葉月は唇をかみしめた。

伝わっていないのだ。わたしの気持ちは、この子にはどうしたって伝わらない。友達ぶってすり寄ってきたり、大事なスケッチブックを気安くのぞき見たり、他意はなさそうだけれども、ないからこそ、よけいにたちが悪い。葉月をいらだたせている自覚もないのだろう。しかも、多田先生まで巻きこんで。

「スケッチブックば見たけん、怒りよらすと？　ごめんごめん、謝るけん。ぴりぴりせんでよ」

腕にふれた梨奈の手を、葉月は払いのけた。
「いいかげんにして」
声が震えた。無理だ。もう限界だ。
「出てって」
目をまるくしている梨奈から、葉月は顔をそむけた。

梨奈はおとなしく出ていった。そしてそのまま、消灯の時間になっても戻ってこなかった。百合香とつぐみの部屋にいるのだろう。

葉月はふとんにもぐりこんだものの、目が冴《さ》えてしまってなかなか寝つけなかった。廊下で物音がするたび、耳をそばだてた。明け方近くになって、やっとうとうとしかけたところで、いつものベルが鳴り出した。

のろのろと起きあがる。寝不足のせいか体がだるい。クラリネットの音がしない分、耳の負担は多少なりとも軽いはずなのに、ふだんよりも一段とうるさく感じる。

一晩おいて、だいぶ頭は冷えていた。ルームメイトを部屋から追い出すなんて、ちょっとやりすぎだったかもしれないと自省できる程度には。

ノートは貸したくないと断ればよかった。スケッチブックをクローゼットにしまい忘れていたのは、葉月の不注意だった。多田先生とのやりとりもひっかかっていたにせよ、あんなふうに感情を爆発させてしまうとは、われながら子どもじみていた。寮長や教職員の耳に入ったら、

とがめられるに違いない。それはしかたないにしても、梨奈とうまくやれているのかとまたも
や問いただされるのは気が重い。

梨奈が先生たちに言いつける前に、葉月から謝ったほうがよさそうだ。怒らせた向こうにも
非がなくはないわけで、こっちのほうから歩み寄れば、話はそんなにこじれないだろう。万事
においてのんきな梨奈のことだから、いつまでも根に持ちはしないはずだ。

思案しながら洗面所に入ったら、一番顔を合わせたくない相手と鉢あわせしてしまった。

「おはよ」

梨奈はにこやかに言った。

「おはよう」

反射的に応えた葉月と、ごく自然にすれ違う。

すたすたと廊下を遠ざかっていく後ろ姿を、葉月は呆然《ぼうぜん》と見送った。ごめんと言いそびれて
しまった。

それから一日中、いつ教師に肩をたたかれるか、職員室に呼び出されるか、葉月はひやひや
して過ごした。

「おうい、坂本」

四限目の実習を終えた直後に多田先生から呼ばれ、ぎくりとした。

「はいっ」

「こいさ、忘れんと駐車場に戻しとってな」

先生が指さしたのは、苗の運搬に使っていた、ひとり乗りのキャリーだった。屋根のついた運転席の後ろに荷台が設けられ、土や肥料を運ぶ。

「あ、はい」

葉月の全身から力が抜けた。授業中に使った道具や機械を片づける役目は、当番制になっている。

キャリーに乗りこんでエンジンをかける。野菜学科の圃場と駐車場はちょうど敷地の端と端で、かなり離れている。運転に慣れていない葉月は、ハンドルを握るたびに緊張する。中学生の頃からトラクターに乗って農作業を手伝っていたという同級生がうらやましい。

でも、今日はずいぶん気分が軽かった。

梨奈は水に流してくれるつもりなのかもしれない。いきなり部屋からたたき出され、さすがに機嫌をそこねたかと思ったが、自分も悪かったと反省したのだろうか。それとも、あのおおざっぱな性格だから、特段気にしてもいないのだろうか。仲よしの百合香やつぐみの部屋に泊まって、むしろ楽しかったのかもしれない。

野菜学科の圃場を抜け、果樹園の広がる一画にさしかかる。作業服を着た果樹学科の学生が、木々の間にちらほら見え隠れしている。彼らも実習の片づけをしているのだろう。

一本道の先から対向車がやってきたので、葉月は速度を落とした。巨大なショベルのついた大型のホイールローダーだ。すれ違えるだろうか。道幅はけっこう狭い。とりあえず、いったん道の端ぎりぎりまで寄って、停車してみる。

近づいてきたホイールローダーの窓から、野菜学科の二年生が頭を突き出した。

「坂本さん、すまんけど、バックしてそっちのほうば入ってくれん?」

彼が指さした方向を、葉月は振り向いて確認した。ななめ後ろに、土がむきだしになった細い小径《こみち》が延びていた。

バックは自信がないけれど、そうも言っていられない。ギアを切り替えてじりじりと後退する。バックミラーに梨奈が映っていた。あおあおとした大ぶりの葉をたくさんつけた低木の下で、同じ学科の男子たちとなにやら楽しげに喋っている。

なんとか車全体を小径におさめ、葉月はブレーキをかけて前へ向き直った。先輩がひらひらと片手を振った。

「ありがとう」

重たげな音とともに目の前を通り過ぎていくホイールローダーを、葉月はほっとして見送った。ハンドルをかまえ直し、アクセルを踏む。

キャリーが、ゆるゆると走り出した。後ろへ向かって。

「危ない!」

甲高《かんだか》い絶叫が、とどろいた。

葉月があせってブレーキを踏みこんだのと同時に、どすん、と不穏な音がした。背中から腰にかけて、鈍い衝撃が走った。

職員室に駆けこんできた多田先生は、隅の応接セットのソファに座っていた葉月に、矢継ぎ早に問いかけた。

「坂本、大丈夫か？　頭は打っとらんさね？　痛むところはなかと？」

葉月は首を横に振った。ほとんどスピードは出ていなかったし、車と衝突したわけでもないので、葉月自身はかすり傷ひとつ負っていない。

「そうか、よかった」

先生が向かいのソファに、へたりこむように腰を下ろした。

「ぶつけたのがイチジクでよかったさね」

先生の言うとおりだ。もしも木ではなくて人間だったらと思うと、心底ぞっとする。

ぶつかった瞬間、頭が真っ白になった。ブレーキを力いっぱい踏み、ハンドルをきつく握りしめたまま、しばらく身動きできなかった。どのくらいの間そうしていたのかも、はっきりとは覚えていない。

ふらふらとキャリーから降りたら、木の周りに数人の学生が群がっていた。輪の中心で、梨奈が今にも泣き出しそうな顔つきで幹にすがりついていた。後ろでなすすべもなく立ちつくしている葉月には、誰ひとり見向きもしなかった。

やがて、果樹学科の教官が騒ぎを聞きつけてやってきた。キャリーを動かし、イチジクの状態を確認し、教え子たちに何事か指示を与え、そして、放心していた葉月を職員室まで連れてきた。担任である多田先生を呼んでくれたのも彼女だ。

「すみませんでした」

葉月は先生に向き直り、あらためて謝った。

「謝ることなかとよ。初心者やけん、しかたなかろうもん」

「でも、木に傷が……」

「心配せんでよか。おいも現場さ見た。たいした傷やなか。あげん程度でだめんなるごと、やわな木やなかよ」

いつになく力強い口ぶりで言いきられて、葉月も少しだけ気が楽になった。

「誰でも失敗しながら上達しよっと。田んぼにトラクターば落っことしたり、ハウスのガラスば割ったり、毎年いろいろやらかしよるさ。そいに比べたら、たいしたことなか」

先生は自分の言葉に自分でうんうんとうなずき、いたわるような声でしめくくった。

「そがん落ちこまんで。疲れとっちゃろけん、週末はゆっくり休まんね」

もう一度先生に頭を下げてから、葉月は職員室を辞した。

校舎を出て、寮のほうへ戻りかけ、足がとまった。梨奈はもう実家に戻っただろうか。もしまだだとしたら、部屋まで荷物をとりにくるかもしれない。廊下や洗面所ですれ違うかもしれない。

葉月は回れ右をして、寮とは反対方向に歩き出した。

梨奈に謝らなければならない。今回ばかりは、完全にこっちが悪い。でも、もう少しだけ時間がほしい。

曇っているせいか、アスパラガスのハウスの中は、この間よりもいくらか涼しかった。葉月は畝の間をぬう通路を奥へ進み、つきあたりで地面にしゃがんだ。

静かだ。自分の息の音だけが、やけにくっきりと聞こえる。

折った膝にあごをのせ、ゆっくりと目を閉じる。イチジクの幹を抱きしめていた梨奈の、悲《ひ》愴《そう》な顔つきがよみがえる。いつだって気楽そうな笑みを絶やさないあの子の、あんなに切迫した表情を、葉月ははじめて見た。

深呼吸して、まぶたを開けた。

立ちあがろうとした拍子に、鮮やかな黄緑色が目に飛びこんできた。アスパラガスの若芽だった。みごとに肥《ふと》り、丈は二十センチを超えている。

まさに食べ頃だ。昨日の実習で収穫しそこねたのだろうか。週明けまで放っておいたら伸びすぎてしまう。こういう場合は、寮の食堂へ持っていけば、ひきとって献立の一部に使ってもらえることになっている。

ついでに周りも見て回った。同じくらい育った茎が他にも見つかって、結局、二十本近くも収穫できた。金曜の晩は、梨奈のように寮では食事をしないで外出する者も多いから、これだけあれば十分だろう。

戦利品の束を手に、ハウスの出口へ向かいかけて、葉月は息をのんだ。わさわさと茂ったアスパラガスの向こうに、梨奈が立っていた。

先に口火を切ったのは、梨奈だった。

「ごめん」

言おうとしていたせりふを先どりされて、葉月はわけもわからず梨奈を見つめた。

「さっき、ごめん。うち、わざとおおげさに騒ぎよった」

どうして、と聞きかけてやめた。答えはわかりきっている。それだけ憤慨したからに違いない。

「もちろん、全部が全部、演技ってわけやなかとよ。衝突しよった瞬間は、頭ば真っ白になったさあ。あのイチジク、うちの担当やけん。卒論のテーマにするつもりで世話しとる」

そういえば、梨奈の実家はイチジク農家だ。

「けど、ちゃんと見よったらさ、たいしたことなかってすぐわかった。幹の表面ば、ちょっとかすりよっただけ。大丈夫やってみんなにも言おうとしたと。ばってん、あんたが運転しとらすってわかったけん……」

梨奈らしくもない怒ったような早口を、葉月は途中でさえぎった。

「ごめん」

大事《おおごと》にならなくてよかったと多田先生も慰めてくれたけれど、それはあくまで結果にすぎない。葉月の不注意で、梨奈の大切にしている木を傷つけてしまったことに変わりはない。

「謝らんでよ」

梨奈が口をへの字に曲げた。

「うちが意地悪したんやけん。あんたのこと、悪者扱いしようとした」

意地悪といえば、ゆうべの葉月だってそうだった。しかも、素直に非を認めた梨奈と違って、うやむやにごまかしてしまおうとしていた。

「こっちこそ、ごめん」

勇気を出して、繰り返す。

「やけん、謝らんでってば」

「いや、今日もやけど、昨日のことも」

「ああ、そっちね」

梨奈がふっと表情をゆるめ、ふだんどおりの軽い口調に戻った。

「ちなみにさ、なんば謝ってくれよると?」

「一方的に追い出しよったけん。つい、かっとなって……」

「そいは別によか」

今度は梨奈が、葉月の言葉をさえぎった。

「えっ」

「やっぱりわかっちょらんかったとね」

芝居がかったため息をついてみせる。すっかり、いつもの梨奈だった。

「友達やなか、って言いよったさ、あんた。覚えとると？　あれはひどかよ、めちゃくちゃ傷ついたとさ」

確かに、言った。葉月も覚えている。でも。

「ん？　どがんした？」

不審そうに眉を寄せている梨奈に、葉月は正直に答えた。

「傷ついとるごと、見えんかった」

「そりゃあ悪うございましたね。こういう顔やけん」

梨奈がわざとらしく肩をそびやかした。葉月のほうへ、一歩近づく。

「なあ、取り消してくれんね？」

まっすぐに見つめられ、葉月は視線をそらせなかった。こくりとうなずくと、梨奈が満面の笑みを浮かべた。


ふたりで連れだって、ハウスを出た。

「そのアスパラ、食堂に持っていくと？」

葉月の手もとを見やり、梨奈がはしゃいだ声を上げる。

「うん」

「やった。うち、ひさしぶりにベーコン巻きば食べたか」

「夕飯、食堂で食べるん？」

葉月は首をかしげた。今日は実家に戻らないのだろうか。

「うん、百合香の誕生日やけん、お祝いすっとさ。そうや、あんたも来んね」

「わたしも？」

びっくりして聞き返した。

「だめ？　他に予定でもあると？」

「別に……でも、迷惑やなかと？」

「はあ？　迷惑やったら誘わんさね」

梨奈はそうかもしれない。しかし、百合香とつぐみはどうだろう。梨奈が葉月の顔をじろじろと見て、ぷっとふきだした。

「大丈夫、ふたりとも喜ぶ。うちが保証する」

断言し、いたずらっぽくつけ加える。

「ねえ、知っとった？　うちらはさ、初日からあんたにひとめぼれしとったとよ」

「ひとめぼれ？」

葉月はぽかんとした。

「同い年の子が、農家ばなりたかって本気で言いよったら、うれしゅうなるさね。百合香もつぐみも、ほんとは農業やりたかけん」

百合香が好条件の就職にこだわるのは、経営難に陥っている実家の家計を支えるためらしい。大学校の学費も、アルバイトをかけもちして工面している。また、ゆくゆくは旅館の女将になるつぐみは、せめてこの二年間だけは好きなことをやりたいと両親に頼みこんだそうだ。

そして唯一、実家を継いで就農する予定の梨奈は、父親に農業大学校への進学を反対されていたという。

「学校の勉強なんか意味なか、おいがなんでも教えちゃるけん、って言っとっと。でも、父ちゃんのやりかたって、完全に自己流さね。そいはそいでかまわんけど、最新の技術や農法なんかも、きっちり習《なろ》といたほうがよかとっちゃろ」

母親と祖母にも父親を説得してもらい、どうにか認めてもらったものの、平日の夜と週末は家の手伝いをするという条件がついた。

「あげん約束ばしよったん、後悔しとるけどね。特に平日はもう、くったくたになるとさ。一日中、眠うて眠うて」

葉月は相槌《あいづち》も忘れて聞いていた。すべて初耳だった。

梨奈のことも、百合香のことも、つぐみのことも、葉月はほんの一部分しかわかっていなかったのだ。目立つ果実だけに目がいって、根も葉も枝も見えていなかった。彼女たちのほがらかな笑顔の裏に隠された苦労や覚悟を、知らなかった。知ろうともしていなかった。

「でも今日は休みやけん。楽しみさね、誕生日会。つぐみがケーキば焼いてくれとるよ」

梨奈はうきうきと言う。今朝はそのために、つぐみが搾乳《さくにゅう》のボランティアに通っている近所の牧場で、しぼりたての牛乳や特製の生クリームを分けてもらってきたらしい。

「うちもつきおうたとよ。五時にたたき起こされてさ。牛に音楽ば聴かせるとミルクの出がようなるってつぐみが言いよるけん、クラリネットも持って。でさ、吹いたわけ、牛舎の中で」

梨奈が言葉を切り、顔をしかめた。

「つぐみ、なんばしよったと思う？」

なんとなく見当はついたものの、葉月は黙って続きをうながした。

「やめて、って半泣きでとめよるとさ。牛がいやがっとるって。ひどかよね？　百合香は百合香で、こげん騒音聞かされとる葉月ちゃんがかわいそうや、とか失礼なこと言いよるし」

梨奈は口をとがらせる。

「まあでも、つぐみのケーキはプロ級やから、期待してよかよ。うちは、ばあちゃんと作ったイチジクの赤ワイン煮ばあげよっと。あ、あんたは気にせんで。急やけん、手ぶらでかまわんさね」

そういうわけにもいかないだろう。夕食の後にでも、コンビニで差し入れのお菓子を買ってこよう。家族以外の誕生日を祝うなんて、ものすごくひさしぶりだ。

「そうや、いいこと考えた」

梨奈がにやりとした。

「絵、描いてよ。百合香の似顔絵。あんたの絵もプロ級やけん、立派なプレゼントになる」

勢いこんで言われ、葉月は首を横に振った。

「わたし、人間は描けんけん」

「ええっ、そうなん？　絶対に無理ね？　かぼちゃか馬鈴薯と思いよったら？」

冗談かと思ったけれど、梨奈は真顔である。葉月もまじめに応えることにした。

「いや、やっぱり無理」

「無理かあ……」

梨奈は無念そうに肩を落としたが、あっ、と叫んで立ちどまった。

「こいでよかよ」

葉月の手首をつかみ、アスパラガスの束ごと、ぐいと目の高さまでひっぱりあげる。

「かわいいリボンでも結びよったら、花束ごとなるさね。百合香は花ば見飽きとるやろけん、ちょうどよか。あの子らの部屋にカセットコンロもある。ゆでたてば四人で食べよ」

一息にまくしたてると、梨奈ははずんだ足どりで歩き出した。とれたてのアスパラガスを握りしめ、葉月も小走りに後を追いかける。

レモンの嫁入り

和歌山県広川町《ひろがわちょう》・織田《おだ》果樹園

毎朝、家を出る前に、美優《みゆ》は玄関の姿見に全身を映してみる。

子どもの頃からの習慣だ。外出にあたってはきちんと身なりをととのえるよう、母に教えられた。

実家の玄関口には、縦長の楕円《だえん》形をした大きな鏡が置かれていた。近所にちょっとした買いものに行くときでも、家族三人で遠出するときでも、母は出がけにその鏡の前で全身を検分した。前髪を直したり、ブラウスのボタンをひとつ開けたり、スカートをひるがえしてくるりと一回転したり、結果、着替えに引き返して父を閉口させたりもした。

幼い美優も母にならった。母の愛読しているファッション誌のモデルや、テレビで見たアイドル歌手をまねて、気どったポーズをとってみるのも好きだった。さらに成長してからも、学校に行くときはごく短く、恋人と会うときは遅刻寸前までながながと、かける時間に差はあれ、毎日のように鏡とにらめっこした。

就職を機にひとり暮らしをはじめ、美優は狭いワンルームマンションの玄関にも鏡を置いた。出勤前には、スーツにしわが寄っていないか、髪が変な方向にはねていないか、化粧は濃すぎないか、あわただしく確かめてから靴をはいた。

けれど今はもう、服のしわも寝ぐせも厚化粧も、気にする必要はない。

鏡の向こうの自分と、美優は見つめあう。めがねをかけ、髪を無造作に束ね、首にタオルを巻いている。化粧をしていないのに肌がやけに白っぽいのは、日焼けどめを塗りたくったせいだ。

わたしってこんな顔だったっけ、と思う。そろそろ見慣れてきてもいいはずなのに、いまだに思う。

「美優？　まだ？」

すりガラスのはまった引き戸の向こうで、健吾《けんご》が呼んでいる。

「今行く」

美優は麦わら帽子を深くかぶった。広いつばにさえぎられ、無表情な顔が視界から消える。

軽トラックで山道を二、三分ばかり上ると、みかん畑が見えてくる。美優がかぶっているのと似たような帽子がふたつ、木々の間でちらちら動いている。

健吾が路肩に車を停《と》め、運転席の窓を開けた。ぬるい風が車内に吹きこんでくる。

「おはよう」

畑の両親に向かって、大声でどなる。義父と義母が同時にこちらを振り向いた。助手席の美優も、軽く頭を下げる。

「今日はどこからやろうか？」

「甘夏《あまなつ》」

義父が叫び返し、山頂の方角を指さした。織田《おだ》家の畑はこの山の十数か所に点在している。みかんを筆頭に柑橘《かんきつ》類を十種類近くと、キウイやブルーベリーも育てている。

そこからさらに五十メートルほど先で、健吾は再び車を停めた。

「ここ?」

美優は思わず聞いた。一面に背の高い草がぼうぼうと生い茂り、畑というより草原と呼んだほうがふさわしい。人間の手が入っているようには、とても見えない。

義父の方針で、織田果樹園ではすべての果物を無農薬で栽培している。除草剤も殺虫剤も一切使わない。野放図《のほうず》に成長し繁殖する雑草や害虫から大切な果樹を守るためには、薬の力に頼らず、自らの手で戦わなければならない。

「おれもひさしぶりに来た。なつかしいな」

目を細めている夫の横顔を、美優は盗み見る。このひとってこんな顔をしてたっけ、と思う。もちろん、目鼻だちは変わっていない。東京で会社勤めをしていた頃と雰囲気が違うのは、浅黒く日焼けした肌のせいか、頰の肉が削《そ》げて輪郭がひきしまったせいか、あるいは、無精ひげが伸びてしまっているせいだろうか。

健吾が運転席から降りて車の後ろに回った。荷台に積みこんできた道具をてきぱきと降ろしていく。美優も手伝った。

「美優、草刈りでいい? それとも、今日はおれがやろっか? 美優は摘果《てきか》で」

健吾に聞かれ、首を横に振る。

「いや、草刈りでいいよ」

織田果樹園での夏場の主な仕事は、草刈りと摘果だ。

摘果とは、なりすぎた実をまびく作業である。一本の木についている実が多すぎると、ひとつひとつに栄養が行き渡らないので、数を減らしてやるのだ。しろうとの考えでは、草刈りよりも楽にできそうな気がするが、実際にやってみたらそうでもない。どの実を残すべきか、初心者には判断が難しいし、ついでに木の状態にも目を配らなければならない。葉がしおれていたら病気を疑い、虫がついていればすみやかに駆除する。

無農薬のおいしい果実には、虫がうようよ集まってくる。美優にとってはかなりきつい。虫の姿を見るだけでも寒気がするのに、いちいち手で潰すのだ。スズメバチやアシナガバチが奥の枝に巣をかけている場合もあって、うっかりつついてしまうと大惨事になる。

その点、炎天下での草刈りは、体力を消耗するかわり、機械を使うので虫との距離はそこまで近くない。草の間から飛び出してくる輩《やから》もいるけれど、なるべく見ないふりをしている。頭を使わない単純作業というのも、美優は本来あまり得意ではないが、ぜいたくは言っていられない。

「じゃ、よろしく。なんかあったら声かけてな」

健吾は腰の高さまで茂った雑草をかきわけ、奥に植えてある甘夏の木々のもとへ向かっていった。陽《ひ》ざしが強い。空は真っ青に晴れわたり、雲ひとつない。

美優は草刈り機のスイッチを入れた。ざざざざ、と小気味よい音とともに草がなぎ倒され、目の前に道がひらけていく。この瞬間はすっきりするけれど、手放しでは喜べない。こうして一生懸命に刈っても、どうせ二、三日で元通りになってしまう。真夏の雑草はすさまじい勢いで伸びる。

むだなことは考えないほうがいい。頭を空っぽにして、手だけを動かせばいい。わかっているのに、いつもの疑問が浮かぶ。わたしはどうしてこんなところで、こんなことをしてるんだろう?

わざわざ自問するまでもない。答えはわかりきっている。美優自身が、そう望んだからだ。

美優が健吾と出会ったのは、ちょうど十年前の春だった。

大学に入った美優は、アパレル系のベンチャー企業のアルバイトに応募した。当時まだ二十代だった社長によって創業されたばかりの会社で、ネット通販のポータルサイト運営を核としながら、気鋭のデザイナーと組んで新しいブランドを立ちあげたり、SNS上で公募制のファッションショーを開催したり、個性的な試みがなにかと世間で話題になっていた。

洋服もおしゃれも好きだし、なんとなくおもしろそうだし、と軽い気持ちで問いあわせたところ、現在はプログラミングができる技術系のアルバイトしか募集していないと断られた。残念ながら、美優はプログラミングどころか、家電の操作でさえしょっちゅう間違えるような機械音痴だ。

興味半分だったはずなのに、門前払いされたとたん、どうしてもその会社で働きたくてたまらなくなった。

この機会を逃してはいけない、となぜか強く感じた。ここで働けば、絶対いいことがある。直感に導かれるまま、美優は担当者に電話をかけ、雑用でもなんでもやるからとしつこく頼みこみ、最終的には会社まで押しかけた。オフィスは原宿《はらじゅく》の裏通りの、隠れ家めいたレストランや古着屋の並びにあった。カラフルなデザイナーズ家具の配された開放的な内装は、企業というよりしゃれたカフェのような風情《ふぜい》で、美優のやる気をいっそうかきたてた。無理やり採用にこぎつけたのは、その行動力が買われたからだと後になって聞いた。

そういう前のめりな勢いが、高く評価される会社だった。アルバイトの身分でも、意見があれば遠慮なく発言でき、それが採用されることもあった。社員は皆若く、大きな企画の直前にはまるで学園祭さながらに、オフィスに泊まりこんで準備に明け暮れた。飲み会をはじめ、花見やらバーベキューやらクリスマスパーティーやら、社内行事もひっきりなしに催された。堅苦しいことの苦手な美優には、自由な社風が心地よかった。人見知りもものおじもせず、どんな仕事でも好奇心旺盛に取り組んで、強引に雇ってもらったわりには重宝された。ここで働くべきだという直感は、どうやら正しかったようだった。

直感がはっきりと確信に変わったのは、健吾と会ったからだ。

美優より四つ年上の健吾も、ほぼ同じ時期に、アルバイトではなく正社員として入社した。初対面のときから美優は彼に注目していた。もっと露骨にいえば、目をつけていた。

まず、顔が好みだった。切れ長の目もとも、意志が強そうな太めの眉も、すっと通った鼻筋も。一見クールな印象なのに、笑うと目尻がふにゃりと下がり、やんちゃな感じになるのもかわいい。一八〇センチを超える長身で、女性にしては背の高い美優と並んでも頭ひとつ分大きい。

一緒に仕事をしているうちに、美優は健吾の外見だけでなく人柄にも惹《ひ》かれていった。どんなに忙しくても陽気で前向きで、問題が起きても簡単にはくじけない。どちらかといえば、逆境でこそ燃える。理屈をこねるより先に、とりあえず体を動かそうとするところも、同じ性質《たち》の美優とは気が合った。

むろん欠点がないわけではなかった。極度の夜型で、朝一番の会議では明らかに元気がない。整理整頓がおそろしく下手で、デスクをごみため同然に散らかし、オフィスの景観をそこねるなよ、と社長にまで冗談まじりに注意されていた。意外に下戸《げこ》ですぐ酔っぱらい、ところかまわずいびきをかいて寝てしまう。でも、それらの短所すら、美優にはほほえましく愛おしく感じられた。

要するに、美優は恋に落ちていた。

ひとめぼれは、それ以前にもあった。恋愛においても、美優はもっぱら直感を信じ、持ち前の行動力を発揮していた。一方で、燦然《さんぜん》と輝いていたはずの宝石が、手にとってよく見たらただの石ころだったと気づくことも珍しくなかった。知れば知るほど好きになっていくなんて、はじめての経験だった。

しかしながら、ひとつだけ問題があった。健吾には、学生時代からつきあっているという恋人がいた。結婚の約束までしているらしかった。

家族や友人知人を同伴していい社内の集まりに、健吾はときどき彼女を連れてきた。楚々《そそ》とした優しげな美人だった。男性社員たちはうらやましそうに健吾を冷やかし、ひそかに彼を気に入っていた女性社員たちは戦意を失った。確かに、どこからどう見てもお似合いのふたりだった。

それでも美優はあきらめなかった。

健吾を力ずくで奪おうとか、婚約者との仲を引き裂こうとか、物騒なことを考えたわけではない。一方的に恋愛感情をぶつけて、彼を困らせるつもりも、せっかく築いた信頼関係をこわすつもりもなかった。ただ、健吾はいつか彼女ではなくわたしを選ぶ、と思えた。今になって振り返れば、まったく根拠のない自信だが、当時はおおまじめだった。それに、健吾と一緒に働くのは純粋に楽しかった。うまの合う後輩として、信用のおける相談相手として、会社を盛りたてていく同志として、そばにいられるのがうれしかった。

「美優、ちょっとこっち来て」

名前を呼ばれ、美優ははっとして草刈り機をとめる。

顔を上げると、甘夏の木の下で健吾が手招きしていた。美優は短く刈られた草を踏みしめて、そちらに近づいた。

「見て、これ。ひどいよな」

健吾は腰をかがめ、一本の枝に手を添えていた。先が無残に折れている。そこについていた実ごと、乱暴にもぎとられたふうだった。

「虫？」

美優は身震いした。枝の惨状からして、そうとう大きいはずだ。

「いや。イノシシだな」

「イノシシがいるの？」

とっさに、あたりを見回した。虫に負けず劣らずぞっとする。いや、身の危険という意味では、はるかに深刻だろう。

「困ったな。イノシシよけの柵、作ってみるか」

健吾が腕組みをして言った。言葉とはうらはらに、わくわくしているようにも見える。

このひとはちっとも変わってない、と美優は思う。変わったとしたら、たぶんわたしのほうだ。


結局、美優の片想《おも》いが実るまでに七年もかかった。

美優は大学を卒業し、晴れて正社員になった。アルバイト時代に手伝っていたマーケティング部を経て、広報部に異動した。同じ年に健吾は営業部長に昇進した。七年間で会社は急成長をとげていた。売上も社員の数も十倍近くにふくらみ、原宿のオフィスは手狭になって、竣《しゅん》工《こう》まもない日比谷《ひびや》の巨大な複合ビルへと移転した。知名度が上がるにつれてマスコミへの露出も格段に増え、広報部は毎日大忙しだった。

今晩飲みにいこうと健吾から誘われた日も、美優はくたくたに疲れ果てていた。重要なプレスリリースがいくつも重なり、一週間ほどろくに寝ていなかった。やっと仕事にめどがつき、今日こそは早めに帰ってとりあえず眠ろうと考えていた矢先、電話が鳴ったのだ。断ろうかと一瞬思った。七年前には考えられなかったことだ。歳月を経て、美優の健吾への想いもまた、微妙に変化していた。十代の頃の、熱病にでも罹《かか》ったかのような浮かれた衝動はおさまり、もっと落ち着いた、親愛とでも呼ぶべき情が芽生えていた。

七年の間には、いろいろあった。成就《じょうじゅ》するあてのない美優の恋に、女友達はこぞって否定的だった。時間をむだにするなと説教され、合コンにひっぱり出されもした。そこで知りあった幾人かとは、ふたりで会う仲にもなった。でも、相手との距離が縮まれば縮まるほど、どうしても健吾と比べてしまう。おいしいものを食べれば、これを健吾と食べたかったと思い、美しい景色を見れば、これを健吾と見たかったと思う。あげく、実は他に好きなひとがいるからと断るはめになり、美優って見かけによらず一途《いちず》だよねえ、と友人たちにあきれられた。見かけによらず、がよけいだ。

その夜、健吾の誘いを受けることにしたのは、「ちょっと聞いてほしい話がある」と言われたからだ。

彼らしくもない歯切れの悪い口調で、「話」の中身は見当がついた。つくなり、美優の眠気は吹き飛んだ。半年ほど前から、恋人とうまくいっていないと健吾は時折もらしていた。

健吾の希望で、ひさしぶりに原宿の居酒屋へ行った。以前は行きつけだったのに、オフィスの移転以来、足が遠のいていた店だった。日比谷に引っ越して、社内の飲み会は会社の近く、銀座《ぎんざ》や丸《まる》の内《うち》界隈で開かれるようになっていた。当然ながら裏原宿とは店の雰囲気も客層もがらりと異なり、どうもくつろげないと古くからの社員どうしでこぼしあったものだ。

カウンター席で生ビールのジョッキを合わせるなり、健吾はしぼり出すように言った。

「彼女と別れた」

美優にとっては、長年、夢にまで見た瞬間だった。

比喩ではなく、その場面は幾度となく夢に登場していた。日によって美優の反応はさまざまで、飛び跳ねて喜ぶ、感極まって泣く、健吾を抱きしめて恋心を告白する、その三通りが多かった。もっと早く、たとえば大学生のうちに夢が実現していたら、美優は臆面もなくそれら全部をやってのけたかもしれない。歓喜に震え、涙ぐみ、健吾に抱きつきキスをして、ずっとずっと好きだったのだと思いの丈をぶちまけたかもしれない。

が、二十代半ばになった美優は、しごく冷静にふるまうことができた。静かにジョッキを置き、スツールの上で体を九十度回転させて、隣の健吾と目を合わせた。

「大丈夫ですか?」

健吾のほうは、まるで冷静ではなかった。ビールを一気に飲み干し、がっくりとうなだれた。

「正直、まいってる」

「大丈夫ですよ」

まるまった背中に、美優はそっと手を添えた。大丈夫。だって、あなたにはわたしがついてるもの。

健吾はそれきり口をつぐんで、酒ばかりを飲み続けた。泥酔した彼を、美優はどうにか自宅まで送り届けた。この際、泊まってしまおうかとも考えたものの、思いとどまった。これだけ待ったのだから、今さらあせることもない。

別れの経緯について、健吾はなにも語らなかった。美優もあえてたずねなかった。その日ばかりでなく、翌日も翌月も、つきあい出した後でさえ。過去にぐずぐずこだわるなんて、美優の柄ではない。健吾の柄でもないはずだった。

ふたりの間でその話題が出るのは、もっと先の話になる。


甘夏畑でイノシシの形跡を発見した旨を、義父母もまじえた夕食の席で、健吾はさっそく報告した。

「そうかあ、また出よったか」

義父も義母も、たいして驚いた様子はなく、いまいましそうに顔をしかめただけだった。美優にとって仰天するような一大事も、ここでは平然と受け流されることが珍しくない。

「電気柵とか、どうやろ？」

健吾の関西弁を、美優は和歌山へ引っ越してきてはじめて聞いた。今のところ、夫婦ふたりのときは標準語を使っているけれど、ややイントネーションがあやしくなってきた。

「一回試したけど、あかんな。特に夏は。雑草が伸びるとすぐ電気が通らんようになる」

義父が答える。

なぜ雑草が伸びると電気が通らなくなるのか、そもそも電気柵とはどんな形状なのか、イノシシに刺激を与えて追い払うのか、気絶させるのか、まさか殺してしまうのか、次々に浮かんでくる疑問を美優はのみこむ。後で健吾に聞こう。義父の前でよけいなお喋《しゃべ》りは禁物だ。

こちらへ移住してきた直後に、美優は大失敗をしでかしている。

でしゃばるつもりはなかった。農作業ではまだまだ半人前で、戦力になるどころか足をひっぱってしまっている。せめて、自分の得意な分野でなにか役に立ちたかった。

織田果樹園のために美優が力になれそうなことは、ふたつ見つかった。ホームページと、ジュースやジャムといった加工品のパッケージだ。

ホームページは、巷《ちまた》でインターネットが普及しはじめた頃に、義父が無料のソフトを使ってこしらえたそうだ。努力は認めるが、いかんせんしろうとくさい。加工品は加工品で、手作りのラベルが素朴というより田舎っぽい。商品の質は大事だけれど、買い手にどう見せるかもまた大事だ。マーケティング部で働いていた美優は、それをいやというほど思い知らされてきた。どんなにすてきな服でも、写真ひとつでさっぱり売れないことも、その逆もあった。

「おいしいのに、見た目で損してない？」

健吾に相談してみたら、すぐさま賛成してくれた。

「だよな。もうちょっとなんとかなんないかなって、おれも思ってた」

織田果樹園で作っている果物の品質は、間違いない。大きさはふぞろいだし、収穫後の防腐剤やワックスも使っていないため、見栄えがいいとはいえないものの、食べるとびっくりする。みかんやデコポンは甘みが濃く、はっさくや甘夏は酸味がさわやかで、どれもとびきりみずみずしい。

美優がとりわけ感動したのは、レモンだ。ほんの小さなひときれから、これでもかというくらいたっぷりしぼれて、無農薬なので皮まで食べられる。こんなにおいしいのに、織田果樹園ではみかんに比べて存在感が薄いのが解《げ》せない。畑は家から一番遠い一画で、ホームページでも紹介すらされていない。栽培をはじめた時期が比較的遅いせいらしいが、同じく新参者の美優としてはなんとなく不憫《ふびん》で、つい肩入れしてしまう。揚げものに、サラダに、焼き魚に、あらゆる料理にかけまくっては、健吾に笑われている。

「見せかたしだいで、もっと売れると思うんだよね。安全なものを食べたいっていうニーズは増えてるし」

無農薬の果物は、手をかけている分だけ単価が高い。でも、値段より質を重視する消費者も、確実に存在する。美優の母がそうだ。多少高価でも、それに見合う価値を認めれば、ぽんと買う。

ただし、その価値を判断する上では、商品の中身以外の要素も影響する。高級化粧品は美しいボトルに入っているし、外車のショールームはきらびやかで洗練されている。

「せっかくなら、パッケージもホームページもデザインを統一したら?」

「確かに。誰かデザイナーさんに頼んでみるのも手だよね」

ふたりでひとしきり盛りあがり、義父にも提案することにした。

「思いついたのは美優なんだから、美優から説明すれば?」

健吾にすすめられ、美優もすんなり同意した。前月まで勤めていた会社では、職位や社歴に関係なく、発案者が声を上げる権利と責任があった。

義父が激怒するなんて、ふたりとも思ってもみなかったのだ。

「今までずうっと、これでやってきたんや。なんでわざわざ変える必要がある?」

顔を真っ赤にして、かみつくように言われた。ださいから、と正直に答える勇気は、さすがの美優にもなかった。

実の父とは、けんからしいけんかを一度もしたことがない。父は温厚な性格で、特に妻子には甘く、こんなふうに怒ることはもちろん、声を荒らげることすらなかった。たまに、娘になにかしら注意しなければならない場合にも、言葉を選んで諄々《じゅんじゅん》と諭《さと》した。美優、もう少しよく考えてごらん。美優がそんなことしたら、パパは悲しいな。父親とはそういうものだと刷りこまれていた美優には、義父の拒絶反応は二重に衝撃だった。

「そんな言いかたせんでもええやん。美優はよかれと思って考えてくれたんやで」

健吾が懸命にとりなしてくれて、その場はなんとかおさまったけれど、あれ以来、義父の態度はどうもよそよそしい。

「かっとなっただけで、頭では美優が正しいってわかってると思うよ。ほとぼりが冷めたらまた言ってみよう。親父《おやじ》、気は短いけど、根には持たないから」

健吾は言うが、美優はそこまで楽観的になれない。義父がいる場ではひたすら息をひそめ、おとなしくしている。

同じく男ふたりのイノシシ談義には加わらず、黙っておかずを口に運んでいた義母が、美優に話しかけてきた。

「美優さんは、イノシシなんて見たことないでしょう？」

「はい」

「そうよねえ。東京じゃ考えられないわよね」

ああ、またはじまるな、と美優は察した。箸を置き、傾聴の姿勢をとる。

「わたしもね、お嫁にきたときにはびっくり仰天したわ。でも、そんなにこわがらなくても平気よ。昼間はあんまり出てこないし、食べものさえ持ってなければ襲ってきたりもしないし」

わたしがお嫁にきたときには、という決まり文句からはじまる長い昔話を、美優はもう何度聞かされたことだろう。

義母は美優と同じく東京の都心で生まれ育ったそうで、同郷の嫁に共感のような仲間意識のようなものを抱いているふしがある。不慣れな田舎暮らしで苦戦する美優の姿に、若かりし日の自分が重なるのか、負担がかからないように気を遣ってくれてもいるようだ。

たとえば、こうして食事をともにする機会は、月に二、三度に限られている。夫婦水入らずの時間も必要でしょう、と義母のほうから言ってくれた。既婚の女友達から姑《しゅうとめ》にまつわる熾烈《しれつ》な体験談をしこたま聞かされていた美優は、拍子抜けした。みかん畑を挟んでいるとはいえ、隣どうしに住む以上、いわば二世帯住宅のようなものだろうと覚悟していたのだ。

美優たち夫婦が暮らしているのは、おととし相次いで亡くなった健吾の祖父母の家である。バリアフリーの改築工事を終えたばかりで、築年数からは信じられないほど内装はきれいだ。先代の住人だった父方の祖母は、孫の目から見ても厳しいひとだったと健吾は言う。お袋はそうとう苦労してたからな。自分はああいう姑にはなりたくないって思ってるのかもね。

「早川《はやかわ》さんのご主人は猟銃を持っててね、イノシシも撃つの。何度かお肉をいただいたこともあって。ぼたん鍋、案外いけるのよ。今は都会でもはやってるんでしょう、ほら、ジ……ジバ……そうそう、ジビエ、っていうの?」

ときどき脇道にそれつつ、義母は延々と喋り続ける。美優は箸をとり直して漬物をつまんだ。四人の夕食では、義母が料理を用意してくれる。それもまた嫁への思いやりなのだろう。

「まあ、心配しないで。美優さんもそのうち慣れるから」

これもいつものせりふで、話はしめくくられた。

励ましてくれているのだ。ありがたいことだと思う。いびられたりきらわれたりするよりは、断然いい。ただ、「慣れる」が「あきらめがつく」という意味に聞こえてしまうこともある。違和感をぐっとこらえてありのままを受け入れなさい、と説かれているように感じることも。

田舎暮らしそのものには、虫を除けば慣れてきた。コンビニも映画館もネイルサロンもワインバーも、なければないでなんとかなる。買いものはネット通販を使えばいい。もっとも、以前と違って、服も靴も別にほしくない。ここではどうせ使わない。SNSもほとんどやらなくなった。都会でしか役に立たない情報が多すぎる。

「なるほどな。ほな明日あたり、それでやってみよかな」

健吾が言った。イノシシ対策についても結論が出たようだ。

「いや、明日はあかん」

義父が首を振った。

「へっ？　なんで？」

「雨が降る。においがしとる」


翌日は、朝から雨だった。義父の天気予報はよくあたる。

「助かったなあ」

健吾はしきりに喜んでいる。ずっと日照り続きで、そろそろ畑に水やりをしなければならないかと気をもんでいたのだ。まとまって降るのはほぼ一週間ぶりである。

「ひさしぶりだもんね」

美優にとっては、みかんのためばかりでなく、自分の体のためにもありがたい。雨の日は、よっぽど忙しい時期でない限り、仕事が休みになる。

健吾は両親も一緒に、車で買いものに出かけるという。美優もついていこうかと迷っていたら、遊びにこないかと由起子《ゆきこ》から誘いが入ったので、同乗して途中で降ろしてもらうことにした。

七つ年上の早川由起子は、美優にとって広川町《ひろがわちょう》ではじめてできた友達であり、農家の嫁としての先輩でもある。名古屋出身で、嫁いで十年になるそうだ。小学生の息子がふたりいる。

早川ぶどう園は、美優たちの家から車で数分、徒歩でも二十分ほどの距離にある。実際に、美優は一度歩いていったことがある。たちまち近所のうわさになった。このあたりの住人には道を歩くという習慣がないのだ。送るから言ってちょうだい、と義母に、迎えにいくから言ってよ、と由起子に、それぞれため息まじりにたしなめられた。

運転免許を持っていないと打ち明けると、ここでは誰もが目をまるくする。畑で珍種の虫を発見したかのようにまじまじと凝視され、そのうち取ろうと思ってるんですけど、とあわてて弁解するはめになる。珍しいだけで、害虫というわけではない。

「いらっしゃい。樹里《じゅり》ちゃんも来てるよ」

美優が由起子の後について広々としたリビングに入ると、ソファに座って携帯電話をいじっていた樹里がぱっと顔をほころばせた。

「美優さん、ひさしぶり。最近どう?」

後藤《ごとう》樹里とは、由起子の紹介で知りあった。まだ二十歳そこそこで、美優よりも半年ばかり前に結婚し、こちらへ越してきたという。実家は広川町の北隣に位置する有田川町《ありだがわちょう》で、兼業農家をやっているらしい。傷みきった金髪と頑丈そうなつけまつげ、そして年の差を無視した親しげな口調に最初はたじろいだけれど、根は素直でいい子だ。

「甘夏の畑にイノシシが出たよ」

「やだ、また？　お義父《とう》さんに撃ちにいってもらおうか？」

由起子が眉をひそめる。樹里も肩をすくめた。

「あいつらほんま、食い意地張りすぎよな。うちは最近、アライグマがめっちゃ出る」

「へえ。かわいかった？」

「野生動物がかわいいのはアニメの中だけやって。美優さんってほんま都会っ子やな」

「でも、イノシシよりはかわいいでしょ？」

美優と樹里が喋っている間に、由起子が手早くぶどうソーダを作ってくれた。こっくりと深い紫色のジュースは、早川ぶどう園の人気商品だ。

「はい、どうぞ。ふたりともくつろいでね。今日はうち、みんな留守だから」

夫と、同居しているその両親は、夏休みの子どもたちを連れて和歌山市のショッピングモールに出かけたという。

「ああ、うれし。心置きなく喋れるわ」

樹里がいたずらっぽく微笑《ほほえ》んだ。美優たち三人は、ときどき会って近況報告をしあい、また日頃の鬱憤《うっぷん》──主に、婚家にまつわる──をぶちまけあう仲なのだ。

「美優さんとこは？　家空けて大丈夫？」

「うちも、だんなと両親で買いものに行ってる。一緒に出て送ってもらったの」

「へえ。ついてかなくて平気なん？」

平気もなにも、美優が由起子と親しくなって、義母は喜んでいる。さっきの別れ際にも、ゆっくりしてらっしゃいね、とにこやかに手を振ってくれた。

由起子とひきあわせてくれたのも、当の義母である。早川家の姑と仲がいいのだ。お嫁に来てすぐはひとりぼっちで心細くてねえ、と言っていた。よそのお嫁さんたちと友達になって、すごく救われたのよ。

実のところ、農家の嫁という共通点だけで見知らぬおとなどうしが親しくなれるものなのか、美優は少々腰がひけていた。しかし今となっては、由起子や樹里と会えない生活はもはや考えられないし、考えたくもない。自覚がなかっただけで、どうやら美優はずいぶん孤独だったらしい。

「ええなあ、ふたりとも。嫁ひとりで羽伸ばさせてくれるなんて、うちやったらありえへん」

二世帯住宅で暮らす樹里は、夫にだけ行き先を告げて、こっそり家を抜け出してきたという。

「うちだって、羽を伸ばさせてくれてるつもりはないよ。みんなが帰ってきたらすぐ夕ごはん食べられるように、用意しとけってことだからね」

由起子が口をとがらせる。

「なにそれ。家政婦やん」

「まあね、でもわたし、お義母《かあ》さんには絶対に逆らわないようにしてるから。言い争っても時間のむだだもん」

「ユッコさん、悟りの境地やな。朝昼晩ずっとおんなじ家におるんやもんなあ。ま、うちもお義母さんはすぐ侵入してくるけど。マリオもがつんと言うてくれたらええのに、ほんま頼りにならへん。すまんすまんって後から謝るだけ」

樹里の夫であるマリオくんには、美優も何度か会ったことがある。樹里とおそろいの金髪に細くととのえた眉と鋭い眼光の持ち主で、その風貌からは母と妻の板挟みになっておろおろしているなんて信じられないが、話してみれば礼儀正しい好青年だ。

「謝ってくれるだけいいじゃないの。うちなんかもう、完全にあっちチームだから」

由起子たちの話を聞くたび、わたしは恵まれてるんだな、と美優は実感させられる。それなのに鬱々《うつうつ》と不満をくすぶらせている自分が、情けなくなってもくる。

その内心を見透かしたかのように、由起子が声を和らげた。

「美優ちゃんも美優ちゃんで大変でしょ。織田さんは親切だけど、どんなに親切でも姑は姑だもん、気疲れするよね。逆に、堂々と文句を言えない分、たまっちゃわない？」

「あっわかる、うちの母親もそっち系。友達と会うのに、お兄ちゃんの奥さん連れてったりするねんよ？　そんなん、お嫁さんにしてみたら、しんどいだけに決まってるやん？　けど本人はよかれと思ってるんよね。やめたげやってあたしが言っても、きょとんとしてるし」

樹里が頭を振った。

「自分はばあちゃんに冷たくされてたから、仲よくしたげたらうれしいはずやって信じてるんよ。あれはなんやろ、反動？　お嫁さん、一時期かなり病んどったもん」

「楽な嫁なんて、この世に存在しないのかもね」

由起子が遠い目をしてつぶやく。

「たぶんな。美優さんも、思う存分吐き出してええんよ。うちらは味方やで」

樹里にまじめくさった顔つきで念を押され、美優は苦笑した。

樹里の母親ほど極端なことは、義母はしない。とはいえ万事において、自身の嫁としての経験が基準になっているのは否めない。自分がされていやだったことは、極力しない。反面、特にいやではなかったことや、いやでも乗り越えてきたことは、美優にも同じように受け入れられるはずだと疑っていない。

嫁の分際で、一家の主《あるじ》である舅《しゅうと》に物申そうなんて、義母は考えてみたこともないに違いない。

お父さんもね、今までやってきたことにプライドがあるから。義父の機嫌をそこねてしまった美優に、義母は困ったように言った。若いひとは古くさく感じるかもしれないけど、がまんしてね。

美優に配慮が欠けていたのは認める。でも、義父の築きあげてきたものを否定するつもりは毛頭なかった。慣行農法から無農薬栽培に切り替えたことも、農協を通さない直販制に踏み切ったことも、いちはやくホームページを開設したことも、当時としては先進的な試みだった。義父には先見の明があったのだ。先代である実父としじゅう衝突し、近隣の農家からも白い目で見られ、それでも屈せずに信じる道を突き進んで、立派に成功した。美優もその成果を尊重しているからこそ、よりよいものにできればと思ったのに。

「そうや、美優さんに話そうと思ってたこと、忘れてた」

ソーダを飲み干した樹里が、ソファの上に放ってあった携帯電話を手にとった。

「こないだ、たまたま熊本の女の子とつながってな。シオリちゃんっていうんやけど、その子も無農薬で柑橘《かんきつ》作ってるんやって」

液晶に表示されたSNSのページを、美優と由起子は両側からのぞきこんだ。農園の名前が冠されたアカウントだった。オレンジをあしらったロゴが愛らしい。

「わあ、かわいい」

「ホームページも、めっちゃおしゃれやねん。ちょっと待ってな」

大きい画面のほうが見やすいだろうと、由起子がノートパソコンを持ってきてくれた。農園の名前で検索すると、めあてのサイトはすぐに見つかった。

「ほんとだ。すてきだね」

トップページの一番上に、雄大な海をのぞむ畑の写真が配され、農園の紹介や商品の説明が続いている。その横にはオレンジの断面をかたどったアイコンが並び、出荷カレンダー、取引先の紹介、メディア取材の報告、イベントの告知、と情報がわかりやすくまとめてある。

「わたしもこういうのがやりたかったな」

美優は嘆息した。凝った書体といい、水彩画のような淡い筆致のしゃれたイラストといい、プロのデザイナーの手が入っているのがひとめで見てとれる。

「樹里ちゃん、熊本の農家とどうやって知りあったの？」

「地元で農家やってる友達がな、秋に大阪でイベントに出るんで、あたしも誘ってくれてん。

なにわマルシェって聞いたことない？」

「あ、名前は知ってる。大規模な直売会みたいなやつよね？」

由起子が答えた。

難波《なんば》で行われるそのイベントの開催に先立って、ＳＮＳ上に事務局の公式アカウントが設置され、農家どうしの情報交換や交流の場としても機能しているらしい。出店予定のシオリちゃんも積極的に投稿していて、興味をひかれた樹里が直接メッセージを送ってみたところ、返事をもらえたのだという。

「そういうの、最近出てないな。そのマルシェっていつやるの？」

由起子が身を乗り出す。

「九月の三連休やって。あたしは断ったけどね」

「え、なんで？」

てっきり樹里も参加するのかと思っていた美優は、首をかしげた。

「だって、お義母さんたちが絶対いやがるし」

「だけど、ただ遊びにいくわけじゃないでしょ。ちゃんと後藤さんちの商品を売るんでしょ？お客さんとじかに話せるのって楽しいし、勉強にもなるよ」

由起子も不満げに言う。

「いや、嫁が外で楽しそうにしてるのが気に入らんねん、あのひとたちは。特にお義母さんな。おばあちゃんも、つまりお義母さんにとっては姑やな、そうやったっぽい。自分ががまんしたんやから、お前もがまんせえってことやね。姑の仇《かたき》を嫁で討つの、ほんまやめてほしい」

こぼしつつ、樹里はパソコンに向き直った。

「まあそれはええんやけど、このシオリちゃんがかなりおもろいねん。ほら見てこれ、ビニールハウスで七面鳥放し飼いにして、雑草食べさせてるんやで？　めっちゃ頭よくない？」

「天才だね」

さっぱりと除草されたハウスの中を闊歩《かっぽ》する七面鳥たちの写真に、美優はみとれた。

「美優さんとこの畑、えげつないもんなあ。あれ、畑っていうよりジャングルよな」

「ほんとえらいよ、美優ちゃん。わたしだったらとっくにギブアップしてる」

樹里と由起子がくちぐちに言う。

「そうや、七面鳥農法試してみたら？　シオリちゃん親切やから、聞けば教えてくれるで」

「いや、お義父さんが許してくれないよ」

「最近も、相変わらずなの？」

由起子が気の毒そうに眉根を寄せた。義父を怒らせた話は、ふたりにも打ち明けている。

「わたしとは口利いてくれませんね。まあ、その前から、直接話しかけてくることってめったになかったですけど。もう別に怒ってないって健吾は言うけど、どうだか」

「静かなひとだもんね」

「しらふのときはな。うちに飲みにきたときは、ものすごい勢いで喋ってはるで」

樹里が口を挟んだ。後藤家の当主と美優の義父は、幼なじみの親友どうしだ。

「うそ、そうなの？　家では一滴も飲まないけど」

「ああいう、ふだんまじめそうなおっさんが、酔うと羽目はずしてまうねんて」

樹里は訳知り顔で断じ、マウスを操って画面を切り替えた。

「おっ、イベントレポートもある。これは、なにわマルシェの東京版やな」

大きく映し出された画像を見て、美優は目をみはった。

「これ、丸の内マルシェ？」

「え、美優さんも知ってるん？　東京でも有名なんや？」

有名かどうかは知らない。でも、昨年度の丸の内マルシェは、美優にとって忘れられない日になった。

ゴールデンウィークの最終日、美優は休日出勤した。休み明けに他社との業務提携を発表する予定で、その最終確認があったのだ。計画の責任者である健吾も出社していた。

仕事が一段落したのは午後三時頃だった。遅めのランチをとろうと、ふたりで東京駅の方角へぶらぶらと歩いていくと、歩行者天国にぶつかった。五月晴れの空の下、石畳の通り沿いにテントがずらりと並び、日頃この界隈ではあまり見かけない、家族連れや年輩客がそぞろ歩いている。食べものを出す店もありそうだった。

にぎやかな道を、美優たちもゆっくりと歩いた。ときどき足をとめては、日本各地から運ばれてきた農作物の数々を眺めた。米に野菜に果物、調味料に菓子、なんでもある。初夏の陽ざしをいっぱいに浴びた店先で、売り子たちがきびきびと立ち働いている。牛の乳しぼり体験や、野菜の汁で染めた布製品の展示販売や、はちみつの食べ比べなんかもあった。

会社のそばだというのに、どちらからともなく手をつないでいた。人ごみではぐれないためだったが、見慣れたオフィス街がまるで別の場所みたいに感じられて、気もゆるんでいたのだと思う。

あんなところであんな話をするつもりはなかったんだよ、と後々健吾は言い訳した。でも、あそこを歩いてたら、どうしても今ここで話さなきゃって気がしてきてさ。

鹿児島の畜産農家の自家製ソーセージを挟んだホットドッグと、葉山《はやま》直送の有機野菜のサラダを買い、道端のベンチに腰かけた。栃木産のいちごを使ったジェラートを半分ずつ食べ終えたところで、健吾はだしぬけに切り出した。

「美優、話がある」

美優はどきりとした。

つきあって二年近く、ふたりの仲はうまくいっていた。ただひとつだけ美優が気になっていたのは、健吾が決して結婚の話題を出さないことだった。

急《せ》かすつもりはなかった。前回の婚約がだめになって、まだ傷が癒えきっていないのだろう。互いに仕事も忙しい。あせってはいけないと自分に言い聞かせていたはずなのに、真剣なまなざしを向けられ、美優の胸はどうしようもなく高鳴った。

「会社を辞めて、実家を継ごうと思ってる」

そう告げられて、耳を疑った。

「前から、いつかはと思ってたんだ。でも、うちの親だっていつまでも元気なわけじゃないし、今のうちにいろいろ教わっといたほうがいい気がしてきて」

いろんなことが重なったのだと健吾は説明した。まだまだ現役で働くと豪語していた祖父母が、ともに急逝したこと。畑を管理する人手が足りなくなり、父親もいつになく弱気になっているること。仕事に昔ほど情熱を持てないというのも、健吾の背を押す一因になった。会社の規模が大きくなり、業務の進めかたも社内の様子も、よくも悪くも変わってしまっていた。風通しのいい社風は守られているものの、社員全員が顔見知りで和気あいあいとやっていた頃のようにはいかず、さびしいような物足りないような感じがすることは美優にもあった。

「遠距離恋愛になる、ってこと？」

美優はおずおずとたずねた。健吾は下を向いたまま、なにも答えない。

「もしかして、別れようって言ってる？」

声がみっともなくうわずった。ベンチの前をゆきかう人々が、ちらちらと美優たちを気にしている。

「別れたくないよ、おれだって」

健吾の声も、うわずっていた。

「だけど美優には美優の生活があるし、仕事もある。犠牲にするわけにはいかない。黙っててごめん。言おう言おうって何度も思ったんだけど、どうしても勇気が出なかった」

早口でたたみかけられ、美優は唐突に理解した。前の恋人との破局は、おそらくこれが原因だったのだろう。そして、常に思いきりよく行動する健吾が今回に限って二の足を踏んでいたのは、同じようにして美優を失いたくなかったからなのだろう。

「じゃあ、わたしもついていく」

美優は言った。健吾が目を見開いた。

「犠牲なんかじゃないよ。いいじゃない、農業。わたしも一緒にやらせてよ」

わたしは彼女とは違う。健吾をもう離さない。この先一生、そばにいる。

美優は首をめぐらせて、立ち並ぶテントを見回した。美優と同年代くらいの女性もけっこう多い。両手に持った野菜を売りこんだり、買い物客の質問に答えたり、生き生きと忙しそうに働いている。

そう、あれも直感だった。すばらしい日々がはじまる予感がした。大変なこともあるだろう、それでも健吾と支えあってがんばっていこうと、美優は心に決めたのだ。

「美優さん？　どうしたん？」

気がついたら、樹里と由起子が心配そうに美優の顔をのぞきこんでいた。パソコンの画面を見つめ、美優はつぶやいた。

「出てみようかな、わたしも」

「好きにしたらええ」

と、義父はしぶい顔で言い捨てた。

「ありがとうございます」

苦々しげな仏頂面《ぶっちょうづら》にひるみそうになりつつも、美優は丁重に頭を下げた。快く応援してもらえるとは、はなから期待していなかった。やるなと禁じられなかっただけでも御の字だ。

さっそく由起子と樹里にも伝えたら、ふたりとも自分のことのように喜んでくれた。せっかくなら三人で一緒に出たかったが、由起子は子どもたちの運動会と重なり、樹里はやはり姑の許可を得られず、あきらめざるをえなかった。健吾も手伝うと言ってくれたけれど、義父の手前、準備は美優がなるべく自力で進めるつもりだった。当日だけ、運転手がてら同行してもらえれば十分だ。

ところが、あらためて日程を確認してみたら、ちょうどマルシェの前日、九月半ばの三連休の初日に、健吾は東京の友達の結婚式に招かれていた。一泊して夜の二次会にも参加する予定でホテルも予約してあるし、なかなか会えなくなってしまった友人たちと旧交をあたためる機会なのに、日帰りを強いるのも申し訳ない。とはいえ、美優ひとりで大荷物を抱え、慣れない電車を乗り継いで大阪まで行くのも気が重い。どうしたものかと弱っていたところ、樹里が婚家にはないしょで車を出すと申し出てくれた。

それからのひと月半は、めまぐるしく過ぎた。

お客さんに質問されて答えられないとまずいよ、と由起子に忠告され、時間を見つけて健吾や義母から話を聞き、果物ごとの特徴や加工手順を勉強し直した。知識が増えるほどに興味もわいてきて、農作業の合間にも折にふれて苗木を観察するようになった。

マルシェでの品ぞろえについては、樹里を通してシオリちゃんに助言をもらった。繁華街の会場では、生の果物よりも、持ち歩きやすく日持ちもする加工品のほうが売れるという。どのみち、まだ柑橘類の収穫には早すぎる。ジャムとジュースを中心に、美優のお気に入りのレモン果汁も持っていくことに決めた。レモンの実は、先季分の冷蔵在庫が少しだけあるようだが、残りわずかな貴重品を譲ってもらうのも気がひける。

義父には定期的に状況を報告した。毎回、好きにせえ、としか言われなかったものの、反対されているわけではないのでよしとした。マルシェ用に新しくラベルを作ってもいいかとおうかがいを立てたときだけは、しばらく考えこんだ末に、好きにせえ、とやっぱり言った。そこまで気を遣わなくてもいいんじゃないの、親父も美優に任せるつもりなんだよ、と健吾には言われたけれど、織田果樹園の商品を扱う以上、その主である義父には、なにをするのか知らせておくのが筋だろう。

ラベルのデザインと印刷は、プロに依頼する時間も予算も足りず、自分でやった。家庭用のプリンターを使ったせいでたまに色がかすれているのも、それはそれで味があると割り切ることにした。前職の伝手《つて》をたどって格安で手に入れた、ギンガムチェックの布の端切れをふたにかぶせ、細いリボンを結んでとめたら、まずまずそれらしくなった。

すべて手作業なので大変だった。でも、楽しかった。まだ会社が小さかった時代、それこそ十分な時間も予算もない中で、あれこれ工夫してひとつひとつ企画を進めていたときの昂揚《こうよう》を思い出した。

当日はみごとな秋晴れだった。

なにわマルシェは十一時からはじまる。広川から難波までは車で一時間半ほどかかるので、余裕をもって、樹里は八時に美優の家まで迎えにきてくれる約束になっている。

玄関先に積みあげた七つの段ボール箱を背に、美優は姿見の前に立った。東京にいた頃によく着ていた、黄色い小花柄のシャツワンピースの下に、細身のデニムを合わせてみた。髪は毛先だけゆるく巻き、ひさしぶりに気合を入れて化粧もした。小さなダイヤがついた華奢《きゃしゃ》なペンダントと、おそろいのピアスもつけた。

鏡と向きあう。悪くない、と思う。

「美優さんって、こんな顔やってんね」

数日前、様子を見にきた樹里は、しげしげと美優を見つめて言っていた。

「こんな顔って?」

「なあ、怒らんと聞いてな。実はあたし、美優さんはかわいそうやってずっと思っててん」

樹里にしては珍しく、神妙な調子で続ける。

「東京生まれの東京育ちで、ちゃんと大学も出て、かっこいい会社でばりばり働いてたのに、こんなど田舎で毎日草刈りさせられてるわけやん?　健吾さんは確かに男前やけど、これまでの生活全部捨てるなんてありえへん。絶対もったいなさすぎる、人生むだにしてるわ、って同情してた」

絶句した美優の顔に、樹里は背伸びして自分の顔を近づけた。

「でも、そうやなかってんな。最近の美優さん見てて、わかった。変わったなって思ったけど、ちゃうな、戻ったんやわ。美優さんて、もともとこういうひとやってんな」

にやりと笑い、もっともらしくうなずいてみせたのだった。

美優は鏡の前から離れて、靴をはいた。秋らしいキャメル色の、やわらかいスエード革のモカシンは、足が疲れにくいので立ち仕事に向いているだろう。ジュースとジャムの壜《びん》がぎっしり詰まった重たい段ボール箱を、ひとつずつ抱えて門まで運ぶ。最後の一箱を地面に置いたところで、携帯電話が鳴った。

樹里からだろう。すでに八時を数分過ぎている。出遅れているのか、寝坊したのか、いずれにしても早めの時間に約束しておいてよかった。そんなことを考えながら液晶画面に目を落とし、美優はぎょっとした。

よかったと安心するのは、まだ早かったかもしれない。

「あ、美優さんですか。後藤です。突然すんません」

恐縮しきった声で、マリオくんは言った。

「実は、昨日の晩に、うちのおとんが織田のおじさんに今日の話を聞いたらしいんですよ。ほんで、今朝おかんにも喋ってもたみたいで。ついさっき、ちょうど樹里が出ようとしとったら、おかんがどなりこんできまして」

頭の中が真っ白になって、美優は返事もできなかった。

ゆうべ、美優は義母に誘われてふたりで食事をした。健吾は結婚式で留守だし、義父も町内会の寄りあいで不在だったのだ。

その会合に、樹里の義父も参加していたのだろう。そこで嫁たちの計画について親友から告げ口された。

「今もふたりでやりおうてます。樹里もおかんも、頭に血上ってもうて。こうなると、もう誰にもとめられんくて……いや、自分がしっかりせなあかんのですけど……」

なにやらもめているらしき声が、マリオくんの背後から聞こえてくる。

「自分も樹里に行かせてやりたいのはやまやまなんです。けど、このまんまやと、後で大変なことになりそうで」

言いにくそうに、彼は続けた。

「申し訳ないんですけど、他をあたってもらえませんか。すんません、直前になってこんな」

「こちらこそすみません、ややこしいことになってしまって」

われに返って、美優は答えた。謝らなければいけないのは、こっちのほうだ。こんな騒ぎになったのは、うちの舅のせいなのだから。

ゆだんしていた。樹里も同行することは、あえて義父には話さなかったが、健吾や義母は知っているし、会話の端々から察したのかもしれない。察したとしても、あの義父なら友達を相手に嫁の話など、ことに嫁がひとりで奮闘している話など、しないはずだと踏んでいた。現に、ゆうべまではしていなかったわけだ。

それなのに、最後の最後にこんなことになるなんて。

「自分が樹里のかわりに車出せたらええんですけど、今日はこれから有田川で講習会に出なあかんくて」

マリオくんの弱々しい声をさえぎって、美優は言った。

「いいえ、こっちは大丈夫です。気にしないでって樹里にも伝えて下さい。後でまた連絡します」

電話を切ったとたんに足の力が抜けて、地面にへたりこんでしまった。

大丈夫だと強がってみたものの、あてはない。健吾はいない。五時起きで運動会のお弁当をこしらえるのだとぼやいていた由起子を、呼びつけるわけにもいかない。義母に泣きつくしかないか。がんばってねと昨夜も言ってくれていたし、たぶん助けてもらえるだろう。さすがに大阪まで運転させるわけにはいかないから、湯浅《ゆあさ》駅に送ってもらおうか？　でも、電車ではこんなにたくさん荷物を持っていけない。いっそタクシーで難波まで直行する？　いったいいくらかかるだろう？

頭がずきずきと痛む。美優はしゃがんだまま目を閉じ、こめかみをもんだ。しっかりしなきゃいけない。ここまでの努力をむだにはできない。なにか方法があるはずだ。

どこからか、エンジンの音が聞こえた。だんだん大きくなってくる。美優はぼんやりと目を開けた。正面の道を、白い小型のバンが走ってくる。

車は目の前で停まった。運転席の窓が開く。

「乗んなさい」

義父が助手席をあごで示した。

祝日の朝の高速道路は、がらがらに空《す》いている。

義父はひとことも喋らない。美優もなにを話していいのかわからず、沈黙を守った。状況が状況だし、そもそも義父とふたりきりで長時間過ごすこと自体がはじめてだ。

ハンドルを握る義父の横顔からはなんの感情も読みとれないけれど、こうして車で送ってくれているのは罪滅ぼしのつもりなのだろう。嫁の足をひっぱろうとしたのを反省しているのか、それとも、ひょっとして悪気はなかったのか。酔いが回って口がすべってしまっただけなのかもしれない。

規則正しい揺れに身を任せているうちに、頭痛もだんだんおさまってきた。日頃このバンで果物を配達しているせいか、車内には柑橘の清涼な香りがかすかに漂っている。

「悪かった」

大阪府との県境を越えたあたりで、とうとう義父が口を開いた。

「あんたが勝手にやっとることとやし、放っとくつもりやったんやけど」

「いえ。わたしが樹里に、無理に頼んだのが悪かったんです。帰ったら後藤さんのご両親にしっかりお詫《わ》びします」

黙っておけばいいと言い出したのは樹里だが、美優も反対しなかった。もし後藤家の姑に知られたら、ただではすまないとわかっていたのに、自分の都合を優先させてしまった。

「でも、あの……できればお義父さんからも、樹里のせいじゃないって伝えてもらえませんか？」

「わかった。よう言うとく」

義父がぼそぼそと答えた。

「嫁さんにも気の毒なことしてもうたな。まさか、後藤がなんも知らんとは思わんかったんや。ひとこと、礼を言っとこうと……」

「礼？」

美優はぽかんとして聞き返した。義父は義父で、不可解そうに目をすがめている。

「それが筋やろ。うちの嫁があいつの嫁に、世話になるんやから」

義父は口をすべらせたわけでも、美優をじゃましようとしたわけでもなかったようだ。よく考えてみれば、陰でこそこそ立ち回るなんて、いかにも義父らしくない。気に入らないなら、面と向かってそう言うだろう。じゃまするどころか、義父は美優のために頭を下げてくれたのだ。

ありがとうございます。疑ってごめんなさい。この後、よかったら一緒に接客してみませんか。そうだ、熊本の友達も来てるんです。わたしも直接会うのははじめてなんですけど。その子も無農薬の柑橘農家で、七面鳥を飼ってるらしくて。その七面鳥が、雑草を――義父に言いたいことが、美優の脳裏にとりとめもなく去来する。その中で、一番あたりさわりのなさそうなひとことを選んで、口にした。

「この車、いいにおいがしますね」

「あんた、鼻利くな」

義父が小さく笑った。

「レモン、持ってきたんや。冷蔵の。ほんの少しやけどな」

びっくりしたのと、珍しい笑顔に気をとられたのとで、返事が遅れた。

「ありがとうございます！」

われながら、大きな声が出た。義父の肩がびくりと揺れた。

「すみません大声出して。あの、わたし、お義父さんのレモンが大好きなんです。すごくおいしいから。だから、ひとりでも多くのひとに食べてもらいたくて。だって絶対おいしいから」

今度は、頭の中に浮かんだことが、そっくりそのまま声になった。

義父は進行方向をにらんだまま、口を引き結んでいる。また生意気に聞こえてしまっただろうかと美優が不安になってきたところで、やっと返事があった。

「おれのやない」

「はい？」

「おれらの、レモンや」

高速道路のはるか先に、高層ビルの群れが見えてきた。窓ガラスが朝日を反射して、きらきらとまぶしく輝いている。

月夜のチーズ

岩手県葛《くず》巻《まき》町《まち》・森《もり》牧場

夜の駅はいつも閑散としている。駅前に設けられた駐車場も、これもいつものとおり、がらがらに空いている。

駅舎の出入口の真正面に、佐智子《さちこ》は車を停《と》めた。ひとけがないわりに、ぬっと闇の中にそびえる三階建ての駅舎は大きくて立派だ。その立派すぎるともいえるたたずまいが、かえってうらさびしい。

佐智子が子どもの頃、ここは在来線の駅で、もっと古くてこぢんまりとしていた。その後、東北新幹線が延伸されて新たに停車駅となったのを機に、建物も整備された。

当時、佐智子はもう実家を出ていた。年に一度か二度、帰省の折にここで新幹線を降りた。広く真新しいコンコースは、完成直後からすでにがらんとしていた。仙台駅から一時間もかからないのに、まるで別世界である。上り線と下り線が、それぞれ二時間に一本ずつ運行しているが、一日あたりの乗車人数は百人にも満たないという。佐智子の住む町など、牛の数が人口を上回っているわけだから、無理もないのかもしれない。

時計を確認する。七時半ということは、あと三十分も待たなければいけない。佐智子はエアコンの温度を少し上げ、シートをわずかに倒した。

早く着きすぎてしまうのは毎度のことだ。万が一にも遅れたくない。こんな寒々しい場所で、十歳の子どもをひとりぼっちで待たせたくない。

地元のラジオ局が県内の道路状況を報じている。この週末、例年よりもやや遅い初雪を迎えて、渋滞や事故が多発しているらしい。佐智子が用心して早めに家を出てきたのはそのせいもある。夏なら三十分程度の道のりが、冬場には倍かかることも珍しくない。

助手席に放ってあった携帯電話に手を伸ばす。運転中に着信は入っていない。念のため、新幹線の運行状況を検索してみる。遅延も運休もないようで、ほっとする。

待ち受け画面に戻ると、大和《やまと》の横顔が現れた。ななめ下を向き、歯を見せて笑っている。

縦長の画面の中央におさまるように加工してあるけれど、もとの写真は横に長い。数日前に牛舎で撮った。実はこのとき、大和の前には一頭の仔《こ》牛が立っていた。柵越しにさしのべられた大和の手に、甘えるように鼻先を寄せて。

画像フォルダに保存してあるその写真を開き、佐智子はしみじみと見入った。よく撮れている。構図もいいし、光のかげんもいい。なにより大和の表情がいい。ここで、しかも牛の目の前で、こんなふうにのびのびと笑ってくれるようになるなんて、三カ月前にはとても考えられなかった。

フォルダはわが子の写真だらけだが、中でもこれは気に入っている。こうして見返すのはもう何度目になるだろう。特に、昨日から今日にかけては、手が空くたびに眺めていた。

視界の端をライトが横切り、佐智子は顔を上げた。軽自動車が一台、駐車場に入ってくる。あれも誰かの出迎えだろう。なんとなく心強い気分になる。

新幹線の到着時刻には、さらに三台が加わっていた。

ひとり、またひとり、乗客が出口に姿を見せる。ちらちらと粉雪が舞う中、おのおの荷物を抱え、薄暗い駐車場をきょろきょろと見回して迎えの車を探している。

佐智子はハンドルに両手を置き、心もち身を乗り出して出口を見つめた。だんだん胸がどきどきしてくる。子どもの足では、三階のホームからここまでたどり着くのに時間がかかるとわかっているのに、いやな予感がみるみる頭の中を占領していく。

大和は降りてこないんじゃないか。今この瞬間にも、やっぱり仙台にとどまることにしたと連絡が入るんじゃないか。

耐えきれなくなってシートベルトに手をかけたとき、ひときわ小さな人影が目に飛びこんできた。向こうもすぐに母親の車を見つけたようで、手を振ってみせる。

詰めていた息をゆっくりと吐いて、佐智子は息子に手を振り返した。

車が家の門をくぐるなり、犬たちの大合唱に迎えられた。助手席でぐったりと目を閉じていた大和がもぞもぞと上体を起こし、窓の外をのぞく。

森《もり》牧場の敷地には、たくさんの動物が暮らしている。犬が五匹、猫は知らないうちに増えたり減ったりするがたぶん二十匹前後、それに牛がおよそ九十頭。体の小さいほうから、大和は慣れていった。まず仔猫、次に親猫、そして犬、仔牛、成牛の順に、じかにさわれるようになった。

このうち最も愛想がいいのは、断然犬たちだ。車が完全に停まる前から、五匹がもつれあいながら駆け寄ってきて、狂ったようにしっぽを振っている。どれも大型犬なので、体の大きさは大和とそう変わらない。引っ越してきた初日、彼らの飛びかからんばかりの熱烈な歓迎におびえた大和は、車のドアさえ開けられなかった。

が、今や慣れたものだ。大和も佐智子も、じゃれついてくる犬たちの頭や背を適当になでてやりつつ、玄関口へ向かう。

「ただいま」

引き戸を開けると、玄関には家族全員がずらりと勢ぞろいしていた。犬たちのほえまくる声は家の中まで聞こえていたのだろう。

「おかえり」

動物ほどではないものの、森家には人間も多い。佐智子の両親、妹の可奈子《かなこ》とその夫、さらに彼らの娘が五人もいる。三世代の住んでいた家に、この夏から佐智子と大和も加わって、総勢十一人の大所帯となった。

「大和、おみやげは？」

さっそく質問したのは、五人姉妹の長女のカレンだ。大和よりふたつ年上で、妹たちの世話もしているせいか、小学六年生にしてはおとなびている。次女のキララが大和と同い年、その下に七歳のクレア、双子のケイトとココアはまだ三歳になったばかりだ。漢字ではそれぞれ、楓恋、希星、紅亜、慧糸、心温と書く。

「おみやげ」

「おみやげ」

おそろいのパジャマを着た妹たちが、歌うように繰り返す。万事この調子で、こだまか輪唱じみている。

「あ、これ……」

と大和の差し出した紙袋を一瞥《いちべつ》し、カレンが眉をひそめた。

「なあんだ、また萩《はぎ》の月《つき》?」

なあんだ、なあんだ、と妹たちがまた騒ぐ。

「こないだも萩の月だったのに」

こないだというのは、二週間前だ。月に二度、第一週と第三週の土日に、大和は仙台まで父親に会いにいく。

「ごめん。あんまり時間がなくて」

大和は肩をすぼめてうつむいている。五匹の犬はうまくあしらえるようになっても、女ばかり五人の従姉妹《いとこ》はまだまだ手強《てごわ》そうだ。

「いいでねぇの。ばあちゃん、仙台のお菓子でこれが一番好きだべ」

「萩の月、おいしいもんねえ。叔母ちゃんも大好きだぁ。大和、ありがとう」

母と可奈子がくちぐちにとりなした。

「あんたら、文句があるなら食べなくていいよ。せっかく買ってきてもらったのに」

「別に文句なんか言ってない」

カレンがぷいと身をひるがえし、奥へ戻っていく。雲ゆきがあやしくなったのを察知したようで、妹たちも今度ばかりはなにも言わず、一列になって姉の後をぞろぞろついていく。

「さ、みんなもう寝るよ」

最後尾のココアの背に手を添えて、可奈子も娘たちを追いかけていった。放牧した牛を、牛舎の中へ戻してやるときと同じ要領だ。義弟も後に続く。

「大和、おやすみ」

言い置いて、佐智子の両親も自室へひきあげていった。

「今日は早く寝ろ。疲れてるべ」

「うん」

靴を脱ぎはじめた息子のつむじを、佐智子はそっと見下ろす。それはもちろん、疲れているだろう。小学四年生が、おとなの付き添いもなく、二百キロを超える道のりをはるばる旅してきたのだ。

でも、大和がこうも元気がないのは、単にくたびれているせいだけだとも思えない。

この子は仙台で生まれ育った。十年も暮らしてきた住み慣れた街から、突然、岩手の片田舎に連れてこられたのだ。この三カ月で少しずつ新しい生活にもなじんできたとはいえ、戻れば恋しくなるのも無理はない。そうでなくても繊細な子だ。未知の環境には緊張するようで、幼稚園も小学校も、楽しく通えるようになるまで時間がかかった。特に、土日や長期休暇を挟むと家から離れがたくなるのか、休み明けはよくぐずっていたものだ。

まず大和に入浴させ、その間に佐智子はふとんを敷いた。

実家に戻って以来、かつて佐智子の祖父母の寝室だった和室に、母子ふたりで寝ている。数年前に増築して妹一家はそちらに住んでいるから、空き部屋は他にもあるが、古い日本家屋になじみのない大和がひとりで眠るのは心細いだろうとあえて同室にした。そうしてよかったと思う。この広い家中で、母子水入らずになれる場所はここだけだ。それに、息子の寝息を聞いていると、不眠症ぎみの佐智子も寝つきがよくなる気がする。

風呂から上がってきた大和の顔は、だいぶさっぱりしていた。交代で、佐智子もさっとシャワーを浴びた。

部屋のあかりを消し、めいめいのふとんに入ってから、佐智子は息子に声をかけてみた。

「今週は、なにしたの？」

最初の一、二回は、仙台から帰ってきた大和に、佐智子は次々と質問を繰り出してしまっていた。楽しかった？　お父さんは元気だった？　おじいちゃんとおばあちゃんも変わりない？といったふうに。

大和がもじもじしているのに気づいて、反省した。母親と離れて過ごした二日間を、楽しかったとは言いにくいに違いない。佐智子だって、別れた夫や姑《しゅうとめ》たちの近況に興味はない。かといって、なにひとつ聞かずに放っておくのも、母親として無責任だろう。大和のほうから進んで報告してくれるわけでもない。ふだんも物静かな子だが、仙台から帰ってきた直後はいっそう口数が減る。

その点、「なにしたの?」なら、あたりさわりがない。どこへ行ったか、なにを食べたか、二日間の行動を客観的になぞるだけであれば、母も息子も必要以上に考えこまずにすむ。

「昨日はお父さんとスタジアムでサッカー観《み》た。夜は、おばあちゃんたちも一緒にお寿司食べにいった。あと今日は、お父さんとおばあちゃんと三人でデパートに行って……」

大和の声が尻すぼみに小さくなった。佐智子はぴんときて、口を挟んだ。

「なにか買ってもらったの?」

また、と続けかけたのは、かろうじてこらえる。二世帯住宅で同居していたときから、義母はしばしば大和に高価なものを買い与えた。孫を甘やかしたい気持ちはわからなくもないし、大和はものにつられるような子でもないけれど、教育上よろしくなかろうと佐智子は気をもんでいた。

「ゲームソフト」

大和は答え、おずおずと言い添えた。

「僕はいいって言ったんだけど、今日の記念にっておばあちゃんが」

義母の言いそうなことだ。佐智子はため息をのみこみ、なるべく優しい声を出す。

「よかったね。ちゃんとお礼は言った?」

大和は悪くない。これは義母の趣味だ。あるいは、元嫁へのあてつけだろう。

「うん、言ったよ」

大和の声音《こわね》に安堵《あんど》がにじんだ。

「あ、あとね、ユウキに会った」

ユウキくんは、大和の幼なじみだ。幼稚園も小学校も同じだった。

「え、どこで?」

「たまたま、道で。ユウキは塾に行く途中だったから、あんまり話せなかったけど。二学期から通いはじめたんだって」

まだ仙台にいたら、大和もそのうち通うことになっていたかもしれない。夫は——言い出したのは夫ではなく義母だろうが——大和を市内の名門私立中学に進ませたがっていた。

というか、進ませたがっている。今も。

「そう。ユウキくん、元気そうだった?」

気を散らしていたせいで、相槌《あいづち》が遅れてしまった。大和の返事はなかった。かわりに、規則正しい寝息が聞こえてきた。


牧場の朝は早い。

翌日、佐智子は五時に目覚めた。大和を起こさないように注意して手早く着替え、おもてに出る。あたりはまだ暗い。どこからか、からすの鳴き声が響いてくる。

森牧場には牛舎が二棟ある。母屋から見て手前に位置する大きめの一棟に経産牛《けいさんぎゅう》、その裏手にある小さいほうに育成牛《いくせいぎゅう》を、それぞれつないである。牛も人間と同じで、子どもを産んではじめて乳が出る。経産牛は、出産して乳をしぼれる状態になった、いわばおとなの牛だ。一方、初産《ういざん》を迎える以前の若い牛を、育成牛と呼ぶ。

経産牛の牛舎では、父がもう餌やりをはじめているようだった。朝食を求める牛たちの太い鳴き声がもれてくる。入口のところで妹夫婦が立ち話をしていた。佐智子と同じく、長袖のつなぎを身につけ、膝下丈の長靴をはいている。

おはよう、と短く挨拶をかわしあい、佐智子は可奈子とふたりで育成牛の牛舎に入った。

入口から奥へ向かって延びる通路の両側に、柵をへだてて牛たちが二列に並んでいる。柵の内側も一頭分ずつしきられ、個室のようになっている。

「おはよう」

牛にももちろん、朝の挨拶は欠かせない。

佐智子たちが牛舎の中に足を踏み入れたとたん、急に騒がしくなった。皆、食事の時間を待ちわびているのだ。柵の隙間から鼻先をぐいぐい突き出して、急《せ》かしてくる。

「はいはい、ちょっと待ってよ」

生後二、三カ月くらいまでの仔牛には、普通の餌ではなくミルクを与える。人間の赤ん坊と同じように哺乳瓶を使う。人間用のそれよりはずっと大きいけれど、かたちは同じだ。生まれた時期によってミルクの量は違うので、間違えないように注ぎ入れ、一頭ずつ配っていく。

「お待たせ。はい、どうぞ」

逆さにした哺乳瓶を、柵の内側につけてあるホルダーに固定するなり、待ちかねていた仔牛がものすごい勢いでゴムの乳首に吸いついてくる。中のミルクがまたたくまに減っていく。

無心におっぱいを飲んでいた、赤ん坊の大和をふと思い出す。しかし感慨にふけっているひまはない。隣のしきりの中で、次の一頭が足を踏みならして暴れている。

「すぐにあげるから、待ってなさい。順番、順番」

「お姉ちゃん、その言いかた、お母ちゃんにそっくりだぁ」

離乳した牛に草をやりながら、可奈子がからかうように言った。

その母は今頃、家の台所で人間の朝食を作っているだろう。佐智子たちが牛舎で朝の仕事をしている間、子どもたちに一足先に食事をさせ、学校に送り出してくれるのだ。佐智子が小学生だった頃は、祖母がその役割を担っていた。持病のリウマチが悪化して、牛舎での重労働が難しくなったというところまで同じだ。

哺乳瓶を配り終えた後、佐智子も可奈子の作業を手伝った。離乳した若牛には、草と穀類を食べさせる。

列の中ほどで草を食《は》んでいる一頭の前で、足がとまった。

「よかった。しっかり食べてるね」

佐智子たちが葛巻《くずまき》に越してきた直後に生まれた仔だ。早産で発育が遅く、最近やっと離乳が完了した。

生まれたのは真昼だった。夏休み中で家にいた子どもたちも、勇んで見物にやってきた。大和だけがいなかった。後から聞いたところ、見ないほうがいいとカレンにとめられたらしい。

出産の光景はいささか刺激が強すぎるだろうと、親切心で忠告してくれたようだ。

その数日前に、庭先でオス猫二匹がとっくみあいのけんかをして、生々しい傷口を見た大和はひどく取り乱し、佐智子を呼びにきたのだった。大和は弱虫だなぁ、と居あわせたキララには鼻で笑われていた。優しいのよ、と可奈子は反論してくれたし、それはそうだと佐智子も思う半面、先が思いやられもした。

「この食べっぷりだと、大きくなるかもね。順調、順調」

可奈子は目を細め、仔牛の頭をなで回している。

「可奈子もその言いかた、お母ちゃんそっくり」

人間は代替わりした。牛も。でも、牛舎の様子は驚くほど変わらない。牛たちの間延びした鳴き声も、よく見ると一頭として同じ配置はない白黒のまだら模様も、曇った窓からさしこむ朝日も。今にも、セーラー服姿の佐智子と赤いランドセルを背負った可奈子が入口から顔をのぞかせて、行ってきます、と元気に声をかけてきそうだ。

そんなことを考えていたら、にぎやかな足音が聞こえてきた。

「行ってきます」

カレンとキララとクレアのランドセルは赤ではなく、ピンクに紫にオレンジ色と華やかだ。黒いランドセルを背負った大和もいる。

「行ってらっしゃい」

佐智子は手を休めて、息子たちを見送った。大和の小柄な後ろ姿が、別の少年のそれに重なった。

佐智子には三つ年上の兄がいる。

優しくて物知りで、牛の扱いもうまかった。お兄ちゃんは牛と会話ができる、と幼い佐智子は本気で信じていたくらいだ。祖父母も両親も、後継ぎとなる長男を大切に、また厳しく育てた。牛にまつわる知識も愛情も、次代の牧場主にふさわしいと誰もが期待していた。

高校を出た兄は、大学には行かずに家を手伝いはじめたが、高校生になった佐智子には進学を強くすすめた。今にして思えば、兄自身も本当は大学に行きたかったのかもしれない。佐智子よりも兄のほうが成績ははるかによかった。

佐智子の好きにすればいいと両親も快く賛成してくれた。正直なところ、彼らの、特に父の関心は、ほとんど長男だけに向いていた。もちろん娘の幸せも願ってはいただろうけれど、女の子はいずれ嫁にいくものだという価値観の根づいた世代でもあり、進路に干渉するほどのこだわりはなさそうだった。だからといって、佐智子は傷つきも妬みもしなかった。幼い頃から兄は特別な存在だったし、放っておいてもらえるほうが気楽だ。手に職をつけようと考え、子どもが好きだからという単純な理由で、仙台にある短大の保育科に入学した。

十八歳の春、佐智子は家を出た。たぶんこのまま戻ってこないだろうな、と思っていた。その必要がない。短大を卒業したら、仙台の保育園に就職する。そして、できれば二十代のうちに結婚して子どもがほしい。それが佐智子の漠然と思い描いていた未来だった。

二十年以上も経《た》ってから、こうして舞い戻ってくることになるなんて、あのときは想像してもみなかった。

小学生たち四人と入れ違いに、母がケイトとココアを従えて牛舎にやってきた。

「みんな、調子はどうだべ？」

みんなというのは、牛たちを指している。力仕事はできなくなっても、母は朝に晩に牛舎を見回って、様子のおかしい牛やぐあいが悪そうな牛はいないか、目を光らせている。

「お母ちゃんは休んでてよ。お姉ちゃんとあたしがちゃんと見てっから」

可奈子が言っても、かまわず牛舎の奥へずんずん進んでいく。ケイトとココアも、ふたりで手をつないであたりをうろうろしている。草を食む牛たちをまじまじと眺めたり、時折なにやら話しかけたりもしている。

やっぱり、昔と変わらない。生活の中心に牛がいて、牛舎が遊び場で、そこで働く両親や祖父母の姿を見て子どもは育つ。

それがいいとも悪いとも、以前は思わなかった。その生活があたりまえだった。必ずしもあたりまえではないと知ったのは、保育士として働き出してからだ。保育園の入口では、毎朝のように修羅場が繰り広げられていた。親の足や腰に全力でしがみついて泣く幼い子どもたち、わが子を体からひきはがして佐智子たちに預け、逃げるように去っていく母親たち。

「この仔っこも、食欲さ出てきたでねが。いがったな。順調、順調」

さっき佐智子たちも見ていた仔牛の前で、母はほがらかに言う。

「ねえお母ちゃん、今日はみんな放牧場《パドック》に出せるかな？」

可奈子がたずねた。ある程度成長した牛たちは、日中は屋外に出して運動させる。足腰がきたえられ、飼料もよく食べて、胃袋が丈夫になる。

「雪さ解けだがら、大丈夫だべ。昼間はぬくぐなるよ」

太りすぎでもやせすぎでも乳量は落ちてしまうので、日々の健康管理はとても大事だ。牛舎内を清潔に保つほか、温度や湿度、換気や採光にも気を配る。

牛たちにとって気持ちいい生活環境をととのえること。一頭一頭を注意深く観察し、わずかな体調の変化も見逃さないこと。そしてなにより、愛情をもって牛たちに接することが、森牧場の運営方針である。牛の身さなってみろ、が父の口癖だ。亡き祖父の口癖でもあった。

「やだね、これからの季節は。外に出してやらなきゃ、どうしても運動不足になるもんなぁ」

可奈子が憂鬱そうに頭を振る。

「うちも早くフリーストール式にしたいよ。コウちゃんの実家みたいに」

牛を柵につながず、自由に歩き回れるしくみの牛舎をフリーストール式という。

コウちゃんこと義弟は、北海道の酪農家の四男だ。日本一の生乳生産量を誇る、別海町《べつかいちょう》の出身である。

夫の実家の、昨年建て替えたばかりだという新しい牛舎は、可奈子のあこがれなのだ。佐智子も写真を見せてもらった。天井が高く、自然光がふんだんに入ってくるつくりで、木の壁が美しかった。給餌《きゅうじ》も搾乳も糞尿《ふんにょう》の掃除も機械化されている上、牛たちの首輪につけた計測装置で個体ごとのデータを集め、健康状態も分析できてしまうそうだ。

「お金はかかるけど、長い目で見たらそれだけの値打ちがあると思うんだ。コウちゃんがいるから、メンテナンスも心配ないし」

義弟は道内の大学を卒業後、酪農関連の機械メーカーに就職し、顧客の牧場を回って自社製品の整備や修理を手がけていた。岩手でも定期的に仕事があって、農協関係の集まりで可奈子と知りあった。

横で聞いていた母が、んでも、と眉根を寄せた。

「お父ちゃんがなぁ。機械さ信用してねがら」

可奈子も表情を曇らせる。

「人間は楽できていいけど、牛がかわいそうだって言うんだよ。全部機械に任せっぱなしじゃ、生きものっていうより工場の部品でねぇかって。上手に使えば牛も快適なはずだけどな。こっちも余裕ができて、その分だけ牛らとじっくり向きあえるし」

しかし現実には、単にコスト削減のためだけに機械を導入する牧場も少なくないらしい。会社にとってはお客様なので断るわけにはいかないが、義弟はそういう効率重視の風潮に賛同できず、葛藤もあったようだ。別海の実家も、最新の設備を取り入れつつ、規模はあまり広げず家族経営を続けていくつもりだという。

「お父ちゃんは保守的だからなぁ。ま、年齢《とし》が年齢だからしょうがないんだけど」

ぼやく可奈子の肩に、母が励ますように手を置いた。

「急ぐごどねぇよ、少しずつ変えてきゃいいのさ。ほら、土もよ、何年もかけていぐなったんだべ」

その変化には、佐智子もここへ来て早々に気づいた。

きっかけは、牛舎のにおいだった。いくら丁寧に掃除や換気をしても、水洗トイレとは違うわけで、どうしても独特の臭気は残る。それが、完全に無臭とまではいかないものの、以前よりはずっとましになっていたのだ。変なにおいがする、と最初こそ遠慮がちに訴えた大和もじきに慣れ、従姉妹たちにまじって平気で牛舎に出入りするようになった。

「さすがお姉ちゃん、よく気づいたね。実は、土を変えたんだ」

可奈子は得意そうに胸を張った。牛舎のにおいと土がどう関係しているのか、佐智子がのみこめずにいたら、牧草畑の片隅までひっぱっていかれた。

背丈よりも高く積みあがった堆肥の前で、可奈子はにっと笑った。

「くさくないでしょ?」

健康な牛は、いい飼料で育つ。いい飼料は、いい土で育つ。その信念のもと、十年ほど前から牧草畑の土壌改善に乗り出したのだという。安全な土から良質な牧草が生え、牛たちがそれをおいしく食べ、排泄《はいせつ》物から堆肥が作られて、また土に還《かえ》る。そうして循環が繰り返された結果、糞のにおいも堆肥のにおいも、年を追うごとに和らいできたらしい。

牧草畑を見回して、可奈子は小声でつけ加えた。

「お兄ちゃんも、前から言ってた。土作りに力入れるべきだって」

十七年前、兄は突然家出した。以降、佐智子の知る限り、実家には一度も姿を見せていない。家族の中で最後に兄と会ったのは、佐智子だ。仙台の保育園に勤め出して二度目の年末、仕事納めの日だった。翌日には葛巻に帰省する予定で、晩にアパートで荷造りをしている最中に、兄がふらりと訪ねてきた。

「ひさしぶりだな」

驚く佐智子に微笑《ほほえ》んでみせた兄は、目に見えてやつれていた。

兄は優しかった。優しすぎたのだと思う。牧場には、乳牛としての役目を果たせる牛しか置いておけない。生まれた仔がオスなら、すぐによそへ売り渡す。雌牛でも、何度も出産して乳量が落ちてきたり、けがをしたり病気になったりすれば、手放さざるをえない。愛情をこめて世話してきた牛との別れを自ら決断しなければならない重圧が、兄を押しつぶしてしまったようだった。

牛たちは永遠にここにはいられない。それは、兄ばかりでなく佐智子も可奈子も、折にふれて祖父や父に言い聞かせられてきたことだった。だからこそ、うちにいる間は、少しでも居心地よく暮らしてもらいたい。それが牛飼いの責任なのだ、と。

「頭では理解できる。だけど、もう限界なんだぁ」

常に優等生だった兄が力なくうなだれているところを、佐智子ははじめて見た。

「お兄ちゃんは、優しいから」

兄はぶんぶんと首を振った。

「違う。弱《よえ》えんだ。みんなに迷惑かけて、本当に申し訳ねぇ」

当面は、東京で就職した友人の家に身を寄せるつもりだという。はたと思いつき、佐智子はたずねた。

「お兄ちゃん、お金はあるの？　貸そうか？」

兄は一瞬だけ泣きそうな顔になった。

「えらいなあ、佐智子は。立派に自立して」

心配しないでいいからな、と何度も念を押し、兄は出ていった。佐智子にひきとめるすべはなかった。兄の無事を祈りながら、翌朝には予定どおりに葛巻へ発った。

実家は大騒ぎになっていた。兄は短い謝罪の置き手紙を残しただけで、誰にもなんにも告げずにこっそり家を抜け出したらしい。その後で仙台に立ち寄ったことも、年の近い妹にだけは本音を明かしてくれたことも、佐智子は言い出しそびれてしまった。

新年を祝うどころではなかった。祖父は怒り狂い、祖母は寝こみ、母はげっそりと老けこんでいた。父はひたすら酒を飲み続けたあげく、父らしくもない冗談めかした口ぶりで佐智子に言った。

「おめもこの機会に帰《け》ってきて、見合いでもすっか」

自分も親になった今なら、愛する息子に裏切られた父の失意を想像できなくもない。同情し、慰めの言葉のひとつもかけられるかもしれない。

でも、若かった佐智子はかちんときた。

慣れない都会で、ひとりで必死にがんばってきた。資格をとり、仕事を見つけ、友達や恋人もできた、そのすべてを否定された気がした。憔悴《しょうすい》しきった兄の顔が、目の前にちらついた。兄がどんなにつらかったか、父にはわかっているのだろうか。息子をぎりぎりまで追い詰めておきながら、さっさと見切って、今度は娘をかわりにするつもりなのか。

冗談じゃない。

「無理だよ。仕事もあるし」

自分でもびっくりするほど、冷ややかな声が出た。

佐智子はどちらかといえばおとなしい子どもだった。昔から、親に口ごたえしたりわがままを言ったりして困らせるのは、末っ子の可奈子と決まっていた。従順なはずの長女ににべもなく突き放され、父はたじろいだように口をつぐんだ。

気まずい沈黙を破ったのは、可奈子だった。

「そうだよ。お姉ちゃんにはお姉ちゃんの生活があるもんね」

場違いなくらい明るい声だった。幼いとばかり思っていた六歳下の妹が、姉の胸中に渦巻く想《おも》いを的確に代弁してくれたことに、今度は佐智子が意表をつかれた。

「牧場はあたしが手伝う。いいでしょ、お父ちゃん?」

明るいけれども、真剣な声音だった。適当な思いつきでもその場しのぎでもなく、兄が消えた後、末っ子なりに森牧場の将来について考えていたのだろう。

あのとき、可奈子はまだ高校生だった。たったの十六歳だったのだ。

古びた牛舎の中を、佐智子はあらためて見回す。食後の牛たちは満ち足りた顔つきでまどろみ、母と可奈子が手分けして放牧の準備をはじめ、双子の姪《めい》がちょこまかとそこらじゅうを駆け回っている。

変わらないように見えても、実は変わっている。進化している。可奈子たちが進化させてきたのだ。いなくなった兄のかわりに。

そう考えると、いたたまれなくなる。その間、わたしはいったいなにをしていただろう?

「そうだ、お姉ちゃん」

可奈子が佐智子のほうを振り向いた。

「フリーストールのこと、今度お父ちゃんにさりげなく話してみてよ。お姉ちゃんの言うことなら、聞いてくれるかも」

「いや、それはないよ」

もし父の心を動かせるとしたら、あっさりと故郷を捨てた長女ではなく、両親とともに牧場を守り、婿まで連れてきた次女に違いない。この牧場は両親と妹一家のものだ。居候の佐智子が、経営の根幹にかかわるような問題に口は出せない。

佐智子の携帯電話が珍しく鳴ったのは、翌週の木曜日のことだった。

夕方から父が義弟と可奈子も連れて農協の集まりに出かけ、佐智子と母は子どもたちと留守番をしていた。食事の後、茶の間のこたつで小学生の四人は宿題を広げ、佐智子はその傍らでケイトとココアに絵本を読んでやっていた。

てっきり可奈子たちからの連絡かと思ったら、液晶画面には予想外の名前が表示されていた。反射的に立ちあがろうとしたけれど、ケイトたちに両側から寄りかかられていて身動きがとれない。しかたなく、その場で応答した。

「もしもし」

もしもし、もしもし、と双子が楽しそうに繰り返す。大和はなにか察したのか、横目で佐智子のほうをうかがっている。

「にぎやかだな」

夫が言った。

「ちょっと待って」

電話のこちら側と向こう側に言い置いて、佐智子は部屋を出た。こたつであたたまっていた足の裏に、廊下の床がしんと冷たい。

「あのこと、大和に話してくれたか？」

大和をひきとりたいと夫が言い出したのは、前回の仙台行きの少し前のことだ。

「ううん、まだだけど」

「いいか、何度も言うようだけど、大和のためなんだ。あの子は勉強ができる。せっかくだから、いい環境で伸ばしてやろうよ」

最初、佐智子は断った。しかし夫も譲らなかった。大和の将来のためだと力説され、佐智子の心も揺れはじめた。大和の将来がよりよいものになるように、世界中の誰よりも強く願っているのは、ほかでもない佐智子だ。

それで、佐智子から大和に聞いてみると約束したのだった。言い換えると、勝手に話を進めないように釘《くぎ》を刺した。

「そっちの学校、複式学級なんだって？　こう言っちゃなんだけど、違う学年とひとまとめにされて、ちゃんと勉強できるのか？」

大和たちの通う小学校は、全校児童を合わせても三十人しかいない。転校生は溶けこみにくいかもしれないと佐智子は案じていたが、カレンやキララも間をとりもってくれて、思ったよりもすんなり仲間に入れたようだ。

「学習進度は仙台とそんなに変わらないみたいだけど」

「だけど、中学も選べないだろ。高校だって。仙台なら学力に見合った私立に通える。公立でも、うちの学区はレベルが高くて評判がいい」

夫は弁が立つ。自信家で、よほどのことがない限りは主張を曲げない。出会った頃は、そういうところが男らしくて頼もしいと佐智子は好ましく感じていた。なんでも率先して決めてくれるので楽だし、このひとについていけば間違いないだろうと心強くも思った。

大間違いだった。

夫の浮気に、佐智子は全然気づいていなかった。相手が電話をかけてきて、ご主人と別れて下さいとせっぱつまった調子で訴えなければ、今でも気づいていなかったかもしれない。彼はわたしと一緒になったほうが幸せになれる、と彼女は切々と言い募った。あなたたちの夫婦仲は冷えきっている、世間体《せけんてい》のためだけに無意味な結婚生活を続けているにすぎない、と指摘してみせた。夫がそう話したのだろう。

むろん、佐智子は仰天した。動揺もした。けれど一方で、内心では彼女の言い分に賛成せざるをえなかった。半ば呆然《ぼうぜん》としたまま、妹に電話をかけて相談した。別れるべきだと可奈子も息まいた。

が、当の夫が承諾しなかった。佐智子と別れるつもりも、彼女と結婚するつもりもないと言い張った。さらに、自分の非は棚に上げて、薄情だと佐智子を非難すらした。大目に見てあげなさい、よそ見させたあなたにも責任があるんだから、と義母にまで責められ、佐智子は怒るのを通り越して啞然《あぜん》としてしまった。

「大和はもうすぐ五年生だ。戻ってくるなら早いほうがいい。そろそろ塾にも通わせないと受験に出遅れる」

こうして夫によどみなくまくしたてられると、佐智子はうまく頭が働かなくなってくる。結婚していた頃からそうだった。離婚に向けた協議中も、何度となくくじけそうになった。

どうにか戦い抜けたのは、思わぬところから強力な味方が現れたからだ。

義父である。誰のせいでこんなことになったと思ってるんだ、と鋭く一喝し、夫と義母を黙らせてくれた。温和で寡黙な舅《しゅうと》がそんなふうに声を荒らげるのを聞いたのは、後にも先にもそのときだけだ。親権は佐智子に譲る、養育費ももちろん支払う、願ってもない申し出に佐智子は心から感謝した。ただしひとつだけ頼みがある、と義父は最後に言い添えた。世界でたったひとりの孫に、今後も定期的に会わせてもらえないだろうか。

「おい、聞いてる？　なんなら、今週末にでもおれから大和に話そうか？」

夫の声にいらだちがにじんでいる。佐智子は息子が仙台に戻りたがるのを危惧して、話を切り出せないのだと考えているのだろう。

そうではない。佐智子は逆に、大和は葛巻に残ると言う気がしている。

佐智子にとっては喜ばしい返事に違いない。でも、そこが問題なのだ。大和がここを選ぶのは、母親に気を遣っているからではないか。佐智子を見捨てられなくて、本心を押し隠そうとするのではないか。

お母さんについてきてくれる？――三カ月前、佐智子は息子にそう聞いてしまったのだった。すがるように。あのときは無我夢中だったけれども、冷静になってみれば、心の優しい大和がいやだなんて言えっこない。

「わかりました。土曜までに、わたしが大和に話します」

佐智子はなんとか答え、電話を切った。ぶるんと身震いをする。体が冷えきっている。

「ちょっと大和、これどういう意味？」

茶の間から、クレアの甲高い声がもれてくる。

「おめ、そりゃひとにものさ聞ぐ態度でねぇぞ。大和くん教えて下さい、だが？」

母がたしなめ、大和の声が続く。

「見せて。ああ、これはね……」

「ねえ大和、ついでにあたしのもやってけろ」

「だめだぁキララ、宿題は自分でしろ」

他愛もないやりとりが、ひどく遠くに聞こえる。佐智子は廊下にしゃがみこみ、壁にもたれて深呼吸をした。こんな顔で戻ったら、母と大和を心配させてしまう。


考えれば考えるほど、頭が冴《さ》えて眠れない。

大和が寝入るのを待って、佐智子は寝床を抜け出した。あたたかいものでも飲もうと台所に入ったら、先客がいた。

「あれ、お姉ちゃんも起きてたの？」

可奈子は食卓でせっせと紙を折っていた。森牧場の工房で作っている乳製品を紹介するチラシだ。通販の商品を発送するときに同封している。

工房は、佐智子が子どもの頃にはなかった。母が指揮をとり、何人かパートも雇い入れて、しぼりたての生乳で数種類のチーズとヨーグルトを作っている。どれも新鮮なミルクの味わいを活《い》かし、よけいな添加物は使っていない。発売当初は近隣の直売所や道の駅でほそぼそと売っていたが、今では盛岡《もりおか》や仙台のデパートやレストランにも卸すようになった。

「こないだ子どもたちにも折らせてみたんだけど、カレンやキララはいいとして、ケイトとココアがねえ。下手くそってお姉ちゃんたちもけなすもんだから、最後は大げんか」

チラシを折る手はとめずに、可奈子がこぼす。

「まあ、あたしもそうだったか。お姉ちゃんのやってること、なんでもやってみたかったし、自分にもできると思ってた」

「手伝うよ」

佐智子もチラシを一束ひきとって、向かいの椅子に座った。チラシの隅には、森牧場だよりと題して毎月の近況が書いてある。今回は、先月に生まれた仔牛の写真が載っていた。

「たぶん今週末にもまた生まれるよ。初産だから見ててやりたいけど、何時《なんじ》になるかな」

「今週末か」

気づけば、佐智子はつぶやいていた。可奈子が不審げに顔をのぞきこんでくる。

「なに、なんかあった？」

「うん……」

つかのま逡巡《しゅんじゅん》した末に、佐智子は思いきって打ち明けた。

「大和を仙台にひきとりたい、って言われてる」

「はあ？」

可奈子が顔をしかめた。

こうやって姉妹で対等に話ができるなんて、昔は考えられなかった。仲は悪くなかったけれど、六歳の差は大きい。佐智子が家を出たとき、可奈子はまだ十二歳だった。

姉妹の距離がぐっと縮まったのは、カレンが生まれてからだ。可奈子は保育士の姉にたびたび電話をかけてきて、育児の相談をするようになった。母に聞いても、放っておいても子どもは育つと受け流されるばかりで頼りにならないという。しっかり者の可奈子でも、二十歳そこそこの若さで母親になって、やはり不安だったのだろう。

やがて佐智子も大和を授かり、まもなく保育園を辞めた。働きながら子育てもこなす自信がなかったのだ。出産前から、仕事と家事の両立は難題だった。婚家では家事全般は女の役目で、姑は嫁が少しでも手抜きすると、あるいは手を抜いたつもりさえなくても、ちくちくと叱責する。そんな母親に育てられた夫にも、夫婦で家事を分担するなどという発想は一切なかった。

保育士としての知識と経験はあっても、自分の子を育てるとなると勝手が違った。授乳は痛くてたまらず、突然の発熱にうろたえ、毎晩の夜泣きにくたびれ果てた。夫は助けてくれるどころか、赤ん坊が泣くと眠れない、なんとかしてくれ、と不機嫌になるしまつだった。義母は毎日のように隣からやってきて、あやしたりおむつを替えたりと手伝ってはくれるものの、なにかと自分の意見を押しつけてくる。

妹との電話は、当時の佐智子にとって唯一の息抜きだった。それまでは佐智子が可奈子の相談を受ける一方だったが、反対に佐智子から相談する機会も増えた。子育ての先輩として可奈子の話は参考になったし、ただ喋《しゃべ》っているだけでも気分が晴れた。キララもちっとも寝てくれない、カレンもおっぱい飲むのが下手でよく吐いた、おんなじだねと笑いあえれば、ずいぶん気が軽くなった。

しかしながら、今回は笑ってすませられる話ではない。

「断ってけろ」

可奈子は憤然と言う。

「今さらなんだべ？　これまで放ったらかしてたくせに、月に二度の父親ごっこで父性に目覚めたんだが？」

可奈子は感情的になると、訛《なま》りがきつく出る。

父性、という表現が適切かどうかはわからないけれど、確かに夫は離婚前に比べて息子に関心を持つようになった。一緒に過ごす週末も、義母に任せきりにするでもなく、あれこれ計画しては大和を連れ出しているようだ。同じ家に住んでいたときには、平日は毎晩帰りが遅く、休日出勤も多くて——恋人と会ってもいたのだろう——、子どもと遊んでくれることなんかめったになかったのに。

距離を置いた結果、かえって心が近づくなんて皮肉な話だが、実の父親との関係が良好なのは、大和にとってはいいことだ。夫が大和をひきとりたがっているのも、ただ意地になって息子をとりあげようとしているわけではなくて、彼なりにわが子の将来を慮《おもんぱか》った上での提案なのだろう。

だから、なおさら悩んでしまう。

「田舎は教育が遅れてるって、偏見だぁ。大和の担任、東京でも教えてたベテランだよ。キララの面談で話したけど、しっかりした先生だった。少人数だと目も届きやすいし、ひとりひとりの子どもに合わせて指導できるって言ってたよ」

「うん」

「中学もよ、私立が絶対にいいってもんでもねぇべ。大学で好きなとこ受験すりゃいいんだ。大丈夫、大和はまじめだから、どこにいたってきちんと勉強する」

「うん」

「うん、じゃないよ。お姉ちゃん、なして迷うの?」

可奈子が折り終えたチラシを乱暴に放った。

「ちょっと、わかんなくなっちゃって。大和のために、どうするのが一番いいのか」

「それ、さんざん考えたべ? 考えて考えて、ここで育てるのが一番って結論さなったんだが? 確かに最初はひやひやしたけど、最近いい感じだよ。たくましくなった。案外、ここの生活が合ってるんでねぇの?」

「それはそうだけど、やっぱり大和にはいろいろがまんさせてると思うし」

佐智子が答えると、可奈子は眉をつりあげた。

「つまりお姉ちゃんは、大和をこんなとこ置いとくのはかわいそうだって言いてぇの?」

「そういうわけじゃ……」

佐智子は口ごもった。うまく言葉が出てこないのがもどかしい。

「やだやだ、都会のひとは。すぐそうやって田舎さばかにする」

おどけた口調とはうらはらに、可奈子の目つきは険しい。佐智子はとっさに言い返した。

「ばかになんか、してねぇべ」

思いのほか、大きな声が出た。

ばかになんかしていない。可奈子に、みんなに、感謝している。都会から逃げ出してきた佐智子たちを、なにも言わずに迎え入れ、住まいと仕事を与えてくれた。

もしも実家に戻るという選択肢がなかったら、母子ふたりの暮らしはどんなに過酷だっただろう。想像するだけでもぞっとする。保育士の資格があるとはいえ、十年も専業主婦として家にこもっていた佐智子に、条件のいい勤め先が見つかるかは疑わしい。仮に見つかったとしても、これまでの生活水準を維持するのは不可能だろうし、ひさしぶりの仕事で心身ともに疲弊して、大和にも負担をかけてしまうに違いない。最悪の場合、親権を夫に譲らざるをえなかったかもしれない。

「申し訳ないんだよ。みんなを心配させて、迷惑かけて」

本当なら、のこのこ戻ってこられる立場じゃないのだ。兄がいなくなった後、柄にもなく弱気になっていた父を、後継者を失った牧場を、わたしは見捨てたのだから。

「迷惑じゃないよ。助かってる。ちょうど人手も足りてなかったし」

可奈子が困ったように言った。

「お父ちゃんもお母ちゃんも、お姉ちゃんが帰ってきて喜んでるよ。親孝行だぁ。大和のことも、めんこくてしかたねんだべ。コウちゃんもびっくりしてたよ、あのお義父《とう》さんが大和にだけはよく喋る、って。牛舎に来るたんびにつかまえて、なんやかんや教えてるってよ」

立ちあがり、佐智子の隣に座り直す。

「お姉ちゃんは思い詰めすぎ。そうやって後ろ向きになるの、大和のためにもよくねぇべ。母親なんだから、堂々としてりゃいいのさ」

「わたしだって、堂々としてたい。けど、情けなくて」

声がうわずってしまい、佐智子は顔を両手で覆った。

「わたしひとりじゃ、なんもできない」

「別に、ひとりで全部やんなくたっていいんだよ」

震える姉の背中を、可奈子は何度もさすってくれた。

「大和とも、一回ちゃんと話したほうがいいかもね。あの子はお姉ちゃんが思ってるよりおとなだべ。自分のことは自分で考えて決められるよ」


翌日の午後、小学校から帰宅した子どもたちは、ランドセルを背負ったままで牛舎にどやどやと入ってきた。毛糸の帽子や手袋のあちこちに雪がくっついている。

「赤ちゃん、まだ?」

カレンを先頭に、入口近くにつながれた一頭の前に陣どって、かわるがわる柵の中をのぞきこむ。ゆうべ可奈子も話していた、初産の牛だ。臨月のおなかが、はちきれんばかりにふくらんでいる。

「そんなにじいっと見てたって、すぐには生まれないさあ。予定日は明日だもの」

可奈子が苦笑し、娘たちを追いたてるようにひらひらと手を振った。

「みんな、うちに戻っておやつ食べてこ。今日はチーズがあるよ」

「やったあ」

歓声が上がる。森牧場の定番商品であるスティックチーズは、子どもたちの大好物だ。はちみつやジャムをつけると絶品のおやつになる。仙台にいた頃はチーズが苦手だった大和も、これは喜んで食べている。

ちなみに、佐智子たちおとなに人気があるのは、握りこぶしくらいの大きさの、まるいモッツァレラチーズだ。水分が多くてやわらかく、口の中でとろっととろける。小さめに切りわけ、薄くスライスしたトマトの上にのせて塩とオリーブオイルを回しかけるだけで、すてきな前菜ができあがる。

「もし生まれそうになったら、すぐ呼んでけろ」

カレンが言い残し、妹たちを引き連れて牛舎を出ていった。大和だけがひとり残って、ランドセルをかたかた鳴らして佐智子のほうへ駆け寄ってくる。

「あのね、お母さん」

「なあに?」

冷たい外気で顔を上気させている息子と向かいあい、話そうか、と佐智子はなぜか不意に思った。大和とふたりで、これからのことを。

今晩、寝る前にでも切り出すつもりだったけれど、ここで牛たちに囲まれているほうが、落ち着いて話せそうな気がした。可奈子も姉の心中を察したのか、たまたま用事を思いついたのか、おもてへ出ていく。

佐智子は膝を軽く折り、大和と目の高さを合わせた。まずは、息子の用件をたずねる。

「どうしたの？」

「僕ね、今週末はうちにいたい」

「うちに？」

虚をつかれ、佐智子は大和の顔をのぞきこんだ。

「仔牛が生まれるとこ、見てみたいんだ」

大和が出産の現場に立ち会うのははじめてだ。カレンにおどされて腰がひけているふうだったけれど、興味がわいてきたのだろうか。

「わかった。じゃあ、お父さんに言ってみようか」

気を取り直し、佐智子は応えた。大和が不安そうにまばたきする。

「お父さん、怒るかな？」

怒るかもしれない。下手をすると、佐智子がひきとめているのではないかとも勘繰られかねない。

「大丈夫だよ」

佐智子は無理やり笑顔を作った。

「もしかしたら、ちょっとがっかりするかもしれないけど、説明すればわかってくれる。大和のやりたいようにしなさいって、言ってくれるよ」

大和だけでなく、自分自身にも言い聞かせる。そうだ、きっとわかってくれる。親として、息子の成長を喜んでくれる。大和のやりたいようにやってほしいと望んでくれる。わたしと、同じだ。

大和がこっくりとうなずいた。

「お母さんが連絡しとくから。大和もおやつ食べておいで」

牛舎から出ていく背中を見送って、佐智子は携帯電話を取り出した。

夫はまだ仕事中だろう。メッセージを送っておこうかと考えかけて、思い直した。後で電話しよう。要らぬ誤解を避けるために、口頭で説明したほうがいい。

けれど結局、夫に電話をかける必要はなくなった。それから一時間も経たずに、母牛の陣痛がはじまったのだ。

佐智子が他の牛の世話をしながらふと見たら、そわそわと寝たり起きたりを繰り返しているので、父を呼びにいった。確認してもらったところ、あと四、五時間で生まれるという。

森牧場では、助けが必要な難産を除き、原則として出産の介添えはしない。朝、牛舎に来てみたら、夜の間に仔が生まれていたということもままある。ただし初産の分娩《ぶんべん》は手こずる場合もあるから、できる限り立ち会うようにしている。

その後の経過も順調だった。父と妹夫婦が交代で様子を見てくれているので、佐智子は先に母屋へ戻り、母とともに夕食の支度をした。早く見にいきたいとせがむ子どもたちをなだめつつ、ひととおり食事をすませたところで、可奈子が呼びにきた。

「前脚、出たよぉ」

わあ、と子どもたちがはしゃいだ声を上げ、いっせいに立ちあがる。風邪をひかないように厚着させ、佐智子も一緒に牛舎へ向かった。

母牛は、干し草の上に横たわっていた。

息が荒く、両目がぎらぎらと光っている。可奈子の言ったとおり、足の間からかぼそい前肢がのぞいていた。周りの牛たちも仲間の異変が気になるのか、せわしなく体を揺らしたり足踏みしたりしながら、しきりに鳴いている。

牛舎に入るまで騒々しかった子どもたちは、ぴたりと押し黙り、食い入るように母牛を見つめている。五人姉妹が年齢順に並んで、大和はカレンの横に立っていた。いつのまにやら六人で手をつないでいる。

「なつかしいね」

可奈子が佐智子の耳もとでささやいた。

そうだった。かつて、佐智子たち兄妹もこんなふうだった。佐智子が大和の年頃のときには、兄はカレンと、可奈子はケイトやココアと同じくらいの背格好だったはずだ。三人で手に手をとりあい、固唾《かたず》をのんで、生まれてくる命を待っていた。

「あっ」

大和が小さく叫び、軽く身を乗り出した。

消え入るような声をもらしたものの、目はそらさない。息子の華奢《きゃしゃ》な肩に、佐智子はそっと手を置いた。

「頭……」

ぬらぬらと濡《ぬ》れた頭部が見えてからは、早かった。肩に次いで、胴体と後肢もずるりずるりと押し出され、仔牛の全身が現れた。

細い前脚が、もがくように宙をかく。子どももおとなも、ほうっと息を吐いた。

「動いた！」

仔牛は潤んだ瞳でまぶしそうにこちらを眺めている。あたたかい胎内から見知らぬ世界に放り出され、戸惑っているようにも見える。

うずくまっているわが子の体を、母牛がくまなくなめはじめた。胎膜や粘液が舌で拭いとられて毛並みが乾き、血行もよくなるのだ。経験もなく、誰かに教えられたわけでもないのに、子どものためになにをすべきか、なぜわかるのだろう。

「赤ちゃん、気持ちよさそう」

「お母さん、えらいなぁ」

カレンとキララがひそひそと言いかわしている。

かいがいしくわが子をなめてやる母牛のまなざしは、ひどく安らかに澄んでいる。牛も人間と同じような感情を持っているのかはわからないけれど、自ら産み落とした新しい命を慈しむのは、生きものとして自然な本能なのかもしれない。大和をはじめて腕に抱いたとき、どんなにうれしかったか、誇らしかったか、佐智子は今でもありありと思い出せる。

やがて、仔牛が身じろぎをした。脚を踏んばり、よろよろと立ちあがろうとしては、床にくずおれる。

「がんばれ」

「がんばれ」

子どもたちの応援する声が、牛たちの鳴き声とまじりあう。


父と義弟に後を任せて、佐智子たちは先に家へ戻ることにした。子どもたちはもう寝る時間だ。

外は一段と冷えこんでいた。暗い空にぽつりぽつりと星が散らばっている。雪道に慣れている可奈子と娘たちは先へ先へと行ってしまい、佐智子と大和は遅れて後を追いかける。

「お月様だ」

積もった雪をさくさくと踏みながら、大和が頭上を指さした。

「チーズみたい」

そう言われてみれば、天頂にぽっかりと浮かんだまるい満月は、色といいかたちといい、モッツァレラチーズにそっくりだ。

「ほんとだね」

首をそらしてみとれている佐智子に、大和がおもむろに言った。

「あのね、お母さん」

「なあに?」

佐智子は息子を見下ろした。

「僕、ここにいたいんだ」

「ここに?」

意味がのみこめず、問い返す。大和は鼻の頭と耳を赤く染め、白い息を吐いている。

「あ、明日は仙台に行くよ。次の次の週も。だけど……」

言葉をとぎらせてうつむき、それから、意を決したように顔を上げた。佐智子の目をまっすぐに見る。

「昨日の夜、お母さんと叔母ちゃんが話してたでしょ?」

佐智子は雪に足をとられてすべりそうになった。大和が腕をつかんで支えてくれたおかげで、転ばずにすんだ。

「聞いてたの?」

「聞こえちゃったの」

大和がきまり悪そうに訂正した。

「僕、ここにいたいんだ。これからも」

返事のかわりに、佐智子は息子の手をぎゅっと握りしめた。あたたかい。

「それで、おとなになったら獣医さんになりたい」

「いいじゃない」

答えた後で、少し考えてつけ加えた。

「大和の伯父さんも、獣医さんなんだよ」

「え、そうなの？」

大和が牛舎のほうを振り向いた。

「違う違う、こっちの叔父さんじゃなくて、お母さんのお兄ちゃん。大和は会ったことないけどね」

「あっそうか。イギリスにいるんだよね？」

納得顔でうなずかれ、佐智子は少々面食らった。大和に兄の話をしたことはなかったはずだ。

「叔母ちゃんに聞いたの？」

「ううん。おじいちゃん」

佐智子はまたしても言葉を失った。

「すごく頭がよかったんでしょ。僕も獣医さんになるなら、うんと勉強しなきゃだめだって。大変かもしれないけど、立派な仕事だから、がんばる値打ちがあるって言ってた」

つないだ手を前後に揺らし、大和はさらに言う。

「あと、動物の気持ちをわかるようになれって。お母さんのお兄ちゃん、牛と話せたんだって？　すごいよね」

はずんだ声に何度もうなずきつつ、佐智子は再び夜空を見上げた。

「僕も牛と話せるようになれるかな?」

「なれるよ、きっと」

手のひらに、そっと力をこめた。大和も握り返してくる。見渡す限りの雪景色を、白い月が静かに照らし出している。

オリーブの木の下で

香川県小《しょう》豆《ど》島《しま》町《ちょう》・高《たか》山《やま》オリーブ園

誰かが名前を呼んでいる。

まぶたを閉じたまま、光江《みつえ》は寝返りを打った。枕に顔を埋《うず》めて耳をすます。鳥のさえずりが聞こえる。風が木々のこずえを揺らす音も。

人間の声は、しないようだった。ゆっくりと体を起こしてベッドから降りる。床がひんやりと冷たい。スリッパをつっかけ、窓辺まで歩み寄り、カーテンを少しだけ開けてみた。空が群《ぐん》青《じょう》色に染まっている。

もうじき夜が明ける。

寝間着の上に膝下丈のガウンを羽織《はお》って、テラスに出た。ほんの数分の間に、空の青は目に見えて淡くなっている。海風が少々肌寒い。十一月に入って、朝晩はめっきり冷えこむ。

ガウンの胸もとをかきあわせ、籐椅子《とういす》に腰を下ろした。小高い丘の中腹《ちゅうふく》に建っているこの家の、南向きのテラスは見晴らしが抜群だ。斜面からせり出すような設計で、島の南部一帯が見渡せる。薄闇に目が馴《な》れるにつれ、平地の集落に点在している民家と畑や、港に浮かぶ何艘《なんそう》もの船や、沖のほうに横たわる島影もおぼろげに見えてくる。

ガウンのポケットを探り、たばこの箱とライターを出す。一本を喫《す》っているうちに、みるみる明るくなってくる。白っぽい光を帯びた東の空に、岬にそびえる山の影がくろぐろと映えている。

光江は一日の中でこの時間帯が一番好きだ。昼間の陽《ひ》ざしをいっぱいに浴びてきらめく海も、真っ赤に燃えさかる夕日も、細かいビーズをぶちまけたような無数の星々に彩られた夜空も、それぞれ美しく味わい深いのだけれども。

年をとった、ということなのだろう。昔は、自然になんか興味がなかった。山や海をぼんやり眺めているひまがあったら、もっと楽しいことがいくらでもあるのに、と思っていた。夜明け前に、ひとりでに目が覚めるなんてこともなかった。夜通し起きていて、いつのまにか朝を迎えてしまうときはあったが。

昔は——この島に足繁《あししげ》く通いはじめた頃には。

ミツ、と呼ぶ低い声が、また聞こえた気がした。ミツ、こっちにおいでなさい。ほら見て下さい、すごくきれいでしょう。

光江は二本目のたばこに火をつけた。深く吐いた煙が、澄《す》みきった秋の空気に溶けていく。太陽が山の上に顔をのぞかせた。山肌のあちこちで紅葉が進み、複雑な色あいの織物を広げたように見える。朝日を受けて輝く海がまぶしい。かすかな潮のにおいが、鼻先をかすめた。短くなったたばこをもみ消して、光江は立ちあがった。今日もいい天気になりそうだ。

朝は、旬の果物をたっぷり食べる。これは昔から変わらない。買っておいた柿と梨とぶどうの熟《う》れぐあいを慎重に見定めて、柿を選んだ。皮をむき、コーヒーも淹《い》れる。

朝食の後で、光江はテラスから庭に下りた。

陽あたりのいい南向きのなだらかな斜面には、花壇も家庭菜園もない。間隔を空けて植えてあるのは、すべてオリーブの木だ。

オリーブは強くてさほど手間もかからず、育てやすいといわれている。それでも虫や病気にやられて枯れてしまったり、台風で根こそぎ倒されたり、半世紀の間に何度か代替わりした。ここ数年は、庭全体でだいたい三十本から四十本くらいに保っている。常緑樹《じょうりょくじゅ》なのでこの季節でもみっしりと葉が茂り、木々の間をぶらぶらと歩いていると、庭というより林の中にさまよいこんだような気分になってくる。

十月いっぱいであらかた実をとりつくしたつもりだったのに、枝をよく見たらぽつぽつと摘《つ》み残《のこ》しがあった。光江は母屋に引き返して、収穫用の軍手とバスケットをとってきた。

テラスから眺めている限りでは、どの木も同じように見えるけれども、そばに寄ってみると背丈にも枝ぶりにも差がある。葉のかたちや幹の様子がまちまちなのは、品種が違うからだ。古くから島内で人気のある四種を、この庭には植えてある。

濃い緑の葉をつけているのはルッカだ。四品種の中では最も丈夫で、すくすくと大きく育つ半面、自らの成長に栄養を回してしまう分、実がつきにくい傾向がある。ミッションは反対に、木そのものはあまり伸びなくても、しっかり実をつける。ルッカがおおらかなギリシャ人なら、ミッションはまじめで勤勉な日本人といったところだ。枝が突如として横に曲がったり四方八方に突き出したり、奔放なのはマンザニロで、大きめのまんまるい実がなる。ごつごつした樹皮とこぶのようにふくれた根もとが特徴のネバディロ・ブランコは、やや気難しい。花をたくさん咲かせる一方で、実がほとんどつかない年もあるし、虫の被害も多い。

たった四種類だけでも個性派ぞろいだが、オリーブの品種は世界中でなんと千以上もあるという。他家《たか》受粉で、異なる品種を交配させたほうがよく実をつけるため、農家はそれぞれの特徴を考慮して、苗木の配置や比率を決めているそうだ。

ただし光江たちの場合は、商売ではないから気楽なものだった。そもそも観賞用として植えたのだ。母屋の施工《せこう》を担当した地元の工務店に、腕のいい庭師を紹介してもらい、おおまかな希望だけ伝えて一任したとレオは言っていた。

そのときのスケッチを、光江も後から見せてもらった。ギリシャの実家の、レオが少年時代を過ごした自室の窓から見える景色を思い出して描いたらしい。彼の生まれ故郷は、エーゲ海に浮かぶ島だった。

庭師に説明するための絵だというから、簡単な見取り図のようなものを光江は想像していたのだけれど、普通の風景画だった。オリーブの木々の向こうに海と空が広がり、雲や鳥や船まで細かく描きこまれていた。上手やね、と光江が感心すると、レオは照れくさそうに首を振って、そそくさとスケッチブックを閉じてしまった。

光江がはじめてここへ連れてきてもらった日のことだ。

レオが自分の描いた絵を見せてくれたのは、あれが最初で最後だった。別荘が無事に完成したことや、それを年若い恋人に披露できたことや、そして感激した彼女が――光江が――庭中を駆け回りながら「今日はわたしの人生で最高の日」と大声で叫んだことに、彼なりに高揚《こうよう》していたのかもしれない。

ふだんは物静かでひかえめな男だった。自分の持っているもの、たとえば地位や財産や教養を、ひけらかすのをきらった。画才ばかりでなく、実に多くのものを持っていたにもかかわらず。ほとんど独学で身につけたという折り目正しい日本語も、謙虚な印象に拍車をかけていた。外国人、中でも欧米人といえば、陽気で声が大きくて押しが強い、という光江の先入観は、彼に出会ってあっさりと覆された。

その後、休みのたびに別荘を訪れるようになってからも、レオはよく絵を描いていた。島の風景や、光江をモデルにしたと思《おぼ》しき人物画もあった。

断定できないのは、ちゃんと見せてもらえなかったせいだ。

「なに描いてるん?」

光江がのぞくと、レオはすばやくスケッチブックを閉じた。見たいとせがんでもむだだった。ごくまれに、彼はとてつもなくがんこになった。日頃は、ふた回りもの年齢差にふさわしく、わが子を溺愛《できあい》する親さながらに光江を甘やかしてくれるのに、ここは譲らないと決めたら一歩もひかない。

「いつか上手に描けたら、ミツにも見せますから」

しぶしぶひきさがった光江に、レオはあやすように言った。その約束は、結局かなえられないままになった。

葉の陰に隠れているオリーブの実をひとつひとつ摘みながら、光江は庭の奥へと進む。手の届かないような高い枝でも、幹を軽く揺らせば落ちてくる場合もある。この時期まで残った実は、黒や濃い紫に色づいている。初秋の、収穫がはじまってまもない頃は鮮やかな緑だが、熟すにつれて色が変わっていくのだ。

庭のちょうど真ん中あたり、ひときわ大きなルッカの木の下までたどり着いて、光江は立ちどまった。

ここが建ったときに植えた苗木は、もうこの一本しか残っていない。当時は光江よりも背が低く、ひょろひょろと弱々しかったのに、今や見上げるほどの大樹に育った。実がならなくなって久しい老木だけれど、樹齢のわりには元気だ。つややかな葉を茂らせた枝をゆったりと広げ、夏でも木陰は涼しい。

ルッカはギリシャ人でミッションは日本人、とたとえてみせたのはレオだった。

「なるほどね」

光江は納得した。包容力があり、何事にもどっしりとかまえて動じないレオは、確かにオリーブにたとえるならルッカかもしれない。

「でも、ミツはミッションじゃありませんね」

若い苗木の華奢《きゃしゃ》な幹を、レオはいとおしそうになでた。

「マンザニロでしょうか。自由で、個性的で、きれいな大粒の実をつける」

そんなふうに言われてまんざらでもなかったものの、光江はわざと口をとがらせてみせた。

「わたしはふまじめってこと?」

「そんなことは言っていません」

レオは不本意そうに眉を上げた。

「ミツは自由で個性的できれいで、しかも、まじめで努力家です」

光江とふたりきりでいるときだけは、彼はひかえめとはいえなかった。光江自身が気恥ずかしくなってくるほど手放しに、情熱的に、恋人の美点をほめたたえる。

「おまけに頭がよくて、行動力があって、気が強くて……こんな完璧な女性がそばにいてくれるなんて、僕は世界一の幸せ者です」

歯の浮くような賛辞も、大仰な愛の言葉も、青い瞳と金色の巻き毛を持つレオが口にすると、なんだか様になるのだった。

「気が強い、はほめ言葉やないわ」

光江はかろうじて言い返した。

「日本ではね。しかし、ギリシャでは違います」

レオはすまして答え、光江を抱き寄せた。


庭をぐるりと一周したら、けっこうな量の実が集まった。

品種にもよるが、こうして黒っぽくなるまで熟したオリーブは、しぼってオイルにするのに向いている。一方、緑色の若い実は、塩漬けやシロップ漬けにしてまるごと食べることが多い。

島の主婦たちは、秋が来るたびに自家製の塩漬けをこしらえる。苛性《かせい》ソーダであく抜きして塩に漬ける、という単純な工程ながら、家庭ごとに味が違っておもしろい。この家を別荘として使っていた頃には隣近所からよく分けてもらったものだ。定住後は、光江も庭の実を自ら漬けるようになった。特別な道具は必要ないので気軽に作れる。

ただ、オイルをしぼるとなると、そう簡単にはいかない。専用の搾油機《さくゆき》はかなり値が張るらしく、一定以上の量をしぼる農家や業者しか持っていない。光江の親しい知人の中では、高山オリーブ園だけである。

光江は高山に電話をかけて、オイルをしぼらせてもらえないかと打診した。

「いいですよ。今日の午後とか、どうですか」

彼は快諾してくれた。

「ありがとう。よかったら、収穫か選別もちょっと手伝いましょうか」

光江は申し出た。機械を使わせてもらうときは、いつもそうしている。収穫も選別も特に難しい作業ではないけれど、小さな実をひとつひとつ手で扱うので、とにかく人手がかかる。古《こ》希《き》を超えた年寄りでも、そこそこ戦力になれるのだ。

「え、いいんですか。助かります」

高山がはきはきと答えた。

彼は四十代の半ばで、光江にしてみれば息子のような世代だが、なぜか初対面から妙に気が合った。光江は神戸から、高山は東京からという違いはあれど、ほぼ同じ時期に単身で島へ移住してきた者どうし、なんとなく縁も感じた。

あれから十余年、高山オリーブ園の経営はなかなか順調そうだ。

運営方式は、ちょっと変わっている。常時働いているのは高山ひとりだけで、他の専業農家のように、家族が手伝うわけでも従業員を雇うわけでもない。そのかわり、いろんな人々が出入りして、作業にかかわっている。

総じて若者が多い。大学の農学部や農業サークルの学生もいれば、島の暮らしを体験したいというフリーターもいる。高山は祖父母が生前に住んでいた空き家をゲストハウスふうに改造し、宿泊所として無料で提供している。賃金は出ないものの、宿代は浮くし自炊もできるので、ちょっとした旅行や合宿のような感覚でやってくる者もいるようだ。農作業の合間に海で遊んだり、飲み会を開いたり、友達や恋人ができたりもする。すっかりここが気に入って、毎週末通ってくる子や、長期休暇を利用して一、二カ月ほど滞在する子もいる。

あるいは、オリーブ農家を志す移住者が、勉強がてら働きたいと志願してくることもある。高品質の国産オリーブやオイルを求めて、百貨店のバイヤーやらレストランのシェフやら料理研究家やら、専門家が買いつけがてら見学に来ることもある。高山は商品開発にも力を入れている。中でもオイルについては、最高の味わいを引き出すべく、研究に余念がない。使用する品種とその配合、実の熟成度、苗木の樹齢から生育環境まで、さまざまな要因が風味に影響するので奥が深い。試行錯誤の甲斐《かい》あって、ヨーロッパで開催される国際的なコンテストで賞をとって以来、国内ばかりでなく海外からの視察も入るようになった。

さらにそこへ、光江のような近所の知りあいも加わる。まるで接点のなさそうな老若男女が入りまじり、一心にオリーブを摘んでいる光景に、はじめての者は決まって目をまるくする。

「あっそうだ。光江さん、今日って夜までいられます？」

高山が言う。

「明日帰るボランティアの子たちがいるんで、今晩はみんなでバーベキューをやろうって話になって。森嶋《もりしま》さんも来てくれるみたいですし、よかったら光江さんもどうですか」

着々と広がっていく人々の輪の中心に、高山がいる。

不思議な男だ。飄々《ひょうひょう》としているようで、さりげない気配りを絶やさず、学生からはなつかれ、地元の年寄りたちにもかわいがられている。押しつけがましくなく、かといって、そっけないわけでもなく、淡々と皆を迎え入れては、また送り出す。ここのゆるい感じが絶妙なんですよね、と顔見知りの学生が以前しみじみと言っていた。いつ来てもいいし、いつ帰ってもいい、でも来ればきっと誰かに会えるっていう。

自由な場所だ、と光江も思う。風通しのいい、オリーブ畑のような。

軽く昼食をすませ、外出に備えて身支度をした。

なにを着ようか、少し迷った。作業を手伝うには動きやすい格好がいい。今日はこの時期にしてはあたたかいが、日が暮れた後は冷えるだろう。しばし思案した末、白い長袖のブラウスに、お尻がすっぽり隠れる長めの丈の、葡萄《ぶどう》色のカーディガンを重ね、ジーンズをはいた。夜のバーベキューで凍えないよう、大判のウールのストールも持参する。

おしゃれにこだわるのは若者だと世間では考えられがちだけれど、老人こそこぎれいな身なりを心がけるべきだと光江は思う。みすぼらしく見える。なにも高価な服で着飾ったり、流行を追ったりする必要はない。清潔で本人に似合っていれば、なんでもいい。

光江の場合は、この年齢になっても、服装をあれこれ悩むのは苦にならない。洋服は光江の趣味であり、かつては生活の糧《かて》でもあった。

レオと出会ったきっかけも、洋服だった。

当時、二十歳になったばかりの光江は、神戸の元町《もとまち》にある洋裁店に勤めていた。戦後まもなく開業し、大勢の得意客を抱える繁盛店で、紳士服と婦人服のオーダーメイドに加え、仕立て直しや修繕も請け負っていた。五十がらみの女店主のもとで、光江の他にも数人の若いお針子《はりこ》が働いていた。

就職したのは、十五歳のときだ。うれしかった。洋服にかかわる仕事に就くのは、光江にとって長年の夢だった。

小さい頃から、きれいなドレスにあこがれた。絵本を読めば、物語の展開はそっちのけで、着飾ったお姫様の豪華な装いばかりに目がいった。チラシの裏に女の子と洋服の絵を描いて切り抜き、手製の着せ替え人形を作って遊んだ。市販の立派な着せ替え人形を友達に見せびらかされても、わたしの人形のほうがたくさん服を持っているのだと考えれば、悔しさは幾分まぎれた。

昼と夜の仕事をかけもちして、女手ひとつで娘を育ててくれている母に、玩具をねだる気にはなれなかった。母は気丈な性格で、どんなに生活が苦しくても、仕事で疲れ果てていても、娘の前では決して愚痴や弱音を吐かなかった。そんな姿を見て育った光江も、母の前で甘えたことは言えなかった。

母は母で、そんな娘を不憫《ふびん》に感じていたのかもしれない。忙しい合間に夜なべで作ってくれた布製の人形は、光江の宝物になった。

人形はワンピースを着ていた。背中に小さなスナップボタンがついていて、脱がせたり着せたりできる。赤い小花柄の生地には見覚えがあった。光江にはもう小さくなった、古いスカートの布地だった。

光江は見よう見まねで、人形の着替えをこしらえた。紙の服よりも布の服のほうが、何倍も作り甲斐があった。中学校では、同じように裁縫が趣味だという友達ができた。彼女の母親は洋裁の先生で、ミシンの使いかたや型紙の作りかたを親切に教えてくれた。あんたは筋がいいわ、とほめてもくれた。手先が器用やし、集中力があるし、なんていっても洋服が好きやからね。そうして、洋裁学校の同級生が営む店に、光江を紹介してくれたのだった。

自身の苦労を教訓に、手に職をつけるようにと常日頃から娘に言い聞かせていた母も、この就職を喜んでくれた。女でもひとりで生きられるだけの力を身につけとかなあかん。人生、なにが起きるかわからへんからね。

母は正しかった。人生は、なにが起きるかわからない。

またたくまに五年が過ぎ、二十歳になった光江は、相変わらず職場で最年少だった。まだまだ下っ端とはいえ、仕事は楽しかった。店主や先輩たちからいろいろ教わった。言葉で教えてもらえないことは、目で見て心に刻みつけた。

毎朝、早めに出勤して店先を掃除するのも、光江の役目のひとつだった。その日も道に面したガラス窓を念入りに拭きあげ、入口の前を掃いていたら、背後から声をかけられた。

「すみません」

「はい?」

振り向いて、ぎょっとした。ぬっと立っていたのは、金髪碧眼《へきがん》の大男だった。

どうしよう、とまず思った。光江に理解できる外国語は「ハロー」「サンキュー」「イエス」「ノー」の四種類だけだ。顧客の中には西洋人も少なくないから、店主や古参の先輩は英語を話せるが、彼らが出勤してくるまでもう少し時間がかかる。

うろたえている光江を見下ろして、彼は礼儀正しくたずねた。

「失礼ですが、こちらのお店の方でしょうか?」

流暢《りゅうちょう》な日本語に、光江は再び驚いた。一拍遅れて、さっきの「すみません」も日本語だったことにようやく思いいたる。

「ジャケットのボタンがとれてしまいましたので、つけ直していただけませんか」

と彼は言った。「ボタン」の発音が日本のそれとは違ったせいで戸惑ったけれど、彼が手のひらにのせた現物を見せてもらい、用件はのみこめた。

少し迷ったものの、光江は彼を店内に招き入れた。ボタンをつけるくらいならひとりでできるし、早くしあがるに越したことはないだろう。スーツにネクタイ、革の書類かばんといういでたちからして、彼は出勤途中のようだ。店主たちが来るまで待たせるのもしのびない。

彼の脱いだジャケットを、両手で受けとる。上質な仕立てだとひとめで見てとれた。茶系のヘリンボーンのツイード生地も、おそらくとびきり高級なものだ。

それにしても、こんなに大きなジャケットは、はじめて見た。欧米人はたいてい日本人よりも体格がいいものだが、彼はとりわけ大柄だった。ジャケットの肩口をつまんで広げると、薄荷《はっか》のような、夏草のような、不思議なにおいが漂った。それが彼の愛用している香水のにおいだと知るのは、もう少し後になってからの話だ。

光江はもの珍しげに店の中を見回している彼に椅子をすすめ、ボタン糸を用意した。針を動かしている間じゅう、しげしげと手もとを注視されて少し緊張した。

「できました」

「えっ、もう?」

いかにも紳士然としたたたずまいの彼が、子どものように目をぱちくりさせているのがおかしくて、光江はつい笑ってしまった。彼も恥ずかしそうに微笑《ほほえ》み返した。

「ありがとうございました。大変助かりました。僕はレオニダスと申します。周りのひとたちは、レオと呼びます」

ジャケットを羽織りながら、彼は名乗った。

「さしつかえなければ、あなたのお名前も教えていただけませんか?」

レオは漢字の表記まで知りたがった。光江は作業机に置いてあったメモ用紙に「光江」と書いた。漢字がそれぞれ意味を持っていることも、彼は知っていた。この二文字はどんな意味かとたずねられ、「光」と「川」だと光江は答えた。

「光という字は、ヒカリともミツとも読むんです」

レオは感慨深げに何度もうなずいた。

「とてもよくお似合いですね」

なにかで自分の名前を書かねばならないとき、光江は今でも時折、あのときの彼の声音《こわね》を思い出す。


翌朝、ほとんど同じ時間に、レオはまた店に現れた。これも前日と同じくスーツ姿だったが、書類かばんとは別に紙袋を携《たずさ》えていた。

中に入っていた半袖のシャツも、やはり上等なものだった。一本の糸でかろうじてぶらさがっていた第二ボタンを、光江はしっかりとぬいつけ直し、ついでにアイロンもかけて渡した。どうやら、彼にはとれたボタンをつけてくれる家族がいないようだった。ちょうど手頃な店を見つけたから、ついでにあれもやってもらおう、と思いついたのだろう。仕事ぶりを認めてもらえた証《あかし》のようで、光江も悪い気はしなかった。

さらに翌日、レオはあたたかそうなウール素材のベストを持参した。その次の日は、確か春ものの薄いカーディガンだったと思う。いずれも、ボタンは完全にとれてしまったわけではなくて、糸が多少ゆるんでいる程度だった。

そうして五日目に、レオは光江を食事に誘った。

あんなに回りくどいことをしなくてもよかったのに、と後に光江はからかい半分に言ったものだ。勇気をふりしぼるまでに時間がかかったのだとレオは言い訳した。ミツは若くて美しくて、おまけに外国人ですからね。

レオが小豆島《しょうどしま》に別荘を建てたのは、それから二年後のことである。

その頃には、光江は彼のことを深く——誰よりも深く、と当時は自負していた——知るようになっていた。

レオはオリーブ農家の次男坊だった。小豆島をいたく気に入ったのは、郷里とどこか相通ずる空気を感じたかららしい。いつか光江をギリシャに連れていきたい、自分が生まれ育った島の景色を見てほしい、とよく言っていた。島の特産品だというスパイスを使って料理を作ってくれたり、伝統的なフォークダンスを教えてくれたりもした。

そう複雑な振りつけでもないのに、光江は苦戦した。足さばきに集中していると手がとまり、手を動かしていると足がもつれる。

「ミツはなにもかも完璧なのに、ダンスだけは苦手ですね」

レオに苦笑され、頭にきて猛練習した。ひととおり覚えてからは、ときどきふたりで踊った。

月の明るい晴れた夜、テラスで食後酒を飲んでいる最中に、レオが不意に立ちあがったらその合図だった。光江は彼に手をひかれて庭へ出て、オリーブの木の下でステップを踏んだ。

故郷をなつかしむ一方で、レオは日本のこともまた愛していた。

大学で東洋美術を学び、かねてから興味があったらしい。それで、勤め先の証券会社が戦後日本の経済成長を受けて支店の開設を決めたとき、赴任したいと志願したのだという。大阪や京都の美術館にも、たびたび足を運んだ。水墨画や仏像や浮世絵に関して、レオは生粋《きっすい》の日本人である光江よりもよほど詳しかった。光江が母と暮らすアパートの何倍も広い、駐在員向けのマンションには、古めかしい掛け軸や壺《つぼ》が飾られていた。

日本の古美術品に限らず、レオは美しいものを心から好み、また敬った。そして光江にも、美しいものにふれるようにすすめた。光江は職人であると同時に「デザイナー」であり「アーティスト」なのだから、美的感覚を磨くべきだと主張した。

「僕は美術を愛しています。でも、結局はまったく関係のない業界で働いている」

そう言ったレオのまなざしは、いつになくさびしげだった。けれどすぐに、いつもの穏やかな笑みを取り戻して続けた。

「ミツは本当にすばらしい。好きなことを仕事にできて」

光江のほうも、レオにたくさんのことを話していた。お姫様のドレスに魅入られた幼少時のことも、中学の同級生と競うように作り続けた人形の服のことも、彼女の母親が就職先を斡旋《あっせん》してくれたことも。

日々のできごとも、逐一報告した。採寸から縫製《ほうせい》まで一着の仕事をまるごと任せてもらえるようになったとき、レオは自分のことのように喜んでくれた。先輩にしかられた話をしている途中で悔し涙がこぼれたときは、背中をさすって慰めてくれた。

それまで誰にも話したことのなかった夢も、レオにだけは打ち明けた。

「わたし、いつか自分の店を持ちたいの」

「ミツにならきっとできますよ」

レオはきっぱりと言った。

「楽しみですね。どんなお店になるのか、早く見てみたい」

光江の夢はかなったが、レオの望みはかなわなかった。光江が独立し、三宮《さんのみや》に念願の自店を開いたとき、光江の横に彼はもういなかった。

着替えて薄く化粧もしてから、光江は愛車のミニで出発した。

陽ざしがきついのでサングラスをかけた。急な山道をくねくねと下る。カーブをひとつ曲がるたび、眼下の集落が近づいてくる。池田《いけだ》港から程近い、高山オリーブ園の事務所には、十分足らずで到着した。

裏手の空き地が、駐車場がわりになっている。車を乗り入れようとしたら、入れ違いに軽トラックが出てきた。

森嶋だった。向こうも光江をみとめ、すれ違いざまに車を停《と》めた。助手席に若い男を乗せている。高山オリーブ園で働く学生だろうか、それとも森嶋の知りあいなのか、いずれにしても見かけたことのない顔だった。

「こんにちは」

光江は窓を開け、サングラスをはずして会釈した。

「ひさしぶりやな。元気でしたか」

森嶋の太いしゃがれ声が降ってきた。助手席の青年も、小さく頭を下げる。

「はい、おかげさまで」

森嶋とのつきあいは、高山とのそれよりはるかに長い。彼は光江にとって、またレオにとっても、この島ではじめてできた友人だった。

当時、つまり五十数年前、若かりし森嶋は別荘の管理会社に勤めていた。レオが土地を購入したときからの担当で、家屋の建設や造園についても細かく相談に乗ってもらったそうだ。別荘が完成した後も、不在時の管理や手入れを一括して請け負ってくれていた。

最初のうち、森嶋はレオを「レオニダスさん」と略さずに呼んでいた。お客様を愛称で呼ぶなんて失礼だと自重したのだろう。光江はなんと、「奥様」だった。お互い食事に招いたり招かれたりするくらいに親しくなってようやく、「レオさん」「光江さん」に落ち着いた。

仕事熱心な森嶋は、その後役員にまで上りつめ、七十歳になる手前まで会社に出ていた。退職以降はいささか時間を持て余しているようだったけれど、ほどなくして次なる生きがいを見つけた。

オリーブである。

実家のみかん畑を、何年もかけてオリーブに植え替え、今では数百本の木を栽培している。収穫期には光江もたまに手伝う。同級生やら元同僚やら、島の長老たちがぞろぞろ集まってきて、畑は一日中にぎやかだ。作業中にも世間話に花が咲き、なんだか同窓会めいていて、高山のところとはまた違った活気がある。

「森嶋さんも、お元気そうで」

彼と会うたびに同じことを言っている気がするが、おせじではなく実際にそう感じるのだからしかたがない。森嶋は光江よりひと回り近く年上なので、もうじき八十代も半ばにさしかかるけれど、死ぬまで現役でオリーブを育てる、というのが口癖だ。

「光江さんも今日は晩飯までおるんやって?」

「ええ。そのつもりです」

「よし。積もる話はそのときにゆっくり、な」

どことなく思わせぶりな言いかたが、ひっかかった。せっかちな森嶋らしくない。

それに、積もる話といっても、先月にも収穫の手伝いで顔を合わせている。少なくとも光江の身辺では、語るべき目新しい話題はない。あるいは森嶋のほうに、なにか話したいことでもあるのだろうか。

「そうや、桜田《さくらだ》くん」

森嶋が思い出したように助手席のほうを振り返った。連れの青年は桜田という名前らしい。

光江に背を向けたまま、森嶋が続ける。

「このひとが例の、光江さんな」

光江は首をひねった。例の？

「例の？」

と声に出せたときには、すでに森嶋は窓を半分閉めかけていた。そう言われた桜田の反応も、彼の陰になって見えなかった。

「じゃ、また後で」

森嶋はひょいと片手を上げ、軽トラックを発進させた。


事務所に高山はいなかった。かわりに、見覚えのある女子学生が作業台でオリーブの選別をしている。集中しているらしく、光江には気づかない。

「おつかれさま」

光江はそっと声をかけた。名前も知っているはずなのに思い出せず、やむなく省略する。最近はこういうことが多くて情けない。

彼女がびくりと肩を震わせ、勢いよく顔を上げた。

「あ、光江さん。おつかれさまです」

ぺこりと頭を下げる。向こうは名前を覚えてくれているのがいよいよ申し訳なくて、光江はさらに記憶を探る。

「高山さん、町内会かなんかで呼び出されちゃって。すぐ帰ってくるから待ってて下さいって言ってました」

「そう」

上《うわ》の空で相槌《あいづち》を打った瞬間に、あ、とひらめいた。確かこの子は、ミクちゃんだ。自己紹介をかわした折に、未来と書いてミクって読みます、と説明されたのが印象に残っている。

「ミクちゃんはお留守番？」

それとなく名前を呼んでみる。はい、とほがらかな返事にほっとする。

「そのストール、かわいいですね。めっちゃ似合ってます」

ここで若者と接する機会が増えるにつれ、「かわいい」と言われるのにも慣れてきた。彼女たちにとっては万能のほめ言葉なのだ。光江がミクと同じ年頃だった時代には、年長者に、それも五十歳ほど上の相手に対して使える言葉ではなかったけれど、服装をほめられるのはうれしい。

「そう？　ありがとう」

光江は礼を言い、ミクの横に腰を下ろした。足もとに、オリーブが山盛りになったコンテナが積みあげてある。

「わたしも手伝うわ」

「ありがとうございます。助かります」

オリーブの選別は、すこぶる地道な単純作業だ。手のひらの上で実をころころと転がして、良品かどうか確かめる。この島では昔から女の役目とされているという。女性のほうが男性よりも細かい手作業を得意とする印象が強いからだろうか。光江の世代ならともかく、今どきそんなふうに男女を区別するのも時流にそぐわないし、性別よりも性格の問題が大きいような気もするのだが。実際、高山オリーブ園では男女問わず、各人の特性やその場の状況に応じて仕事を割り振られている。

あとは、経験ものをいう。たとえば森嶋のところで働く主婦たちは、機械さながらに速く、かつ正確に、傷ものだけを猛然とはじいていく。ぺちゃくちゃお喋《しゃべ》りに興じながらも手は休めない。光江はそこまで熟練しているわけではないものの、生まれつき手先は器用で目も悪くないので、自分でいうのもなんだが、そこそこ速い。

ただし、動かすのは手だけだ。彼女たちの話にはめったに口を挟まない。話題は、嫁の愚痴か、孫の自慢か、隣近所のうわさ話が大半を占めている。嫁や孫どころか夫も子も持たず、よそ者である光江には、会話に加わるのは難しい。正直にいえば、あまり興味もない。せいぜい相槌を打つ程度で、黙々と作業に徹している。

「そういえば、さっきまで森嶋さんもおったんですよ」

作業を再開したミクが、口を開いた。

「光江さんが来るって言ったら、会いたがってました」

「ああ、そこですれ違ったわ。後でまたこっちに戻ってくるって」

「じゃあ、桜田くんにも会いました？　森嶋さんの連れてた男の子」

「うん。ちらっと見ただけやけど」

「めちゃくちゃかっこよくなかったですか?」

ミクの声が高くなった。手の動きは、やや鈍っている。

「ああいう薄めの顔が好みなんです、あたし。もっと喋りたかったのに、森嶋さんがさっさと連れてっちゃって。選別なんてつまらん、畑を見にいくぞって。桜田くんは手伝いましょうかって言ってくれたのにな」

森嶋は選別作業が大の苦手だ。本人いわく、ちまちました手仕事は性に合わないらしい。自分のうちでも、あなたにやってもらってもどうせ全部やり直しになるから、と妻から戦力外通告を受けている。

「彼も学生さんなん?」

「いや、料理人の卵らしいです。森嶋さんとこ、今シーズンの収穫は終わりかけやし、オイルはやってないでしょう。それで、こっちも見学させたげようって思いついたみたいで」

森嶋も高山のことを高く買っている。小豆島のオリーブを世界に向けて発信しようとしている貴重な人材だ、商売のやりかたも独創的で新しい、なによりあそこのオイルはめっぽううまい、と。酔っぱらうたびに、本人をつかまえてほめちぎったあげく、「この島のオリーブの未来はお前に託す」と涙ぐみさえして、酒を飲まない高山を当惑させている。

小豆島は全国的にみても移住者の受け入れに積極的だと聞くけれど、それでも古くからの住人の一部には、新参者を警戒したりうっとうしがったりする向きもなくはない。しかし森嶋は反対で、むしろ進んでかかわろうとする。生来の社交性や面倒見のよさに加えて、主に島外の人々を相手にする職業柄、培《つちか》われてきた資質でもあるのだろう。

「今晩ちょうどバーベキューやし、タイミングよかったですよね」

ミクが言い、そうね、と光江もうなずいた。参加者どうしで交流が広がるきっかけになるので、若手の料理人にとっては有意義な場だろう。

「プロに焼いてもらった肉って、やっぱ違いますもんね」

ミクがにこにこして続けた。

「……そうね」

「先週、東京の三ツ星レストランのコックさんが来てたらしいですよ。あたしは食べそこねたんですけど、友達にめっちゃ自慢されて。あんなおいしいパスタ、生まれてはじめてやって」

無念そうに首を振っている。

高山オリーブ園で働く若者たちは、昼休みのまかない料理を楽しみにしている。通常は当番制なのだが、料理人や料理研究家や、その道の専門家が居あわせた場合は、彼らがさっと作ってくれることも多いらしい。

「でも桜田くんも、かなり本格的っぽかったですよ。ヨーロッパで何年も修業してたらしいです。あの顔で英語もスペイン語も喋れるって、やばいですよね?」

ミクがため息をついた。「やばい」も「かわいい」と並ぶ頻出語である。「かわいい」と違って肯定的にも否定的にも使われるので要注意だけれど、今回はわかりやすい。

「イタリアとスペインとポルトガルと、あとどこやっけ……そうや、ギリシャにもおったって」

「ギリシャ?」

転がしていたオリーブが手からこぼれ落ち、光江はあわてて拾いあげた。ミクはおっとりと首をかしげている。

「ちょっと珍しいですよね? ギリシャ料理って、どんななんやろ?」

さっき森嶋が口にした「例の」の意味を、光江は遅まきながら察した。

彼は桜田からギリシャという国名を聞いて、光江の話をしたのだろう。光江と、そしてたぶん、レオの話を。

桜田のほうも、興味をひかれたのかもしれない。ミクの言うとおり、ギリシャという国は日本人にとってそこまで身近とはいえない。都会ならともかく、こんなところでギリシャに縁のある人間と出くわすなんて、予想していなかったに違いない。せっかくだから、あれこれ語りあってみたいと思っても不思議はない。

謎が解けてすっきりしたのはつかのまで、すぐに気が重くなった。光江はギリシャについて、ちっとも詳しくない。ギリシャ語は喋れないし、ギリシャ料理も作れないし、ギリシャに行ったことすらない。

ただ、大昔にギリシャ人の恋人がいたというだけだ。

別荘が建って以来、特別な予定のない週末には島へ渡るのが光江たちの習慣になった。金曜の晩か土曜の朝に神戸を出発し、一泊もしくは二泊して、日曜のフェリーで帰る。

あの週末も、例外ではなかった。

日曜日の午後、荷造りをすませたふたりは庭をぶらついていた。迎えの車がやってくるまでの間、オリーブの木を見て回ることにしたのだった。実や、そのもととなる花芽《かが》がつくのは植樹して数年後だという話だったが、まる三年が経《た》ったその年、やっと何本かの木がはじめての花を咲かせていた。

五月晴れの空に、満開の白い花が映えていた。ぼうっとみとれている光江に、レオは言った。

「来月、ギリシャに帰ります」

光江とつきあいはじめてから、レオは長期休暇も日本で過ごすようになっていたけれど、身内の冠婚葬祭で自国に帰省することは何度かあった。光江は日本で留守番していた。何日も仕事を休むのは気がひけるし、言葉も通じない外国人が親族の集まりに乱入するのも変だろう。妻ならともかく、光江はただの恋人にすぎないのだ。

レオと結婚したいという気持ちがなかったわけではない。でも、今すぐにではないと光江は思っていた。

結婚願望は強くなかったし、準備がおそろしく大変だと女友達からさんざんおどされてもいた。しかも光江たちは国際結婚だ。ようやく一人前のお針子として認められてきたところなのに、私事にかまけて仕事がおろそかになっては困る。レオはレオで、「愛している」だの「ずっと一緒にいたい」だのと恥ずかしげもなく連発するわりに、結婚という単語は使わなかった。

恋人にとって大事な時期だと慮《おもんぱか》ってくれているのだろう、と光江は解釈していた。能天気にも。

だから、その日も能天気に聞いた。

「来月のいつ？」

「三日です」

オリーブの花を見上げたまま、レオは簡潔に答えた。

「そう、ずいぶん急やね。いつ帰ってくるん？」

返事はなかった。

光江はレオの顔をうかがった。見たこともないような、こわばった表情をしていた。胸騒ぎがして、質問を変えた。

「どうしたん？　なにかあった？」

「もう日本には戻ってきません」

レオは早口で答えた。なにを言われているのか、光江にはわからなかった。頭の中が真っ白になっていた。

「どうして？」

なんとか問い返した。

「ギリシャに戻りたいと、僕が会社に希望を出しました」

「どうして？」

「前から考えていたことです。僕はギリシャの人間です。いつまでも日本にいるわけにはいきません」

「どうして?」

自分でもばかみたいだと思ったけれど、それ以外に言葉が出てこなかった。反対に、レオは返事を重ねるごとに、だんだん冷静になっていくようだった。険しかった顔つきをゆるめて、光江の目をじっと見つめた。

「だから」

ついてきて下さい、と言われるのかと光江は一瞬期待した。でも違った。

「お別れです」

レオは静かに続けた。

「いやよ」

光江は夢中で言い返した。いやだ。レオを失うなんて、レオのいない人生なんて、絶対に耐えられない。

「わたしも一緒に行く。レオについていく」

「だめです。連れていけません」

レオがすげなく首を振った。

「どうして?」

「だって、ミツには大事な仕事があるでしょう? いつか自分のお店を開くという夢もあるでしょう」

聞きわけのない子どもをなだめるような、やわらかい口ぶりだった。

「どうして？　どうして、そんな意地悪言うん？」

光江は食ってかかった。真っ白だった頭の中が、真っ赤に染まっていた。

「お店は辞める。洋裁はギリシャでもできるもの」

猛烈に腹が立っていた。なにもかも勝手に決めてしまったレオに。そして、彼がいつまでもそばにいてくれると無邪気に信じこんでいた、傲慢《ごうまん》で愚かな自分自身にも。

「無理ですよ」

「無理じゃない！」

どなった拍子に、涙がこぼれた。レオが観念したようにため息をついた。

「僕には妻がいます」


晩のバーベキューに集まったのは、総勢九人だった。高山と、彼が電話で話していたボランティアの若者ふたり、学生がミクを含めて三人、光江と森嶋、そして例の桜田である。

事務所の裏庭に、食卓が用意された。皿やグラスの並んだテーブルの上に、オリーブの大樹が枝をさしかけている。この木は、光江の家で最高齢のルッカよりもまだ年上らしい。こずえにひっかけられたランタンの光が闇に浮かび、しゃれたレストランのような風情だ。

いつ桜田から話しかけられるかと光江はひそかに身がまえていたが、高山から本日の料理長に任命された彼は忙しく、のんびり喋っているひまはなさそうだった。全員で乾杯した後はテーブルから離れ、巨大なバーベキューコンロで肉や野菜をひたすら焼き続けている。彼の両脇にはミクともうひとりの女子学生がぴたりと寄り添い、かいがいしく皿を差し出したり、焼きあがった食材をこちらへ運んできてくれたりした。

光江の隣には森嶋が座った。しばらく無言で肉に食らいついていたけれど、皿が空いた頃合で、桜田を目で示した。

「あの彼ね、ギリシャで働いとったそうですよ」

「そうらしいですね」

光江は短く答えた。森嶋はまだなにか言いたげに口を開きかけたものの、ちょうどミクがやってきて肉のおかわりを皿にのせてくれたので、また食事に戻った。

レオと光江が円満に別れた、と森嶋は誤解している。

当のレオから、そう説明されたらしい。仕事の都合で帰国しなければならなくなったため、光江と話しあい、それぞれ別の人生を歩むことにした。これからは恋人ではなく、良き友人どうしになろうとふたりで決めたのだ、と。

もっとも、彼らの間でそんなやりとりがあったと光江が知るのは、何年も経ってからの話である。レオと別れた後、光江は小豆島を訪れることも、当然ながら森嶋に会うこともなかった。もう二度とないだろうとも思っていた。

唐突に別れを切り出された直後の記憶は、ひどくあいまいにかすんでいる。光江はただただ、がむしゃらに働いた。ミシンを踏んだり、針を動かしたり、布を裁《た》ったりしている間は、それぞれの作業に没頭できた。つまり、レオのことを考えずに——憤慨したり恨んだり悲嘆にくれたりせずに——すんだ。幸い、好景気のおかげで店はとんでもなく忙しかった。光江たちは休日も返上してくたくたになるまで働き、倒れるように眠った。

レオのいない人生なんて耐えられないと一度は本気で思ったのに、あわただしい毎日にまぎれ、彼の面影は少しずつ、でも着実に薄れていった。なにしろ光江は若かったし、後から思い返せば、防衛本能とでもいうべき心理も働いていたのかもしれない。忘れてしまわなければ、それこそ耐えられなかっただろう。何年も裏切られたあげくにぽいと捨てられたなんて、あまりに屈辱的すぎる。

なぜレオが森嶋に別れの経緯を脚色して伝えたのかも、今ならわかる気がする。はじめ聞いたときには、悪者になるのがいやでごまかしたのかと勘繰ったが、たぶんそうではない。レオは光江の自尊心を守ろうとしたのだろう。不倫の末、一方的に別れを告げられたみじめな小娘ではなく、互いの人生を尊重しあおうと自ら決断したおとなの女性として、堂々と胸を張っていられるように。

森嶋が光江に突然電話をかけてきたのは、レオが日本を去った翌々年の夏だった。

その電話を、光江はまずまず平静に受けた。なんの用かとけげんには思ったけれど、動揺したりいやな気持ちになったりはしなかった。いやな気持ちどころか、ひさびさに聞く森嶋のよく通る声を、なつかしく感じたほどだった。レオとの恋も、その恋にまつわるすべても、光江にとっては遠い過去になりつつあった。

しかし、森嶋に用件を告げられて、さすがに受話器を取り落としかけた。

「レオさんが亡くなりました」

交通事故だったらしい。それだけでも衝撃的なのに、まだ続きがあった。レオがあの別荘を光江に遺《のこ》している、もろもろの手続きのために一度島へ来てほしい、と森嶋は言った。

大きすぎる遺産をぽんともらっていいものか、ためらいがなかったわけではない。正直なところ、辞退するほうに心は傾いていた。でも、二年ぶりに小豆島へ出向いて別荘とその庭を目《ま》のあたりにしたら、あっけなく逆の方向に傾いた。

「わたしが断ったら、この別荘はどうなるんですか？」

念のために、光江は森嶋にたずねた。彼は気まずそうに目を泳がせた。

「レオさんのご家族に相続権が移ります」

家族とはすなわち、レオの妻だろう。

「でも、レオさんはどうしても光江さんに譲りたがってました。すばらしい日々を過ごさせてくれた恩を少しでも返したい、って」

手回しのいいことに、レオは日本からひきあげる前に、今後の段取りを森嶋に頼んでいったのだという。光江よりずっと年上の自分は、その分早くこの世を去ると見越していたのかもしれない。早くといっても、こんなに早いとは思っていなかっただろうが。

「もう少し考えさせてもらえますか」

光江が言うと、森嶋は気を遣ったようで、後で迎えに来ると言い置いて出ていった。

ひっそりと静まり返っている別荘の中を、光江は憑《つ》かれたように歩き回った。レオはそこらじゅうにいた。居間のソファに寝そべって英字新聞を読み、キッチンで自らローストした肉の塊を切りわけ、テラスでスケッチブックを広げて写生していた。

記憶は、消えてしまったわけではなかった。心の奥底に押しこめられていただけだった。自分でも意外なほど、怒りも、恨みも、悲しみさえも、わいてこなかった。思い出すのは楽しかったことばかりだった。当然かもしれない。苦しかったのは、あの別れの日、最後のたった一日だけだった。それまでの五年間には、ほとんど楽しいことしかなかった。

光江はふらふらと庭に出た。風が強く、オリーブのこずえがざわざわと揺れていた。これも二年ぶりに、ルッカの木の下に立つ。

お別れです――レオの硬い声が耳を打ったような気がしたけれど、海からの風に吹き飛ばされた。光江はルッカの幹に両腕を回し、乾いた樹皮に頬を寄せた。ミツ、と今度は優しいささやきが聞こえて、顔を上げる。大柄なレオと目を合わせるには、あごをそらして見上げなければならなかった。

しなやかに伸びた枝が目に入った。まだ幼い、小さな緑の実がついている。この木に実がなったら塩漬けを作りましょう、とレオはうれしそうに言っていた。

レオが死んだと知らされて以来はじめて、光江は泣いた。こっちこそ、すばらしい日々を過ごさせてくれてありがとう、と言いそびれてしまった。

結局、光江が桜田と話をしたのは、食事がはじまって一時間近く経ってからだった。

「桜田くん、ここに座ったら」

ひととおり食材を焼き終えてテーブルに戻ってきた彼に、森嶋が手招きした。自分の椅子をすすめると、庭の隅で手製のピザ窯《がま》に薪《たきぎ》をくべている高山のほうへ、すたすたと歩いていった。

「こんばんは。はじめまして」

桜田が遠慮がちに腰を下ろした。

「おいしかったわ。ありがとう。お料理の仕事をなさってるんですって?」

「はい。まだまだ半人前ですけど」

桜田は父親の仕事の都合で、小学生の頃から海外を転々としていたという。高校を卒業した後も現地に残り、料理を学んだ。ミクも言っていたように、南ヨーロッパの数か国をめぐって腕を磨いたらしい。

「でも、来月から東京で働くことになって。日本に帰ってくる前に、もうなかなか来られないだろうと思って、ヨーロッパをぐるぐる旅行したんですよ。友達とか仕事仲間とか、お世話になったみんなに挨拶して回る感じで。ギリシャにも一週間くらいいました」

「そうですか」

土産話につきあう覚悟を決め、光江は相槌を打った。桜田がいったん言葉を切って、体ごと光江に向き直った。

「ギリシャの、ヒオス島です。ごぞんじですよね？」

光江は小さく息をのんだ。もちろん知っている。ヒオス島は、レオの故郷だ。

「それで、光江さんに見てもらいたいものがあって。ちょっと待ってて下さい」

事務所のほうに駆けていく彼を、光江はあっけにとられて見送った。見てもらいたいもの？桜田の話しぶりからして、それは島と縁《ゆかり》のあるなにかに違いない。写真？それとも、特産物や民芸品のようなものだろうか？

でも、そんなに長く考えこむ必要はなかった。桜田はすぐに戻ってきたからだ。彼の手もとをひとめ見て、光江はますますあっけにとられた。

古ぼけたスケッチブックだった。表紙の隅に、筆記体のアルファベットで持ち主の名前が書いてある。その名にも、筆跡にも、光江は覚えがあった。

「これを預かってきました。レオニダスさんのご家族から」

桜田は以前、ギリシャのアテネ市街にあるレストランで働いていたそうだ。そこの厨房《ちゅうぼう》で親しくなった同僚が、ヒオス島の出身だった。ひさしぶりに連絡をとってみたら、現在は故郷に戻って家業を継いでいるから遊びに来いと誘われ、彼の住む村を訪ねたのだという。

そこは観光地でもなんでもない、ひなびた農村だった。仕事を終えた後、村に一軒きりの酒場で一杯ひっかけるのが友人の日課で、桜田もついていった。

店に入るなり、ほろ酔いの村人たちに取り囲まれ、質問攻めに遭った。桜田はさほど驚かなかった。経験上、こういうヨーロッパの片田舎でアジア人が珍しがられるのは承知していた。日本人だと答えると、「お前はヤマモトの友達か?」「サトウは知ってるだろ?」などと、何年も前にそこへ立ち寄ったらしい、もの好きな旅行者の名前を聞かされることもあった。

滞在中、桜田は友人とともに毎晩その店へ通った。気のいい常連客たちとも仲よくなった。村を離れる前夜には、餞別《せんべつ》がわりに、と皆が次々に酒をおごってくれて、ささやかな送別会のようになった。酔った男たちが肩を組んで合唱したり、その歌に合わせて踊り出したりして、いつにも増してにぎやかだった。

新たな客がやってきたのは、宴《えん》もたけなわという頃合だった。

五十代くらいの、白髪まじりの中年女性だった。化粧っ気がなく簡素な服装で、特に目立つ風貌でもないが、酔っぱらった男性客ばかりの店では浮いていた。彼女はおずおずと店内を見回し、桜田をみとめると、まっすぐに近づいてきた。

そして、なんの前置きもなく言った。

「あなたは、ショードシマを、知っていますか?」

一語ずつ区切るような、たどたどしい英語だった。イエス、と桜田が答えると、彼女の顔はぱっと明るくなった。

「わたしの叔父が、昔、ショードシマにいたのです」

しかし、彼女の英語力は、そこまでが限界のようだった。彼女は救いを求めるように、桜田の隣にいた友人にギリシャ語で話しかけた。

彼が早口でなにごとか聞き返し、彼女は身ぶり手ぶりをまじえて答える。会話はなにやら白熱しているようだけれど、桜田にとってはちんぷんかんぷんだった。ひとしきり話が終わってから、友人に英語で解説してもらった。

「その女性の叔父さんは、長く日本に赴任していたそうです」

桜田に言われるまでもなく、それが誰のことかは光江にもわかっていた。

「でも、四十代の終わりに重い病気にかかって、ギリシャに舞い戻ってきたらしくて」

「病気？　レオが？」

思わず、口を挟む。レオ本人も、また森嶋も、病気だなんてひとことも言っていなかった。

「叔父さんは余命一、二年と宣告されて、仕事を辞めて療養することにしたんです」

桜田が気の毒そうに言った。

「両親はすでに亡くなって、実家の農園は長男が継いでいました。それが彼女のお父さんです。病気の弟をひとりぼっちで放っておくのは心配で、家に呼び寄せたそうです」

「ちょっと待って。レオの奥さんは？」

いよいよ混乱し、光江はまた割って入った。

「彼は独身でした。だからお兄さんは、自分たち家族で最期《さいご》を看《み》とってあげたかったんです」

絶句している光江に向かって、桜田は話し続ける。

外国帰りの叔父の、どこか謎めいた雰囲気は、幼い姪《めい》の子どもらしい好奇心を刺激した。病人のじゃまをしないように両親からは言い含められていたけれど、彼女はたびたび病室をこっそりのぞいた。寡黙な叔父は、病状が悪くなるにつれ一段と無口になっていたが、姪にせがまれればとりとめもない思い出話をしてくれた。遠い異国の物語に、彼女はたちまちひきこまれた。中でも印象深かったのは、小豆島の別荘のことと、叔父がそこでともに過ごしたという年若い恋人のことだった。現地で叔父が描いた絵も見せてもらった。

「どうぞ」

と桜田にうながされ、光江は震える手でスケッチブックを開いた。海、庭、オリーブの木、何ページかにわたって風景画が続いた後、ほっそりとした女の横顔が現れた。

若い自分の肖像を、光江は呆然《ぼうぜん》と見つめた。

「面影、ありますね」

桜田も感心したように、光江とスケッチブックを見比べている。

「この絵を彼女に見せたかった、と叔父さんは残念そうに言ったそうです」

レオの死後、姪は叔父の遺志を両親にも伝え、スケッチブックを日本へ送ろうと提案したらしい。ところがおとなたちは難色を示した。彼は日本を去るにあたり、別荘を処分してしまっている。その恋人の所在ももはやわからない。言葉も通じない東洋の国で、見知らぬ日本人を捜し出すなんてとうてい不可能だ。そもそも彼女の名前すら教えてもらっていなかったことに遅ればせながら気づき、姪は愕然《がくぜん》とした。

「自分も子どもだったから、あきらめるしかなかった。だけどずっと気になってた、って彼女は言ってました」

それで、村に日本人が滞在していると聞きつけ、わざわざ会いにきたのだった。

「で、なにか手伝いましょうかって言っちゃったんですよ、おれ。聞いてるうちに、なんか、じんときちゃって。酔ってたせいもあるんですけど、これもなにかの縁だと思って」

桜田は小さく笑い、真顔に戻った。

「あと、おれにもいるんです。もう何年も会ってないし、今どこでなにしてるかもわかんないけど、いつかもう一回会いたいひと」

そうか、と光江は思う。いろんな国を渡り歩いてきたというこの青年も、偶然の出会いと別れを繰り返してきたのだろう。

アテネでヒオスの若者と出会い、ヒオスでは叔父に小豆島の話を聞かされた姪と出会い、そして小豆島で、こうして光江を見つけ出してくれた。

「それで、とりあえず来てみたんですよ。国産オリーブにも前から興味はあったし」

桜田はまず、別荘の管理会社を訪ねた。五十年前、小豆島に別荘を持っていたギリシャ人は、何人もいないはずだ。誰かがなにかを覚えているかもしれない。

「そしたら、昔のことなら森嶋さんに聞くといい、って紹介してもらって」

桜田が光江の背後へ視線をすべらせた。森嶋がたばこを喫いながら、きまり悪そうに肩をすぼめてこちらをうかがっていた。

光江がくわえたたばこに、森嶋はライターで火をつけてくれた。自分も新たな一本を箱から出す。

「別に、だまそうとしたわけやないんですよ」

深々と煙を吐いてから、森嶋はおもむろに切り出した。

「レオさんはただ、光江さんに幸せになってもらいたかっただけで」

光江にも、今さらレオや森嶋を責めるつもりはなかった。レオよりもずいぶん長く生きてしまった今、彼の気持ちはよくわかる。

もしも病気のことを打ち明けられていたとしたら、光江は全力でレオを看病したはずだ。残されたわずかな時間、少しでも長くそばについていたいと願ったに違いない。仕事をはじめ、他のすべてを後回しにしてでも。

それは光江のためにならない、とレオは判断したのだ。若い恋人を希望のない闘病生活に巻きこむのも、弱っていく姿を見られるのも、避けたかったのだろう。それに、自分の死後、光江はひとりぼっちで残される。想《おも》いをひきずるかもしれないし、絶望のあまり気力を失ってしまうかもしれない。

彼のことを一刻も早く忘れ去り、新しい未来に目を向ける、それが光江にとって最善だとレオは信じた。だから、すみやかに光江の前から消えた。

妻がいる、とうそまでついて。

「さすがにやりすぎですよって僕はとめたんやけど。あのミツのことだから、そのくらいしないと納得しませんよ、ってレオさんが」

確かに、ああでも言われなければ、光江はあきらめきれなかった気がする。下手をしたら、ギリシャまで追いかけていったかもしれない。

「恨まれますよ、憎まれますよ、つらいですよっておどしたんですよ。そしたらレオさん、なんて言うたと思います？　大丈夫、ミツのためならどんなにつらくてもがまんできます、って。気障《きざ》ですよねえ？」

恨まれ、憎まれるように、レオは自ら仕組んだのだ。光江の心に未練を残さないための、いわば荒療治として。一時はこっぴどく傷ついたとしても、その後の回復は早いはずだと踏んだのだろう。

「そのくせ、別れ話の後はめちゃくちゃ落ちこんでね。ちょっと見てられませんでしたよ。暗い顔して、こうやって頭抱えて、ため息ばっかりついて」

おおげさな身ぶりをつけて、森嶋は言う。しょげ返っているレオの姿を想像し、光江はつい笑ってしまう。

「レオさんはそこまでして大芝居を打ったわけでしょ。だから正直、光江さんに桜田くんをひきあわせるべきか、迷いました。まあでも、そろそろ時効かなと」

そうだ、時効だ。だって、こうやって笑えるのだから。

レオも怒りはしないだろう。彼の望みどおり、レオがいなくなった世界を光江は生きのびた。仕事に精を出し、自店を開き、何人もの得意客に恵まれた。いくつか恋もした。一度だけ、うっかり結婚さえしかけた。

けれど、そのうちの誰ひとりとして、別荘に連れてきたことはない。その発想すらなかった。恋愛にのめりこんでいる間は、おのずと島から足が遠のいた。仕事に忙殺されて、なかなか行けない時期もあった。それでも、還暦を機に店をたたもうと決めたとき、まっさきに頭に浮かんだのは、オリーブに彩られたこの島の景色だった。

「それ、最後のページも見ました?」

森嶋に言われ、光江はたばこをもみ消した。片手に抱えていたスケッチブックをあらためて開く。

最後のページを埋めているのは、絵ではなく文字だった。大小の「光」という漢字が、いくつも記されている。

「ミツは僕の光です、ってレオさんは言うてました。僕が死んだらその光に導かれて、魂はこの島に戻ってくるでしょう、ってね。ほんとに気障やなぁ。日本人にはようまねできん」

ぎこちない線で書かれた字を、光江は指先でそっとなぞった。そうだったのか。レオの魂がここにいたのか。光江のことをずっと見守ってくれていたのか。

確かに、気配は感じる。ミツ、と呼ぶ声が聞こえる。近頃その頻度が増えてきたのは、光江もレオのいる場所に少しずつ近づいているからなのかもしれない。

「光江さん、森嶋さん」

ミクのはしゃいだ声に、光江は振り向いた。いつのまにやら、ふたりを除く全員がオリーブの木の下で輪になっていた。

「あいつら、なにしよるんや?」

森嶋が首をかしげる。

「おふたりも踊りませんか。桜田くんがギリシャのダンスを教えてくれるそうです」

高山がにこやかに言った。

涼しい風が、光江の頬をなでた。オリーブの大木が手を振るように枝を揺らしている。楽しげな踊りの輪に加わるために、光江は足を踏み出した。

トマトの約束

石川県小松《こまつ》市・須知《すち》トマトファーム

定刻を十分も過ぎたのに、飛行機はぴくりとも動かない。

左手の窓から、夏実《なつみ》は外をのぞいてみる。クレヨンで塗りつぶしたみたいな、のっぺりした灰色の地面に、朝日がさんさんと降り注いでいる。

滑走路が混みあっているため離陸が少々遅れる、とそっけない案内放送があったきり、追加の説明はない。こんなにだだっ広いのに、いったいどこが混みあっているんだろう。首をめぐらせ、機内を見回す。右隣の、スーツを着た会社員ふうの中年男性は、シートにもたれて目を閉じている。通路を挟んでさらに向こうでは、ふたり連れの若い女性客が小声でお喋《しやべ》りに興じている。その一列前に座った白髪の老紳士は、ぱらぱらと機内誌をめくっている。

誰ひとり、いらいらしたり、気が急《せ》いたりしている様子はない。

ひょっとして、定刻どおりに飛ばないことも珍しくないのだろうか。乗り慣れていないので勝手がわからない。

夏実が飛行機に乗ったのはこれまでに一度だけ、高校の修学旅行のときだった。もう十年以上も前の話だ。今は一人前のおとなになったはずなのに、こうしてなすすべもなく座っていると、高校生どころか無力な幼い子どもに戻ったかのような、心もとない気分になってくる。新幹線のほうが、よかっただろうか。小松から東京までの所要時間はそんなに変わらない。駅より空港のほうが家から近いし、じっと座っている時間が短くて快適だと竜太《りゅうた》にすすめられるまま空の便を選んだが、遅れるなんて聞いていない。

腰のシートベルトにはばまれながらも、夏実は背筋をうんと伸ばして前のほうをうかがった。機体の中央に三列、通路をへだててその両脇に二列ずつ、乗客の頭が等間隔に並んでいる。箱詰めにしたトマトみたいに。

もぞもぞしている気配を感じたのか、隣の客が薄目を開けて夏実を一瞥《いちべつ》した。ほんの十分待たされたくらいでそわそわして、気の短いやつだとあきれられただろうか。夏実は目をそらし、座席に深く座り直した。

誤解だ。夏実は決して短気ではない。どちらかといえば、のんびりしているほうだ。

あせらない、あせらない。亡くなった祖母は、なにかにつけてそう言っていた。気に入った歌の一節を口ずさむように、あるいは、とっておきの呪文を唱えるように、独特の節をつけて。そうして、その言葉どおり、どんなときでも泰然とかまえて動じなかった。生まれつきの性格ばかりでなく、農家という職業柄もあったのかもしれない。来る日も来る日も、作物の生長を辛抱強く見守る仕事だ。種をまいては芽が出るのを待ち、茎が伸び葉が増えるのを待つ。やがてちっぽけな実がつけば、だんだんふくらみ、色づいていくのをさらに待つ。

その血をひいた夏実も、待つのは苦手じゃない。今日のことだって、長い歳月をかけて実った結果だといえなくもない。でも、だからこそ、遅れるわけにはいかない。

不意に、機体ががくんと揺れた。

そこからは、ほとんど待たされなかった。ごうごうと音を立てて飛行機が走り出し、体が座席にぐっと押しつけられ、外の景色がななめに傾く。知らず知らず、夏実は膝にのせた両手をお祈りのかたちに組みあわせていた。

ふわりと浮きあがった飛行機は、光のさす上空へぐんぐん向かっていく。

飛行機が雲の上に出てまもなく、機内放送が入った。到着は定刻より十五分遅れるという。夏実はひとまず胸をなでおろした。十五分程度ならたぶん問題ない。当初の予定では、三十分以上も余裕をもって目的地に着くはずだった。空港から恵比寿《えびす》駅までの乗り継ぎ経路も調べてある。

かばんを探り、招待状のはがきを出す。桜田隼人《さくらだはやと》の店の住所と、簡単な地図も印刷されている。注意書きによれば、駅の東口から歩いて五分の距離らしい。

夏実が隼人と出会ったのは、小学二年生の新学期を目前にひかえた春休みのことだった。

当時、夏実はまだ金沢市に住んでいた。母と祖母と、女ばかりの三人暮らしだった。夏実の父が遺《のこ》した保険金と、祖母の年金と、それから直売所に卸すトマトの売上で、一家は生計を立てていた。

どっしりした瓦屋根の、昔ながらの一軒家の裏手に、二棟のビニールハウスが建っていた。家族が食べる分だけの野菜を育てている小さな畑もあった。夏実は幼い頃から母や祖母の後をくっついて回り、ビニールハウスで苗木の世話を手伝ったり、畑の草むしりでお小遣いをもらったりした。

おとなたちが忙しくてかまってもらえないときは、ひとりで庭中を探検した。ビニールハウスと畑以外はほぼ放ったらかしで、雑草がぼうぼうと茂り、子どもにとっては格好の遊び場だった。ツツジの花をちぎって蜜を吸ったり、どんぐりを拾い集めたり、繊細なレース編みのような蜘蛛《くも》の巣を眺めたり、飽きずに過ごせた。蝶々《ちょうちょう》やバッタを追いかけ、ミミズやダンゴムシを指先でつつき、木に登ってかしましい小鳥のさえずりに耳を傾けた。

中でも、母屋の傍らにそびえる欅《けやき》の大木を、夏実は気に入っていた。丈夫な枝にまたがり、なめらかな幹にもたれた楽な姿勢で、庭全体を見渡せる。日光を反射してちかちか光るビニールハウスの屋根も、四季折々の作物が育つ畑も、ぽかぽかと陽《ひ》あたりのいい縁側も。

それから、生垣をへだてた向こうの、隣の家も。

隣家は、この界隈では珍しく、数年ごとに住人が替わった。市の郊外に工場をかまえる大手の精密機器メーカーが、転勤者の住む社宅として借りあげていたのだ。夏実が物心ついて以降、小学生と中学生の兄弟がいる四人家族、中年の夫婦ふたり、両親と女子高生の三人家族、と変遷があった。三組とも感じのいいひとたちで、ご近所づきあいの面で支障はなかったけれども、同年代の子がいないのが夏実には物足りなかった。

引っ越しの挨拶にやってきた桜田家と玄関口で対面して、だから夏実の胸はときめいた。

実直そうな父親が菓子折りの袋を手にぶらさげ、小柄な母親は幼い娘を胸に抱いていた。黒目がちのつぶらな瞳といい、色白の肌といい、お人形みたいにかわいらしく、ピンク色のふわふわしたワンピースがよく似合っていた。そしてもうひとり、母親の陰に隠れるようにして、夏実と似たような背格好の子どもが立っていた。

おとなどうしが自己紹介をかわした後、菓子折りを受けとった夏実の祖母がたずねた。

「お子さんたち、おいくつ?」

それは夏実も聞きたいことだった。

「上がこの春から小学二年生で、下は二歳になったばっかりです」

「わたしも」

と夏実が言うと、桜田夫妻は顔をほころばせた。

「よかった。仲よくしてやって下さいね」

夏実は即座にうなずいたが、本人は相変わらず母親の後ろでもじもじしている。ハッちゃんもご挨拶しなさい、とうながされても、無言でうつむくばかりだ。内気な性格なのか、それとも、よその土地に来たばかりで人見知りしているのだろうか。妹と違って髪が短く、紺色のTシャツにジーンズという地味な格好ながら、ととのった目鼻だちは瓜《うり》ふたつだった。

翌日、夏実は朝から欅の木に登り、隣家の様子をうかがった。向こうの庭には畑もビニールハウスもなく、かわりに、伸び放題の芝生と空っぽの花壇がある。

夏実の願いが通じたのか、ほどなくして庭に子どもが出てきた。ハッちゃんと呼ばれていた上の子だった。

「ねえ、一緒に遊ぼうよ」

夏実は声を張りあげた。ハッちゃんはきょろきょろと左右を見回している。こっちこっち、と夏実は木の上から叫び、大きく手を振った。

「お母さんに聞いてくる」

ハッちゃんが答えた。必死にしぼり出したのだろう、かぼそい声が裏返っていた。夏実はいそいそと木から下りて、門の前で新しい友達を待った。

ハッちゃんは数分でやってきた。

「わたし、夏実。名前は?」

遥《はるか》、華恵《はなえ》、春奈《はるな》、「は」のつく友達の名前を思い浮かべて夏実はたずねた。

「隼人」

「ハヤト?」

男の子みたいな名前やね、と危うく言いかけたところで、やっと勘違いに気づいた。ちょっとびっくりしたものの、特に落胆はしなかった。友達ができるなら、性別はどちらでもかまわない。むしろ男の子のほうが気は合うかもしれない。夏実も人形遊びより虫捕りに興味がある。

夏実は隼人の腕をひっぱって、庭の隅々まで案内して回った。彼はもの珍しげにあたりを眺めてつぶやいた。

「いい庭だね」

やっぱり気が合う、と夏実は確信した。

羽田《はねだ》空港はすさまじく混んでいる。荷物を抱えて通路をゆきかう人々は、みんな歩くのがおそろしく速い。

到着出口を抜けた直後に、竜太から電話がかかってきた。

「夏実？　着いた？」

「うん、今さっき。飛行機がちょっと遅れちゃって」

「知っとる、空港のホームページで見た。で、乗り換えも調べ直してみたけど、ちゃんとまにあうから。京急《けいきゅう》で品川まで出て、山手線《やまのて》な」

「ありがとう、わざわざ」

「いいって。かわいい妹のためなら、おやすい御用」

台本を棒読みするかのような、うそくさい口調に、緊張が少しほぐれた。夏実もふざけて言い返す。

「さすが、お兄ちゃん。頼りになるなあ」

「いや、その呼びかたはやめてくれ。気持ち悪いわ」

一応、兄は兄である。誕生日は竜太のほうが三カ月早い。とはいえ同い年なので、義理の兄妹になるにあたり、互いに呼び捨てにしようとふたりで決めたのだった。

母が竜太の父親と再婚したのは、夏実たちが小学五年生のときだ。

義父のことは、おとうさんと呼んでいる。本人の希望だ。娘にそう呼ばれるのが夢だったらしい。両親が籍を入れたとき、おれは夏実ちゃんを本当の娘として育てる、せやからおれのことも本当の父親と思ってほしい、とかしこまって言い渡された。今にして思えば、思春期を迎えようとしている義理の娘とうまくやっていけるのか、不安もあっただろう。

当の夏実はといえば、比較的すんなりと「おとうさん」の存在を受け入れた。実の父の顔を遺影でしか知らない夏実にとって、その呼び名を使うのははじめてだったから、さほど違和感はなかった。おおらかで快活な義父のことを好もしく思ってもいた。祖母を亡くしてしばらくは特に、その明るさと包容力に救われた。

夏実が知らなかっただけで、母と義父はけっこう長くつきあっていたそうだ。ただ、それぞれの子どもたち、そして夏実の祖母のことを考えると、結婚にはなかなか踏みきれなかった。祖母もそれを察していたのだろう。息をひきとる間際に、今まであんやとね、これからは自由にやんまっし、土地にも家にも縛られんで、と母に言い残した。それから、横にいた夏実に向かって手招きした。あんたはいい子にして、お母さんを助けてあげまっしね。

祖母の遺言に、母も夏実も従った。葬儀から半年後、母は義父と入籍し、相続した土地を処分して小松市の須知《すち》家へ移り住んだ。夏実は文句を言わずについていった。

何年も後になって、義父もまた病床の祖母から遺言を託されていたのだと聞いた。病院へ見舞いに訪れたところ、うちの娘と孫をくれぐれもよろしく、と頼まれたという。自らの死が近いと悟りながらも、冷静に未来を見据えて周到に土を耕しておくなんて、いかにも祖母らしい。あんたんとこのトマトはまああやさけ信用すっかなって言われたんや、と義父はしんみりと語っていた。

「じゃあな。がんばれよ」

竜太が言う。

「がんばれって、別にわたしはごはん食べるだけで……」

「隼人くんによろしくな」

思わせぶりな含み笑いとともに、電話は切れた。夏実は携帯電話をかばんに押しこんで、雑踏の中を歩き出した。


先月、隼人が突然うちを訪ねてきたとき、まず応対したのは竜太だった。

夏実はビニールハウスの中で、トマトをもいでいた。須知トマトファームでは、五月から七月にかけて出荷する春トマトの収穫がはじまったばかりだった。

「夏実、お客さん」

竜太がハウスの入口からひょっこり顔をのぞかせ、すぐにひっこんだ。

「お客さん?」

心あたりはなかった。近所の知りあいだろうか。夏実は首に巻いたタオルで額の汗を拭い、外へ出た。作業着姿で化粧もろくにしていないが、いつものことなので気にしなかった。

ハウスの傍らで竜太と立ち話をしている相手の横顔に、見覚えはなかった。長身で、白いポロシャツに年季の入ったジーンズをはいている。夏実や竜太と同年代だろうか。日焼けした肌といい、ひきしまった体つきといい、同業者かもしれない。

いやな予感がした。

おととし、夏実が五年もつきあっていた恋人と別れて以来、義父はことあるごとに未婚の男性を紹介してくるようになったのだ。あまりにしつこいので、そんなにわたしを追い出したいん、と冗談めかして抗議してみたら、なんてこと言うんや、と心外そうに嘆かれた。そりゃあおとうさんもさびしいよ、せやけど夏実ちゃんには幸せになってほしい、おばあちゃんにも申し訳が立たんわ、とくどくどと訴えてくる。夏実ちゃんを一生うちのビニールハウスに閉じこめとくわけにはいかんやろう。

夏実自身には、閉じこめられている意識はまったくない。友達の結婚や出産の話を聞いて、自分はこのままでいいのかと不安になるときはあるし、世間一般の感覚では、あせってしかるべき年頃だという自覚もある。反面、今さら知らない相手と一から恋愛をはじめるなんて、なんだか面倒で気が進まない。

閉口している夏実を見かねたのか、母も義父をたしなめてくれたようだった。ここ最近はましになってきたのでゆだんしていたが、まだあきらめたわけではなかったのだろうか。

「おう、夏実」

竜太が片手を上げた。隣の男も、こちらに顔を向けた。

「ひさしぶり」

なつかしげに言われて夏実は面食らった。低いわりによく通る声にも、聞き覚えはない。もう一度、彼の顔をよく見てみる。向こうも夏実をまじまじと見つめ返してくる。

そこで、夏実は息をのんだ。

「長いこと会うとらんかったんけ?」

竜太にたずねられ、うなずいた。声がのどにつかえて出てこなかった。夏実にかわって、隼人が答えた。

「小二のとき以来だから……ええと、二十二年ぶり?」


あの頃は、毎日のようにふたりで遊んだ。

夏実がこよなく愛する広々とした庭を、隼人も気に入った。もっとも最初のうちは、カマキリやトカゲに出くわすたびにびくびくして後ずさり、欅の木に登るときも腰がひけていた。都会の子はこんなものか、と夏実は半ばあきれ、半ば気の毒にも感じていたが、一週間ばかりで隼人はすっかり庭になじんだ。

この新しい友達が、臆病なわけでもひ弱なわけでもないことを、夏実もそのときにはすでに理解していた。ただ慎重なだけだ。虫でも猫でも草花でも、なにかをさわるときにためらいがちな手つきになるのは、小さな生きものたちをこわがっているせいではなく、傷つけるのをおそれているからだった。

見慣れないものは用心深く観察し、大丈夫だと判断すれば潔く受け入れる、その姿勢は小学校でも変わらず、隼人は教室にも無理なく溶けこんだ。好奇の目を向けていたクラスメイトたちも、まもなくおとなしい転校生にかまわなくなった。本人は肩の荷が下りたふうだったし、夏実もひそかにほっとした。学校では無口な隼人が、ふたりでいるときにはそれなりに喋ってくれるのが、うれしかった。

ビニールハウスで育てているトマトにも、隼人は関心を示した。初夏に定植され、みるみる育っていくトマトの苗木を見て回るのが、夏実たちの日課になった。パトロール、とふたりの間では呼んでいた。葉がしおれていたり、茎の色が変わっていたり、異変を発見すれば、ただちに祖母や母に報告した。受粉のために放たれた、黄色い花の間を休みなく飛びかうマルハナバチにも、隼人はじきに慣れた。

パトロールの後は、ハウスの隅っこに座っていろんな話をした。

隼人の父親は工場の生産工程を管理する技師で、全国の製造拠点を転々としているという。金沢よりもっと小さな町で暮らしていたこともあると聞いて、夏実は少し意外だった。隼人の標準語が板についているのは、都会で育ったためではなく、東京出身の両親の影響らしい。はるか遠くの見知らぬ土地の話を隼人から聞くのが、夏実は好きだった。勤勉なマルハナバチの羽音がかすかに響く、閉ざされ守られたハウスの中で、未知の風景に想《おも》いをはせた。夏実自身は生まれてこのかた、金沢市内から出たことすらなかった。

「いいね、いろんなところに行けて」

一度、なにげなく言ってみたことがある。

「ひとつの場所に長いこと住むほうがいいよ」

いつになく強い口調で、隼人は否定した。

「僕のおじいちゃんとおばあちゃんもそうなんだ。もう何十年も、同じ家に住んでる」

「ふうん。どこなん?」

「東京の恵比寿」

変な名前だな、と夏実は思った。外国の地名みたいだ。

「洋食屋さんなんだ。常連のお客さんもいっぱいいる。そのひとたちも、何十年も通ってくれてるんだよ」

日頃はひかえめな隼人らしくもない、得意そうな口ぶりだった。表情をひきしめ、夏実の目をのぞきこむ。

「僕も将来はコックになりたいんだ」

重大な秘密を告げるかのような、厳かな声音《こわね》だった。

「いいと思う」

夏実もつられて神妙に応えた。隼人は手先が器用だから、料理も上手そうだ。

「夏実ちゃんは? 将来、なにになりたい?」

すぐには答えられなかった。幼稚園の頃はお姫様になりたかったし、オリンピックのテレビ中継を観《み》て女子サッカー選手にあこがれたこともある。でも、隼人が求めているのはそんな返事ではないだろう。

真剣なまなざしから逃れるように、夏実は視線をすべらせた。隼人の肩越しに、整然と並ぶトマトの苗木が目に入った。重なりあった葉の間から、大小の赤や緑の実がのぞいている。

「わたしは、ここでトマト作っとるかなあ」

「ほんと？」

隼人が目を輝かせた。

「じゃあ、いつか僕がレストランを開いたら、夏実ちゃんのトマトを使わせてくれる？」

夏休みに収穫を手伝い、真っ赤に完熟したもぎたての実を味わって以来、隼人は大のトマト好きになっていた。こんなにおいしいトマトは人生ではじめて食べた、と七歳児らしからぬ大仰な物言いで絶賛し、祖母たちを喜ばせた。

トマトは栽培する人間の個性が出やすい作物だといわれる。同じ品種でも、よその農家のものはどこか違う。人柄を映すんやよ、と祖母はもっともらしく教えてくれた。子どもが親を映すのとおんなじ。愛情と手間をたっぷりかけてやれば、それに応えて立派に育つぞいね。

「いいよ」

夏実は答えた。大きく見開かれていた隼人の目が、ふっと細まった。

「やった。約束な」

コック志望というだけあって、隼人はなかなか研究熱心だった。一時期は、トマトにかけるドレッシングの試作に凝っていた。塩、こしょう、酢、しょうゆ、マヨネーズやサラダオイルも材料になった。庭の片隅に生えているパセリやバジルも刻んで加えると、ぐっとそれらしくなった。母親から教わったと言って、トマトステーキを作ってくれたこともある。実を厚めの輪切りにして、フライパンで焼くのだ。夏実の家では、トマトは生か、そうでなければつぶして煮こんだソースとして食べていたから、斬新だった。

収穫の季節が終わった後、隼人はしきりにさびしがっていた。

「あのトマトはもう食べられないんだね」

「また来年があるよ」

夏実は慰めた。まさか来年がないなんて、想像してもみなかったから。

春先に、隼人の父親の転勤が急に決まった。収穫はおろか、新年度の定植も待たずに、桜田家は引っ越していった。別れ際、隼人ははじめて会った日と同じように、ひとことも喋らずに下を向いていた。夏実も涙が出そうだったけれど、かろうじてこらえた。隼人をよけいに悲しませてしまう。

隼人たちを乗せた車が走り去った後、夏実はがらんどうのビニールハウスに駆けこんで、ひとしきり泣いた。


二十二年ぶりの再会で立ち話もなんなので、家に上がってもらうことにした。夏実はできれば隼人とふたりで話したかったが、竜太も当然のようについてきた。

「夏実の同級生ってことは、おれとも同い年か。おれは竜太、須知竜太。よろしくな」

ひとなつこく隼人に笑いかける。竜太はいつもこの調子だ。初対面の相手とも、あっというまに仲よくなってしまう。

お茶を淹《い》れて、三人で居間のちゃぶ台を囲んだ。

「背、伸びたね」

夏実が言うと、隼人ははにかんだように笑った。

「昔の知りあいには、よく言われる」

遠慮がちな笑顔は変わっていない。子どもの頃は背が低くてやせっぽちだったんです、と隼人は竜太に補足してから、夏実に向かって言い添えた。

「夏実ちゃんは、変わらないね」

ほとんどすっぴんだったと遅ればせながら思い出し、夏実は急いで顔をふせた。

「どうしてここがわかったん？」

話題を変えがてら、質問してみる。隼人がかばんをごそごそと探って薄い冊子を出した。

「これを、石川県のアンテナショップでもらって」

小松産トマトの認知度を上げるべく、県が作ったパンフレットだった。小松市は北陸三県で随一のトマト産地なのだ。栽培の歴史や最新の取り組み、トマトを使ったレシピなどにまじって、市内の農家を紹介するページもある。

真っ赤なトマトを顔の左右にかかげて笑う〈須知夏実（須知トマトファーム）〉の小さな写真は、ページの中ほどに載っている。夏実は気乗りしなかったが、若い女の子のほうが写真映えするから、と義父に頼みこまれ、しぶしぶ承諾したのだ。

「アンテナショップって、銀座の？」

竜太が口を挟んだ。

「はい」

アンテナショップとは、自治体が地元の特産品や観光情報を広めるために、大都市圏で運営している店舗のことである。ここ数年、うちのトマトも出荷している。小松市内でも有数の規模を誇るトマト農家の跡取り息子として、新たな試みにもどんどん挑戦していきたいというのが竜太の考えだ。東京の直販イベントに出店したり、ドライトマトやジュースといった加工品を企画したり、販路の開拓にも積極的に取り組んでいる。

「わたしが載ってて、びっくりした?」

今度は夏実が質問した。うれしかった? と聞く勇気はなかった。

「びっくりしたけど……なんか、納得した。昔、言ってたとおりになったなって」

「言ってたとおり?」

「覚えてない? 将来なにになるかって話、したでしょ」

「ああ。そういえばわたし、トマト作るって言ってたね」

うなずいた夏実に、隼人はにっこりした。

「おれはコックになったよ。この夏に、自分の店を開くんだ」

夏実は思わず身を乗り出した。

「そうなんや? おめでとう!」

「オーナーシェフか。すげえな」

竜太も感心している。

「ありがとうございます」

隼人が微笑《ほほえ》み、それから真顔に戻った。

「夏実ちゃん、あの約束も覚えてる？」

ひたむきな表情に、かつての色白でほっそりとした少年の面影が重なった。夏実の耳もとで、マルハナバチの羽音がぶんぶんと響いた。

いつか僕がレストランを開いたら――。

「実は、こないだネットで須知さんのトマトを取り寄せたんです」

ぼんやりしている夏実と、きょとんとしている竜太を交互に見て、隼人は居ずまいを正した。

「ほんとに？　どうやった？」

竜太が勢いこんで聞く。一般消費者に向けたインターネット通販も、竜太の発案だ。

「すごくおいしかったです。東京のスーパーで売ってるトマトとは、全然違った」

「やろ？　完熟ぎりぎりまで待って収穫するから、糖度が高いんや」

「それで、ひとつお願いがあるんです」

隼人が畳に両手をついた。

「もしよかったら、ここのトマトをうちの店にも卸してもらえませんか」

ちょっと待ってて、親父《おやじ》も呼んでくる、と言い残して、竜太はばたばたと居間を出ていった。

急に静かになった部屋で、隼人がぼそりと言った。

「まだ信じられないな。ほんとに夏実ちゃんに会えたなんて」

「わたしもだよ」

桜田家が金沢を離れた後も、何年か手紙のやりとりは続いていた。

隼人の父親はまず東京本社に戻り、次いで九州へ、さらにチェコへと転勤になった。カラフルな切手がたくさん貼られたクリスマスカードを、夏実は今も大切に保管している。そこには、年明けには中国に引っ越すのでまた手紙を書きます、と記されていた。

夏実は夏実で、小松市への引っ越しをひかえていたが、返事ではあえてその話にはふれなかった。ふれるとしたら、祖母の死や、ふたりで遊んだ庭やビニールハウスを手放すということまで書かなければならない。隠すつもりはなかったけれど、知らせるのはもう少し先でもいい気がした。どのみち、次の手紙は新居から出すことになる。

ところが、それきり隼人からの手紙はとだえた。

一年ほど、夏実はひたすら待っていた。隼人は引っ越したばかりで忙しくて、それどころではないのだろう。一段落ついたらきっと手紙をくれる。金沢の古い住所に宛《あ》てて送ったとしても、小松へ転送されてくるので問題ないはずだ。

「手紙、待ってたのに」

夏実は冗談めかして言ってみた。

「えっ?」

隼人が妙な声を出す。

「おれもだよ。返事がないから、結局あきらめた」

「うそ？　いつ？　わたしが最後にもらった手紙は、チェコからやったよ」

「チェコ？　中国からも出したけど？」

「それ、届いてない」

どちらからともなく、顔を見あわせた。

「どっかで行方不明になったのかな？　ものすごい田舎だったから。国際郵便の送りかた、郵便局でもいまいちわかってないっぽかったし」

ごめんな、と謝られて、夏実は首を振った。隼人は手紙を書くのが面倒になったわけでも、夏実の存在を忘れてしまったわけでもなかった、そうわかっただけで十分だ。

夏実が口を開きかけたとき、竜太が部屋に戻ってきた。

「ごめん、お待たせ」

後ろから義父も入ってくる。

トマトの取引について細かい条件を決め、隼人のレストランの話も少し聞いた。イタリア料理とスペイン料理とポルトガル料理を足して三で割ったような、と言われても夏実たちにはぴんとこなかったが、とにかく南欧ふうの料理を出すという。これまた父親の仕事の都合で、中学から高校にかけて、隼人はそのあたりに住んでいたらしい。卒業後も現地に残り、数年間の修業を積んで帰国した。この春までは都内のホテルの厨房《ちゅうぼう》に勤めていたそうだ。

「向こうの料理人って、地元の食材を大事にするんですよ。で、おれも国産の素材を活《い》かしてやってみたいなって思うようになって。トマトは、子どもの頃の思い出もあるし、こっちのを使いたかったんです」

それで、石川県のアンテナショップをのぞいたらしい。店頭で相談してみたところ、小松産はどうかとすすめられ、件《くだん》のパンフレットを渡された。

「うちのを選んでもらえて光栄や。どんな料理になるんか、すげえ楽しみ」

竜太がうきうきと言う。義父と夏実もうなずいた。

「ぜひ、店にいらして下さい。そうだ、来月、開店記念のパーティーをやるんです。関係者を招く予定なので、もしよかったら……」

うれしそうに言いかけて、隼人は途中で口ごもった。

「でも、遠いですよね。わざわざ来てもらうのは申し訳ないな。また東京に用事があるときにでも、ついでに寄って下さい」

「いいや、せっかくやからうかがいますよ」

義父が答えた。

「夏実ちゃん、行ってきなさい」

「え、でも、六月は収穫が」

「一日や二日、なんとかなる。いつもがんばってくれとるし、たまには息抜きせんと」

「じゃあ、一応招待状を送ります」

隼人は恐縮した様子で三人を見比べた。

「だけど、くれぐれも無理しないで下さいね」


翌週、今度はむろん行方不明になることもなく、隼人から招待状が送られてきた。宛先は竜太と夏実の連名になっていた。

楽しみやな、どんな服で行こうか、とふたりで話していたら、義父から横やりが入った。

「竜太は行くな。夏実ちゃん、ひとりで行きま」

「え、なんで？　おれも招待されとるのに」

竜太が不服そうに言った。

「鈍いやつやな、お前は」

義父はあきれたように首を振った。

「へ？」

「桜田くんは夏実ちゃんの、ほら、アレなんやろう？　二十年以上ぶりにやっと会えたんやぞ？　運命の再会ってやっちゃわ」

竜太も、そして夏実も、目をまるくした。隣で聞いていた母が眉を下げ、夏実に向かって手を合わせた。

夏実の行く末を憂う義父に、あの子には昔からずっと忘れられん男の子がおるんよ、と母は諭したらしい。だから本人がその気になるまではそっとしといたげて、と。

「別にそういうわけでもないんやけど……」

夏実にとって、隼人が特別な存在だったことは間違いない。とはいえ、ずっと忘れられない、というのはおおげさすぎる。いくら気が長い夏実でも二十年は待てない。現に、いくつか恋もした。

「えっ、ほんなら遠距離恋愛になるってこと？　まさか夏実も東京に行ってまうんか？」

「さびしくなるなあ。でも、夏実ちゃんが幸せになってくれるのがなによりや」

父子は勝手に盛りあがっている。農園の経営方針や農法について、意見が割れて激しい口論になることもあるけれど、ひとたび団結すると強いのだ。

「ふたりとも、気が早すぎるんやない？」

母が苦笑まじりになだめても、ちっとも聞いていない。想像力が豊かすぎるのは、須知家の血筋なのだろうか。想像というより妄想である。あまりに話が飛躍しすぎていて、どこから訂正すべきかもわからない。

「夏実、おれたちのことも忘れんとってくれよ」

竜太が芝居がかったしぐさで両手を合わせる。

「まあ、しかたないか。うちのことより、女の幸せが大事やもんな」

「ちょっと、勝手に話を作らんとってよ」

夏実もさすがに反論した。そもそも、隼人のほうの事情も完全に無視している。年齢を考えたら、妻や、下手をすれば子どもがいてもおかしくない。そうでなくても恋人がいるかもしれない。

「いや、夏実ちゃんが東京に行ったら行ったで、やってもらえることはいろいろある」

義父がしたり顔で口を挟んだ。

「隼人くんのレストランが繁盛すれば、それだけ大勢のお客さんにうちのトマトを食べてもらえるやろう？　人脈も広がるしな。夏実ちゃんには、須知トマトファームの宣伝部長になってもらえばいい」

「そっか、なるほど。親父、頭いいな」

「竜太、お前もよく言っとるやろ。野菜を作ればそれでおしまいってわけやない。誰かに食べてもらうところまで含めて、農業や」

「ねえ、ちょっと待ってってば」

夏実は再び割って入った。

「わたしたち、先週ひさしぶりに会ったばっかりなんよ。まだなんにも……」

「わかってる。大事なのはこれからや」

義父がもったいぶった調子で、夏実の肩に手を置いた。

「おれ、今回は留守番するわ」

竜太がしおらしくうなずく。まじめくさった顔つきが、父子でそっくりだ。

「そんなこと言わんと、竜太も一緒に行こうよ。ひとりじゃ緊張するし、さびしいよ」

どんなに誘っても、竜太は頑として聞く耳を持たなかった。夏実はしかたなく、出欠を知らせる返信はがきに、ひとりで行きますとだけ書いて送った。こんな事情を隼人に伝えるわけにもいかない。

レストランに到着したのは、開始時刻ぎりぎりだった。

駅には早めに着いたのに、地図を読み違えてしまったのだ。道路が放射状に広がっていて、方向がつかみづらい。道をたずねようにも、すれ違う人々は皆おしゃれすぎて声をかけにくかった。

結婚式のとき専用の、ヒールの高いパンプスのせいで、足がずきずきと痛む。同じく結婚式で活躍している赤い半袖のワンピースも、膝のあたりがすうすうして落ち着かない。うろうろしているうちに汗もかいてしまった。せっかく気合を入れて化粧をしたのに、くずれていないだろうか。前回会ったときも素顔同然だったから、今さら気にしても遅いか。

慣れていないのは、服装や化粧ばかりではない。知らない場所に出向くのも、地図とにらめっこするのも、夏実にとってはものすごくひさしぶりだ。小松では、出かける先はだいたい決まっているし、車で移動するのでカーナビに頼れる。

社交的な竜太には、夏実もたまにはハウスの外に出ろ、とよく説教される。青年部の寄りあいだの、学生時代の仲間との飲み会だのに、ひっぱり出されることもある。引っ越してきたばかりの頃、知りあいのいない夏実を気遣い、なにかと友達の輪に入れてくれた名残《なごり》もあるのだろう。今となっては、夏実にも地元の友人知人ができ、近隣の農家とも交流があって、特段たいくつしているわけではないのだが。

ＳＡＫＵＲＡＤＡと書かれた小さな看板を細い路地の先に見つけ、夏実は安堵《あんど》の息をもらした。

古そうだが趣のある、石造りの建物だった。洋食屋を営んでいた祖父母の引退を機に、店舗を譲り受けたらしい。もっと庶民的な店がまえを想像していたけれど、思いのほか瀟洒《しょうしゃ》だ。

夏実が入口に近づくと、重たそうな木製のドアが内側からさっと開いた。

「いらっしゃいませ」

一瞬、隼人かと思ったが、違った。ドアをおさえてくれている若者の顔つきは、まだあどけない。二十歳そこそこか、ひょっとしたら十代かもしれない。黒縁のめがねをかけ、色白でひょろりとやせている。

「須知様ですね」

なぜ即座に名前を言いあてられたのか、店内に目をやって腑《ふ》に落ちた。六つのテーブルは、すでに壁際のひとつを残してすべて埋まっていた。半分が四人席、残りがふたり席だ。小学生くらいの子どもを連れた両親もいれば、白髪の老夫婦もいる。

「こちらへどうぞ」

空席まで案内してもらい、腰を下ろした。純白のテーブルクロスの上に、グラスと食器がひとそろい並んでいる。中央の大皿には、クロスと同じ真っ白なナプキンと、メニュウの印刷された紙が置いてある。

店の内装も、白を基調に統一されている。おもての道に面した窓から陽ざしがさしこみ、店内は明るい。他のテーブルではにぎやかに会話がはずんでいる。

話し相手のいない夏実は、手持ちぶさたに周囲をうかがった。隣のテーブルには、四十代くらいの、夫婦と思《おぼ》しき男女が座っている。夫はゆったりした半袖のシャツとジーンズを身につけ、妻は五分袖の黒いTシャツに、リゾートふうの、ぞろりと長いオレンジ色のスカートを合わせている。

よく見たら、彼らに限らず、客たちは皆わりと軽装だった。それでいてどこか優雅であか抜けているのは、やはり東京だからだろうか。

にわかに気恥ずかしくなって、夏実は顔をふせた。結婚式用のワンピースは場違いだったかもしれない。はりきりすぎて田舎くさいと思われていたらどうしよう。でも夏実には、ジーンズやTシャツを彼らのようには着こなせない。周りが盛装なのにひとりだけみすぼらしい格好をしているよりはましだ、と自分で自分に言い聞かせる。

うつむいたまま、メニュウに目を落とした。アミューズ、冷前菜と温前菜、魚料理、肉料理にデザート。うちのトマトはどの料理に使われているのだろう。

そのとき、後ろのほうで、誰かがはずんだ声を上げた。

「あ、桜田さん。おめでとう」

救われた気分で、夏実は振り向いた。隼人とひとことでも言葉をかわしたかった。せめて姿だけでも見たかった。そうすれば、所在なさも少しは薄れる気がした。

しかし、そこにいたのは隼人ではなかった。

「今日はお越しいただいて、ありがとうございます」

四人テーブルの客たちとにこやかに談笑している「桜田さん」は、若い女性だった。二十代半ばくらいだろうか、きれいなひとだ。白いシャツに黒いスカート姿で、腰には黒いエプロンを巻いている。

とっさに、夏実は正面に向き直った。

最初に考えたのは、義父ががっかりするだろうな、ということだった。おそらく竜太も、そして母も。

夏実自身はといえば、そうでもない。がっかりというより、やっぱり、と思っている。少しも期待していなかったといえばうそになるけれども、なんとなく、こうなることを心のどこかで覚悟していた気もする。

義父たちも、もしこの場に来ていたとしたら、納得するしかなかっただろう。だって彼女は、この店に――また隼人にも――見るからにお似合いなのだから。

「皆様、お待たせしました」

ほがらかな声が耳に届き、夏実は顔を上げた。

店の奥、厨房に通じるのだろう扉の前に、真っ白なコックコートを着た隼人が立っていた。客席のざわめきがたちまち静まった。

「今日はお集まりいただき、ありがとうございます。オープンにあたって、お世話になっている皆さんをお招きして、ささやかなパーティーを開かせていただくことになりました」

堂々とした話しぶりだった。

母親のスカートの陰で縮こまっていた頃とは、まるで別人みたいだ。大きくなったなあ、と夏実は親戚のおばさんじみた感想を抱く。友達の結婚式で、雛壇《ひなだん》の上ですましている花嫁をあおぎ見るときの心境とも、どこか似ている。

「ごぞんじのとおり、僕は子どもの頃からいろいろな土地で暮らしてきました。その経験が料理にも反映されています」

不意にまた、胸の片隅がちくりと痛んだ。

みごとに夢を実現した幼なじみを祝福したい気持ちは、もちろんある。立派に成長した姿は感慨深い。ただ、あまりにみごとすぎて、あまりに立派すぎて、少しさびしい。

二十二年ぶりに再会を果たし、隼人が戻ってきてくれたと夏実は感じたけれど、よく考えたら彼は相変わらず手の届かない場所にいる。料理人とトマト農家、ふたりとも話していたとおりになったと隼人は喜んでいたが、次元が違う。夏実は夢をかなえたわけではない。隼人が目標に向かって着実に突き進んでいる間、強い意志もなく特別な努力もせず、なんとなく流れに身を任せて漫然と年を重ねてきた。

夏実だってトマトは好きだ。農作業もきらいじゃないし、ハウスの中にいると妙に気持ちが安らぐ。でも、たとえば竜太のように、人生をかけてトマトを作ると衒《てら》いもなく言いきれる情熱も、これが天職だと胸を張れる信念もない。

「それぞれの街でかけがえのない出会いがありました。一方で、最終的にこうして自分の場所を持てたことを、心からうれしく思います」

ひとつの場所に長いこと住むほうがいいよ。まだ声変わりもしていなかった幼い隼人のつぶやきが、夏実の耳によみがえる。どこかに根を下ろしたいと願った少年は、何年もかけてこの店にたどり着いたのだ。

夏実の祖母は金沢に根づいていた。母は小松に根づいた。義父にしても竜太にしても、小松から離れるつもりはないに違いない。

急に、心細くなってくる。流れに身を任せてきたわたしは、いったいどこに根づけばいい？

「一品一品、心をこめて作ります。どうぞごゆっくりお楽しみ下さい」

隼人が一礼し、拍手が起きた。夏実もわれに返って手をたたく。一瞬だけ、隼人と目が合った。

屈託なく微笑みかけられて、はっとした。

記念すべきこの日に、せっかく招いてもらったのに、気を散らしている場合じゃない。夏実なりにせいいっぱい祝おう。いじいじと卑屈に考えこむのはやめて、隼人の料理を味わおう。

あらためて決意するまでもなく、ひとたび食事がはじまると、よけいな考えごとをしているひまはなくなった。一皿一皿、順に運ばれてくる料理はどれもおいしくて、夏実は夢中で食べ進めた。

最も印象的だったのは、冷前菜の、季節野菜のサラダだ。入口で出迎えてくれた年若いウェイターが、大きなガラスの皿をしずしずと運んできた。さまざまな野菜がこんもりと盛られ、その山のてっぺんに、くし形に切られた真っ赤なトマトが鎮座していた。

「なにこのトマト、甘っ」

隣のテーブルの会話が聞こえてきて、夏実は耳をそばだてた。

「ほんとだ。これはうまいなあ」

つい、頬がゆるんでしまった。考えてみれば、知らない誰かがうちのトマトを口にするところに居あわせるのははじめてだ。義父の言葉を思い出す。野菜を作ればそれでおしまいってわけやない、誰かに食べてもらうところまで含めて農業や。

夏実もフォークを手にとって、トマトをひときれ口に放りこんだ。ひんやりと冷たく、みずみずしい。

来てよかった。

今日はじめて、自然にそう思った。竜太の言葉を借りるなら、たまにはハウスの外に出てきて、よかった。おかげで、同じハウスから巣立ってきたわたしたちのトマトの、すばらしい晴れ姿を見られた。

「メニュウの裏に、本日の主な食材の産地を書いてあります。よかったらご覧下さい」

ウェイターに教えられ、ナイフの脇に置いていたメニュウを裏返してみた。紙いっぱいに描かれた日本地図の、北から南まで、あちこちに星印がついている。そのひとつひとつに小さな食材のイラストが添えられ、地名と生産者の名前が書き入れてある。

石川県にも、星がひとつついていた。ぷっくりとまるいトマトの絵の下に、須知トマトファーム（小松市）、と書かれている。よく見たら、すべての生産地から東京へ、細い点線の矢印が延びていた。

須知トマトファームとレストランSAKURADAは、トマトを通じてつながっているのだった。

夏実はフォークを持ち直した。しゃきしゃきと張りのあるレタスを咀嚼《そしゃく》する。ほくほくしたじゃがいもも、ぷりっと太ったアスパラガスも、びっくりするほど味が濃い。たっぷりとかけ回された濃厚なオリーブオイルの風味に、さわやかなレモンの酸味がからまり、素揚げの茄子《なす》とまろやかなチーズが絶妙なコクを加えている。

もう一度、メニュウの地図をじっくりと眺める。北海道から九州まで、日本各地からこの皿の上へはるばる集まってきた食材のそれぞれに、丹精こめて育てた作り手がいるのだ。手をかけ、慈しみ、送り出した誰かがいる。

この美しい一皿を、彼らにも見てもらいたい。

その後の献立にも、トマトは使われていた。鯛《たい》のハーブ蒸しの上には、細かいみじん切りを玉ねぎやセロリとあえ、ソースふうにかけてあった。豚のローストのつけあわせとして、トマトを含めた数種類の焼き野菜が添えられていた。

食後のコーヒーをすすりながら、夏実は店内を見回した。皆くつろいだ表情で、和やかに言葉をかわしている。

ひとりきりのテーブルでも、もう居心地は悪くなかった。同じ料理をともに堪能した周りの客たちに、親しみを覚える。ここにいるひとりひとりが、隼人の人生のどこかにかかわってきたのだから、夏実と彼らは仲間なのだった。

帰っていく客たちを、隼人は厨房から出てきて見送った。時間をかけて帰り支度をすませた夏実は、最後のひとりになった。

「今日はありがとう。わざわざ遠くから来てくれて」

生き生きと頬を上気させ、隼人は言った。大仕事を終えてくたびれているだろうに、まるで自分のほうが豪勢な食事をたいらげたかのような、満ち足りた顔つきをしている。

「こっちこそ、ごちそうさま。すごくおいしかった」

夏実はほめた。

「サラダとかも、プロが作ると全然違うね。あの、メニュウの日本地図もおもしろかった。いろんな産地の野菜が使われとって」

「素材が命だからね。特に、サラダみたいにシンプルな料理は」

「ほんと、あんなにおいしいサラダ、食べたことないよ」

こうして間近で向かいあってみると、もはや気後れも感傷もわいてこなかった。ただ純粋に、隼人のこれまでの努力をたたえたかった。

「おれの力っていうより、食材の力だよ」

隼人は照れくさそうに笑っている。

「いや、料理の腕でしょ」

言い返しつつも、夏実の胸はほんのりと明るくなった。うちのトマトが隼人の力になれたというなら、誇らしい。

あのビニールハウスでかわした約束を、果たせてよかった。意識していたわけではなかったものの、夏実の心の奥底に、隼人の言葉は残っていたのかもしれない。おとなになってからも、ハウスの中で作業に追われる合間に、粛々と苗の間をパトロールしている幼い自分たちの姿をふっと思い出すことは幾度もあった。

「あらためて、おめでとう。これからが楽しみやね」

夏実は言った。隼人が腰に手をあてて、店内をぐるりと見回した。

「本オープンに向けて、やらなきゃいけないこともけっこう残ってるけどね。実は、接客のスタッフもまだ決まってなくて。今日は身内に手伝ってもらったけど」

視線の先では、美人のウェイトレスがてきぱきとテーブルを片づけている。

おめでとう、ともう一度言うべきだろうか。夏実がつかのまためらっていたら、会話を聞きつけたのか、彼女がくるりと振り向いた。

「おひさしぶりです」

愛想よく会釈され、夏実はあっけにとられた。

「っていっても、あたしは金沢に住んでたときの記憶ってほとんどないんですけど」

彼女が頭を振って、隣にいたウェイターに声をかけた。

「あんたはまだ生まれてないね。あたしが二歳のときだから」

夏実の全身から、力が抜けた。妹は化粧で、弟はめがねでごまかされたけれど、よくよく見たらふたりとも兄におもだちが似ている。

厨房に入っていく彼らを見送って、夏実は口を開いた。

「仲いいんやね、きょうだいで」

「いや、バイト代はずめってうるさいよ。そっか、夏実ちゃんはひとりっ子だよな」

うん、と答えたところで、竜太の顔が脳裏に浮かんだ。

「一応、義理の兄はできたけど」

「ああ。竜太くん」

「うん」

「の、お兄さん?」

夏実はぽかんとした。確かに、もしも竜太に兄がいたとしたら、彼もまた夏実の「義理の兄」になる。でも。

隼人が訪ねてきたときの、竜太の簡潔な自己紹介を、頭の中で再生してみた。おれは竜太、須知竜太。よろしくな。

あんなふうに名乗られたら、女友達の姓がなぜ以前と違うのか、早とちりしてしまっても無理はない。

「苗字が同じだし、てっきりだんなさんだと思ってたよ」

隼人は気の抜けたような声を出した。なんだ、そうだったのか、なんだ、とぶつぶつとつぶやいてから、すっと背筋を伸ばした。

「じゃあ、また会いにいってもいい？」

まっすぐな瞳は、二十年以上前、コックになると宣言したときと変わらない。あせらなくていいのだろう、と夏実は思う。安心して待っていればいい。このひとは約束を破らない。

「うん。待ってる」

まるでよく晴れた日のハウスみたいに、まぶしい光のあふれる店内で、夏実はこくりとうなずいた。

本作の執筆にあたり、下記の皆様に取材の
ご協力をいただきました。
あらためて御礼申し上げます。

農園星ノ環
とまとやとまと
Mr.Orange
長崎県立農業大学校
京極町　高木農園
mosir（小林牧場）
一陽窯
鶴海なすを育てる会
おり～ぶの風農園
高尾農園のオリーブ畑
石岡鈴木牧場
農業女子プロジェクト
（取材順）

【初出】

夜明けのレタス　小説宝石　2018年5月号
茄子と珈琲　小説宝石　2019年8月号
本部長の馬鈴薯　小説宝石　2019年2月号
アスパラガスの花束　小説宝石　2018年9月号
レモンの嫁入り　小説宝石　2018年11月号
月夜のチーズ　小説宝石　2019年6月号
オリーブの木の下で　小説宝石　2019年10月号
トマトの約束　小説宝石　2018年7月号

瀧羽麻子（たきわ・あさこ）

1981年兵庫県生まれ。京都大学卒業。2007年『うさぎパン』で第2回ダ・ヴィンチ文学賞大賞を受賞し、デビュー。’19年『たまねぎとはちみつ』で第66回産経児童出版文化賞フジテレビ賞を受賞。他の著書に『ぱりぱり』『左京区桃栗坂上ル』『乗りかかった船』『ありえないほどうるさいオルゴール店』『うちのレシピ』『虹にすわる』など多数。

女神《めがみ》のサラダ

2020年3月30日　初版1刷発行

著　者　瀧羽麻子《たきわあさこ》
発行者　鈴木広和
発行所　株式会社 光文社
〒112-8011　東京都文京区音羽1-16-6
電話　編　集　部　03-5395-8254
　　　書籍販売部　03-5395-8116
　　　業　務　部　03-5395-8125
URL　光　文　社　https://www.kobunsha.com/

組　版　萩原印刷
印刷所　新藤慶昌堂
製本所　榎本製本

落丁・乱丁本は業務部へご連絡くだされば、お取り替えいたします。

ISBN978-4-334-91339-7